HEYNE BÜCHER

SCIENCE FICTION

Herausgegeben
von Wolfgang Jeschke

Ein Verzeichnis weiterer Bände dieser Serie finden Sie am Schluß des Bandes.

STAR TREK

DEEP SPACE NINE

K. W. Jeter

Die Station der Cardassianer

Roman

Deutsche Erstausgabe

WILHELM HEYNE VERLAG
MÜNCHEN

HEYNE SCIENCE FICTION & FANTASY
Band 06/5130

Titel der Originalausgabe
BLOODLETTER
Übersetzung aus dem Amerikanischen
von
Andreas Brandhorst

Redaktion: Rainer Michael Rahn

Printed in Germany 1994
Umschlagbild: Pocketbook/Simon & Schuster (›Birdsong‹)
Technische Betreuung: Manfred Spinola
Satz: Schaber Satz- und Datentechnik, Wels
Druck und Bindung: Ebner Ulm

ISBN 3-453-07750-4

Für Chris und Lynn Hoth.
Vielen Dank.

Historische Anmerkung

Dieses Abenteuer findet vor der STAR TREK: DEEP SPACE NINE Episode ›Battle Lines‹ statt.

ERSTER TEIL

KAPITEL 1

Ein Schrei hallte durch den Wartungshangar. »Verdammter cardassianischer *Schrott*haufen!«

Es folgten weitere Worte, ausdrucksstark genug, um die bajoranischen Arbeiter in der Nähe zu veranlassen, Grimassen zu schneiden. Sie trugen das schlichte Grau einer besonders puritanischen Sekte des Planeten und hatten sich noch nicht an die rauheren Aspekte des Lebens an Bord der Raumstation gewöhnt.

Chefingenieur Miles O'Brien fluchte erneut, als er durch die Zugangsluke des Schubmoduls kletterte. Blut tropfte aus einer Platzwunde in der Stirn – er war gegen eine der Stützstreben gestoßen, die vom Wartungshangar aus ins Innere des zu modifizierenden Schiffes reichten. Schweiß glänzte auf glühenden Wangen.

»Gibt es irgendwelche Schwierigkeiten?« fragte O'Briens cardassianischer Kollege mit geheuchelter Besorgnis. Hinter ihm hingen gewölbte Teile der Außenhülle wie die Kulissen eines speziellen Bühnenstücks im saalartigen Raum. »Sie erinnern sich bestimmt an meinen Hinweis, daß für die Arbeit mit unserer Technik besondere Kenntnisse erforderlich sind. Nur Fachleute ...«

»Von Schwierigkeiten kann überhaupt keine Rede sein. Ich werde schon damit fertig.« Er zog ein Tuch aus der Tasche und wischte sich damit das Blut von der Stirn. Die Wunde spielte kaum eine Rolle – zu solchen Verletzungen kam es manchmal, wenn man mit Maschinen und Aggregaten arbeitete. Viel schwerer zu ertragen war das dünne Lächeln des Cardassianers. *Wenn Eidechsen grinsen könnten…* Miles mußte sich sehr beherrschen, um dem Mann nicht die Faust ins Gesicht zu rammen. »Ich brauche nur die richtigen Werkzeuge.« Er drehte sich um und ging in Richtung Ausrüstungskammer, duckte sich dabei unter dicken Kabelsträngen hinweg.

Zufriedenstellender Argwohn zeigte sich im cardassianischen Gesicht, als O'Brien zurückkehrte. »Was… was haben Sie vor?«

Jetzt lächelte Miles. Er hielt eine kastenförmige Steuerungseinheit in den Händen, schaltete sie ein und bewegte einen joystickartigen Hebel. Ein sehr schwerer Roboter folgte ihm aus der Kammer und ließ bei jedem Schritt das Deck erzittern. »Ich bin lange genug hier, um die cardassianische Technik schätzen gelernt zu haben.« Er steuerte den sogenannten Zertrümmerer absichtlich so, daß er gegen einen Strukturträger stieß – dadurch kam es zu einer Erschütterung, die den Cardassianer fast von den Beinen riß. »Und ich kenne mich mit Ihren Konstruktionen gut genug aus, um zu wissen: Wenn's nicht paßt, so nehme man einen größeren Hammer.«

»Sind Sie übergeschnappt?« Der Cardassianer wich hastig zur Seite, als der Roboter zum Raumschiff im Trockendock stapfte. »Das ist doch Wahnsinn…«

Es gab keine größeren Hämmer als den Zertrümmerer. O'Brien und die anderen Techniker von Deep Space Nine hatten ihn zusammengeschustert, um sich mit seiner Hilfe einen Weg durch jene zerstörten Bereiche der Station zu bahnen, die sonst unzugänglich blieben. Er war leistungsfähig genug, um mit einem Schlag ein zwei Meter großes Loch zu schaffen, das ein Deck mit dem nächsten verband. Die Vorrichtung folgte O'Brien nun wie ein braves Hündchen, als er in die Zugangsluke des Schubmoduls zurückkehrte. Der Roboter duckte sich mit summenden Servomotoren und trat ebenfalls in die Öffnung. Seine massiven Beine ragten Säulen gleich zwischen dem Modul und der nächsten Wand auf.

Das Gesicht des cardassianischen Chefingenieurs erschien am Rand der Luke. Inzwischen hatte er sich weit genug von der Überraschung erholt, um sich lautstark zu empören. »Die Verwendung eines solchen Apparats ist überhaupt nicht nötig!« Die Stimme hallte im Gewölbe des Schubbereichs über O'Brien wider. »Sie verstoßen gegen die Vereinbarung, die unsere Gesandten mit Ihrem Kommandostab trafen. Sie können nicht...«

»Und ob ich kann.« O'Brien betätigte eine Taste der Steuerungseinheit, und daraufhin schwang das große Gewicht des Zertrümmerers durch die Luft. Er hörte ein zischendes Rauschen, dann ein Krachen, gefolgt von Stille. In den Ohren trug er Schutzstöpsel, und als sich ihre Membranen wieder öffneten, vernahm er das Quietschen von berstendem Metall und das Heulen des Sicherheitsalarms.

Er beobachtete die vom Roboter erzielte Wirkung. Eins stand fest: Der cardassianische Frachter war *kein* Schrotthaufen. Aber beim Umbau zu einem Forschungsschiff schien man es hier und dort übertrieben zu haben. Vielleicht mußte der Zertrümmerer noch zehnmal zuschlagen, um das Metall weit genug zu verbiegen, damit die Absorber installiert werden konnten.

Das Heulen der Sirenen wurde nicht etwa leiser, sondern immer lauter. Bevor O'Brien den Zertrümmerer auf einen neuerlichen Einsatz vorbereitete, blickte er noch einmal durch die Zugangsluke und sah, wie der Cardassianer zur Tür lief. Aus Angst? Oder wollte er Hilfe holen? Die Bajoraner sahen von den Okularen ihres Arbeitstisches auf. Ihr Puritanismus hinderte sie keineswegs daran, den Schrecken des cardassianischen Chefingenieurs zu belächeln.

»Wie wär's, wenn wir noch einige Male kräftig zulangen?« Miles klopfte ans Bein des Zertrümmerers. »Bevor jemand kommt, um uns daran zu hindern.«

Wächter führten den Leiter der technischen Abteilung von Deep Space Nine fort – der Sicherheitsoffizier höchstpersönlich hatte dem Chefingenieur die Handschellen angelegt. Die Bajoraner sahen der Gruppe nach, und anschließend wechselten sie erstaunte Blick. Normalerweise kam es in diesem Bereich der Raumstation nicht zu so dramatischen Ereignissen.

»Er scheint ein anständiger Mann zu sein.« Ein bajoranischer Techniker legte seine Werkzeuge beiseite und versuchte, die verkrampften Finger zu entspannen. »Dieser O'Brien... Er hat uns recht freundlich behandelt.«

Mehrere Köpfe nickten. Die Bajoraner hatten damit gerechnet, daß ihnen der Chefingenieur von DS Nine ablehnend gegenüberstand. Sie waren zunächst davon überzeugt gewesen, daß ihm ihre Teilnahme an Reparatur und Umbau der Raumstation nicht gefiel. Er hatte die neuen Mitarbeiter akzeptieren müssen: Ihre Präsenz in Deep Space Nine gehörte zu einer Übereinkunft zwischen dem Kommandanten und den Repräsentanten der bajoranischen Regierung. Nun, die Anwesenheit der fremden Techniker mochte O'Brien nicht gerade mit Begeisterung erfüllen, aber er begegnete ihnen mit Fairneß.

Ein zweiter Bajoraner schob das optische Gerät beiseite. »Ich gebe zu, daß ich ihn vermissen könnte, wenn die große Zeit kommt. Natürlich nur ein wenig...«

Diese Bemerkungen durfte das Oberhaupt der Gruppe nicht einfach so hinnehmen. Nur seine Gefährten wußten, daß er die Verantwortung für ihr geistliches und moralisches Wohl trug, sie bei den Heiden vor Versuchung bewahren mußte. Nichts deutete den Starfleet-Offizieren gegenüber auf seinen Rang hin. Auch in dieser Hinsicht mangelte es ihnen an Erleuchtung...

»Bei eurer Andacht solltet ihr daran denken, warum wir hier sind«, sagte er kühl. »Erinnert euch daran, welche Pflicht uns hierhergebracht hat.« Das religiöse Oberhaupt musterte seine Begleiter streng.

Die übrigen Bajoraner wirkten betroffen und blickten auf die glitzernden Komponenten hinab, mit denen sie arbeiteten.

»Ich wollte nur sagen ...«, erklang die Stimme des Technikers, der als erster gesprochen hatte. Er war das jüngste Mitglied der Gruppe und trachtete nun danach, sich zu verteidigen. »Es kann sicher nicht schaden, zu einem guten Einvernehmen mit dem Chefingenieur zu gelangen.«

»Es kann nicht *schaden?*« Das Oberhaupt nickte langsam und gab vor, konzentriert über die Bedeutung dieser Worte nachzudenken. »Ich schätze, unser Volk hat bereits genug gelitten. Und schuld daran sind Außenweltler wie O'Brien.« Bevor der junge Mann irgendwelche Einwände erheben konnte, fuhr er fort: »Was spielt es für eine Rolle, daß er kein Cardassianer ist? Er gehört zu den Fremden – nur darauf kommt es an. In seinen Adern fließt kein bajoranisches Blut.«

Stille schloß sich an. Die Techniker wagten es nicht, aufzusehen und dem Blick des Oberhaupts zu begegnen.

»Von jetzt an ...« Der Anführer wußte, daß er jeden Widerstand im Keim erstickt hatte. »Bleibt unter euch – dann riskiert ihr nicht, dem Sündigen zum Opfer zu fallen.«

Die anderen Bajoraner gaben keinen Ton von sich. Nacheinander griffen sie nach ihren zierlich anmutenden Instrumenten und setzten die Arbeit fort.

Zwar war die Tür geschlossen, aber Benjamin Sisko hörte, wie sich Schritte dem Büro näherten. In dieser Hinsicht bot ihm die schlechte Konstruktionsstruktur von Deep Space Nine einen Vorteil. An Bord der *Enter-*

prise – und das galt auch für andere Starfleet-Schiffe – war die akustische Abschirmung einzelner Sektoren und Zimmer perfekt. Mit anderen Worten: Man wußte erst, wer vor dem Schott stand, wenn der Betreffende den Türmelder betätigte. Doch hier hörte man brummende Stimmen und das Klacken von Stiefeln auf dem metallenen Boden. Was dem Commander Zeit genug gab, seinen Gesichtsausdruck unter Kontrolle zu bringen und sich in eine Aura kühler Autorität zu hüllen.

»Sabotage, jawohl! *Unverhohlene* Sabotage! Sie kommt einer Herausforderung gleich ...« Zweifellos die Stimme eines cardassianischen Offiziers: Sie vereinte profunde Arroganz mit natürlicher Feindseligkeit. Ohne diese besondere Mischung schienen Cardassianer nicht einmal in der Lage zu sein, sich einen Drink zu bestellen. In diesem besonderen Fall klang es nicht nur nach Ärger, sondern nach heißem Zorn. »Gleich wird sich herausstellen, was für eine Gerechtigkeit man von der Föderation erwarten kann ...«

Eine andere Stimme antwortete, so leise und dumpf, daß Sisko keine einzelnen Worte verstand. Er erkannte jedoch den Akzent des Chefingenieurs und ahnte, worum es ging. Außerdem: Der Sicherheitsoffizier von Deep Space Nine hatte sich kurz per Interkom mit dem Kommandanten in Verbindung gesetzt und ihm in groben Zügen den jüngsten Zwischenfall geschildert.

Der Kommandant von Deep Space Nine seufzte tief und sah auf den Schreibtisch. In letzter Zeit wurde er immer dann gestört, wenn er bis zu den Ohren im Durcheinander der bajoranischen Diplomatie steckte. Auch in diesem Fall erwies sich die mangelnde akustische Isolation als günstig: Dadurch wußte er einige Sekunden im voraus, daß er mit Besuch rechnen mußte – was ihm Gelegenheit gab, gewisse Vorbereitungen zu treffen. Zum Beispiel zeigte der Monitor gerade Daten, die nicht für einen neugierigen cardassianischen Offizier bestimmt waren. Sisko betätigte eine Taste und löschte die Bildschirmdarstellung, als Stimmen und Schritte näher kamen.

»Herein.« Er lehnte sich zurück, stieß dabei mit dem Schienbein an eine Ecke. Nur mit Mühe widerstand er der Versuchung, das Gesicht zu verziehen. Was auch immer die Cardassianer bauten und konstruierten: Sie vergaßen nie, alles mit scharfen Kanten auszustatten – vielleicht nur um Blut fließen zu lassen. Offenbar entsprach das dem cardassianischen Wesen.

Die Tür öffnete sich, und *zwei* Cardassianer kamen herein. Den einen erkannte Sisko als Chefingenieur des Raumschiffs, das derzeit im Wartungshangar umgerüstet wurde. Der andere – sein Anblick weckte im Commander den Wunsch, verärgert zu seufzen – war Gul Tahgla, der Captain jenes Kreuzers. Tahgla befand sich erst seit kurzer Zeit an Bord von Deep Space Nine, aber er hatte bereits bewiesen, die Kunst von Obstruktion und hinterlistiger Durchtriebenheit ebensogut zu beherrschen wie sein Freund und Vorgesetzter Gul Dukat. Sisko fragte sich manchmal, ob die vielen Ecken am Schreibtisch auf Dukats Kreativität zurückgingen – er hielt so etwas durchaus für möglich.

»Bei allen Raumgeistern…« Chefingenieur O'Brien stand hinter den beiden Cardassianern, wandte sich an Odo und flüsterte so laut, daß ihn auch Sisko hörte. »Müssen die Dinger unbedingt so fest sitzen?« Demonstrativ hob er die gefesselten Hände. »Oder wollen Sie diesen Witzbolden damit nur zeigen, daß Sie es ernst meinen?«

Der Sicherheitsoffizier bedachte ihn mit einem durchdringenden Blick. »Es geht mir *nie* darum, Eindruck zu schinden.«

Der cardassianische Captain sah Sisko an und nickte knapp. »Ich glaube, wir haben da ein kleines… *Problem,* Commander.« Bei den letzten Worten formten die Lippen ein ironisches Lächeln. »Allerdings: Vielleicht ist es gar nicht so klein. Immerhin hat sich einer Ihrer Senior-

Offiziere zu Sabotage hinreißen lassen, und zwar ohne irgendeine Provokation unsererseits ...«

»Von wegen!« O'Brien schnaubte verächtlich. »Ich bin häufig genug provoziert worden.«

Sisko hörte aufmerksam zu, als der cardassianische Chefingenieur von den Ereignissen im Trockendock erzählte. Einmal zuckte es in seinen Mundwinkeln, und er mußte sich ein Schmunzeln verkneifen. Er hätte gern gesehen, wie O'Briens Zertrümmerer einen Cardassianer veranlaßte, die Flucht zu ergreifen.

»Der Ernst dieses Zwischenfalls dürfte Ihnen klar sein, Commander.« Gul Tahgla sprach jetzt in einem förmlicheren, frostigen Tonfall. »Die Vereinbarung mit der Föderation erlaubt Ihren Technikern Zugang zu den wichtigsten Sektionen unserer Schiffe. Sie wissen natürlich, daß wir dieser Regelung nicht aus freiem Willen zustimmten – die Umstände zwangen uns dazu. Sie geben sich als Beschützer der armen Bajoraner aus, und dadurch haben Sie Kontrolle über das stabile Wurmloch. Wer eine Transitgenehmigung bekommen möchte, muß sich *Ihren* Bedingungen unterwerfen.« Tahgla fauchte abfällig. »Natürlich ist es reiner Zufall, daß die Föderation durch ihren Altruismus den Schlüssel zum ganzen Gamma-Quadranten erhält.«

»Ich bitte Sie. Lassen Sie uns keine Zeit mit Sarkasmus vergeuden.«

»Nun gut.« Der Cardassianer beugte sich vor. »Unser Rat glaubt schon seit einer ganzen Weile, daß die angeblich notwendigen technischen Modifizierungen für einen Transfer durchs Wurmloch nur ein Vorwand sind. Dadurch haben als Techniker getarnte Spione die Möglichkeit, sich in unseren Schiffen umzusehen – während sie Dinge einbauen, die überhaupt nicht funktionieren.«

»Die Absorber wären wohl kaum so teuer, wenn sie wirklich nicht funktionierten«, erwiderte Sisko. Tahgla hatte gerade etwas angesprochen, das ihm ohnehin schwer im Magen lag. Deep Space Nine bekam natürlich finanzielle Unterstützung von der Föderation, doch ein großer Teil des Budgets mußte für Konstruktion und Installation der Impulskraft-Absorber verwendet werden – ohne einen solchen Absorber durfte kein Raumschiff durchs Wurmloch fliegen. Zwar kam letztendlich der interstellare Völkerbund für die entsprechenden Kosten auf, aber die bisherigen Zahlungen stellten kaum mehr dar als den sprichwörtlichen Tropfen auf dem heißen Stein. DS Nine brauchte weitaus mehr Zuschüsse, und in diesem Zusammenhang konzentrierten sich Siskos Hoffnungen auf die nächste Tagung des Bewilligungsausschusses.

Bis dahin wuchs in DS Nine der Zwang zum Sparen, denn Priorität hatte nach wie vor die Absorber-Installation. Alle Schiffe, die einen Wurmlochtransit durchführen wollten, mußten damit ausgestattet werden, auch cardassianische. Erst vor vierundzwanzig Stunden hatte eine fast wütende Major Kira Siskos Büro betreten, um ihm die Zahlen auf ihrem Datenblock zu zeigen, das immer größer werdende Defizit zu betonen und zu verlangen, bis auf weiteres keine Umrüstungen mehr vorzunehmen. *Warum sollten wir den verdammten Cardassianern helfen?* So lauteten Kiras Worte. Nun, es fehlte ihr an Erfahrung mit den Feinheiten der Föderationsbürokratie. Deshalb verstand sie kaum, daß nur ein hohes Defizit Starfleet dazu veranlassen konnte, ein höheres Budget zu genehmigen.

Was die Modifikationen der Impulstriebwerke cardassianischer Schiffe anging … Sisko hatte einen guten Grund dafür, den Cardassianern diese Art von Hilfe zu gewähren, doch er behielt ihn nach wie vor für sich.

»Und *ich* darf Ihnen versichern: Ohne meine ausdrückliche Erlaubnis werden Sie das Trockendock nicht verlassen! Von mir aus können Sie auch *Admiral* oder was weiß ich sein …«

Die laute Stimme des Chefingenieurs brachte Sisko ins Hier und Jetzt zurück. »Ich bitte Sie, meine Herren...« Er hob die Hand und wandte sich dann an Odo. »Bitte nehmen Sie Mr. O'Brien die Handschellen ab. Ich glaube, sie sind jetzt nicht mehr nötig.«

Tahglas Züge verhärteten sich. »Wollen Sie den Saboteur straflos davonkommen lassen?«

»Ich bezweifle, daß in diesem Fall eine kriminelle Absicht vorliegt. Vielleicht haben wir es schlicht und einfach mit einem Mißverständnis zu tun. Mr. O'Brien, bitte erläutern Sie die Ereignisse.«

Der Chefingenieur rieb sich die Handgelenke und warf Odo einen finsteren Blick zu, bevor er antwortete: »Eigentlich ist die Sache ganz klar, Commander. Während der letzten Tage fand ein ständiges Hin und Her statt. Ich schätze, wir haben mindestens zwanzig Kommuniqués bekommen – durch eine Rückfrage beim Archiv können wir die genaue Anzahl in Erfahrung bringen –, und darin ging es immer wieder um die Größe der Absorber.« O'Briens Gesicht brachte Ärger und Frustration zum Ausdruck. »Es läuft alles auf den Platz hinaus, den man uns für die Installation der Absorber läßt. Schließlich einigten wir uns auf einen Kompromiß – das *glaubte* ich wenigstens. Aber als wir dann mit dem Einbau beginnen wollten... Plötzlich stellte sich heraus, daß die Schubeinheit fast einen Meter zu klein ist.« Miles zuckte mit den Schultern. »Daraufhin aktivierte ich den Zertrümmerer – um mir etwas mehr Bewegungsspielraum zu verschaffen.«

»Die Größe des Schubmoduls entspricht *genau* den Vorgaben.« Tahgla richtete den Zeigefinger auf O'Brien. »Unsere Techniker neigen nicht zu den Fehlern, die Sie offenbar von Ihren eigenen Leuten erwarten...«

Sisko drehte das Computerterminal so, daß Miles die Kontrollen bedienen konnte. »Ich schlage vor, wir sehen uns die Daten einmal an.«

Mehrere ineinander übergreifende Diagramme erschienen im Projektionsfeld, und ganz oben bildeten rote Buchstaben den Hinweis: ZUGRIFF UNTERLIEGT

SICHERHEITSBESCHRÄNKUNGEN. O'Brien berührte einige Sensorfelder und deutete auf die Spezifikationen. »Das sind die vereinbarten Maße«, brummte er.

Der cardassianische Chefingenieur beugte sich an ihm vorbei und klopfte mit einem knochigen Finger an die Stelle des Bildschirms, die verschnörkelte Symbole zeigte. »Die Werte stimmen überein!« In seinen Augen funkelte es, und Sisko verglich ihn mit einem Kampfhund, der an seiner Leine zerrte. »Es gibt keine Abweichungen!«

Sisko öffnete den Mund, aber der Sicherheitsoffizier kam ihm zuvor. »Entschuldigen Sie bitte«, sagte er. »Es liegt mir fern, mit meinem Wissen zu prahlen, aber...« Odo stand hinter den beiden streitenden Chefingenieuren und reckte den Hals, um zum Projektionsfeld zu sehen. »Vielleicht kann ich diese Angelegenheit klären.« Und zu Sisko: »Ich habe unter Cardassianern gelebt, und daher bin ich mit den Besonderheiten ihrer Gesellschaft besser vertraut. In verschiedenen sozialen Bereichen gibt es unterschiedliche mathematische Notationen. An den einzelnen Zeichen ändert sich nichts, wohl aber an der Basis, auf deren Grundlage man dividiert und multipliziert.« Er strich mit dem Finger über den Schirm, zog eine imaginäre Linie zwischen den Zahlen. Dann wanderte sein Blick zum cardassianischen Techniker. »Wenn Sie noch einmal alles berechnen und dabei das merkantile Basissystem *Damur* verwenden... Dann stellen Sie vermutlich fest, daß die Ergebnisse Mr. O'Briens Angaben näher kommen.«

Sisko lehnte sich im Sessel zurück und beobachtete die Gestalten vor dem Schreibtisch. Miles lächelte mit zurückhaltendem Triumph, als sein cardassianischer Kollege zum Schirm starrte und dabei die Stirn runzelte – man konnte fast sehen, wie er rechnete.

Der größte Teil von Siskos Aufmerksamkeit galt dem Gesicht des zweiten Cardassianers, das weniger Emotionalität zum Ausdruck brachte. Gul Tahgla hatte den Sicherheitsoffizier nicht aus den Augen gelassen, während Odo seinen kurzen Vortrag hielt, schien dabei nach ganz bestimmten Worten zu lauschen, die jedoch nicht erklangen. Nur ganz langsam verblaßte das Glühen des Mißtrauens in seinen Pupillen.

»Nun, ja ...« Der cardassianische Chefingenieur richtete sich auf, wirkte jetzt nicht mehr nur verärgert, sondern auch verlegen. Er nickte Odo zu. »Sie haben recht. Vielleicht ... vielleicht kam es während des ersten Datenaustauschs zwischen Deep Space Nine und uns zu einem ... Übermittlungsfehler.«

O'Brien wies mit einem leises Schnauben darauf hin, was er von dieser Erklärung hielt.

Sisko beobachtete auch weiterhin. Die Miene des Gestaltwandlers blieb wie üblich ausdruckslos und verriet keine Gefühle, doch der Commander entdeckte trotzdem ein subtiles Zeichen: Odo krümmte andeutungsweise die Finger, als sei er bestrebt, sie um etwas zu schließen.

»Es hat jetzt keinen Sinn, nach einem Schuldigen zu suchen.« Tahgla wußte, wann er einen Rückzieher machen mußte. »Unsere eigenen Techniker kümmern sich um die erforderlichen Veränderungen, und im Anschluß daran kann die Installation des Absorbers wie vereinbart erfolgen.« Übertriebene Freundlichkeit prägte seinen Tonfall, als er hinzufügte: »Ich nehme an, unser Transit kann zum vorgesehenen Zeitpunkt stattfinden, oder?«

»Sicher wird Mr. O'Brien bemüht sein, den Zeitplan einzuhalten. Ich gebe ihm hiermit eine entsprechende Anweisung.«

»Aye, Sir.«

Sisko glaubte, in diesen Sekunden die Gedanken des Chefingenieurs lesen zu können: *Je eher die verdammten Cardassianer von hier verschwinden, desto besser.*

O'Brien drehte sich um und flüsterte Odo zu: »Wenn

Sie mir noch einmal Handschellen anlegen, sollten Sie auf meine Handgelenke Rücksicht nehmen!«

Er trat nach draußen, gefolgt von den Cardassianern. Der Sicherheitsoffizier hingegen blieb im Büro des Kommandanten.

»Ich möchte jetzt nicht in der Haut von Tahglas Chefingenieur stecken«, sagte er und blickte in den Korridor, bevor er das Schott schloß. »Einem cardassianischen Gul gefällt es nicht, wenn er durch den Fehler eines Untergebenen in eine peinliche Situation gerät.«

»Ein interessanter Fehler.« Der Bildschirm zeigte noch immer die Diagramme und Datenkolonnen. »An der Starfleet-Akademie habe ich von den unterschiedlichen mathematischen Basissystemen der Cardassianer gehört, aber...« Er lächelte. »An mehr erinnere ich mich nicht. Haben Sie mir in dieser Hinsicht noch etwas mitzuteilen?«

»Ich glaube schon, Commander.« Odo sah sich instinktiv um – er war immer vorsichtig, ging kein Risiko ein. »Die verschiedenen cardassianischen Notationen haben ihren Ursprung in den einzelnen ökonomischen Klassen. Das *Damur* wird vorwiegend bei wissenschaftlichen Berechnungen benutzt, und seine Wurzeln reichen in die Kultur der alten Händler und Kaufleute zurück. Die Größe eines auf dem Heimatplaneten gebräuchlichen Saatkorns dient dabei als lineare Maßeinheit. Das *Umur*...« Der Sicherheitsoffizier deutete zum Projektionsfeld. »Jenes Zahlensystem entstand bei der Kriegerkaste.«

Sisko nickte. Er wußte, worauf Odo hinauswollte.

»Irgendwo und irgendwann übertrugen die Cardassianer O'Briens Vorgaben nicht etwa ins *Damur*-System, sondern in die *Umur*-Notation.« Odo ballte plötzlich die Fäuste. »Im Trockendock wird nicht etwa ein ziviles Forschungsschiff für den Wurmlochtransit umgerüstet, sondern ein getarntes cardassianisches Kriegsschiff.«

KAPITEL 2

Sisko ging ihr direkt in die Falle. Eigentlich hätte er wissen müssen, daß sie auf ihn wartete. *Daß sie mir auflauert*, dachte er. *Ein solcher Ausdruck wäre angemessener.*

»Ich habe nachgedacht.« Major Kira schloß sich dem Kommandanten an, als er den Hauptkorridor der Station betrat. »Über unser letztes Gespräch.«

Sie war direkt zu ihm gekommen, und die Menge teilte sich vor ihr – man nahm nicht nur Rücksicht auf ihren Rang, sondern auch auf ihr Temperament. Mit unerschütterlicher Entschlossenheit näherte sie sich, und bei ihrem Anblick dachte Sisko an einen Eisbrecher, dessen stählerner Bug durch die gefrorenen Meere eines kalten Planeten pflügte.

Der Commander hatte gerade die neuesten Mitteilungen der Föderation sowie Verlautbarungen der provisorischen Regierung auf Bajor gelesen – die Minister schienen den größten Teil ihrer Zeit damit zu verbringen, sich zu streiten. Jetzt wollte er essen und mit seinem Sohn Jake über die Schule sprechen. Im Anschluß daran ... Sisko stellte sich ein heißes Bad, einige Streckübungen und dann eine holographische Szene vor, die ihm ein Baseball-Spielfeld präsentierte – vielleicht gelang ihm diesmal ein Home Run, der ihn um alle vier Male führte, während der Ball in einem weiten Bogen über die Mauer auf der linken Seite hinwegflog. Die Freude darauf wollte er sich von Kira nicht verderben lassen.

Sisko ging weiter, ohne den Blick auf seine Stellvertreterin zu richten. »Es macht sicher keinen Unterschied, wenn ich Sie darauf hinweise, daß die Angelegenheit erledigt ist.« Er sprach leise, damit ihn die Passanten nicht hörten. Sein Blick glitt über Dutzende von Gesichtern, über vertraute und fremde Züge. Sie gehörten Bewohnern von Deep Space Nine beziehungsweise Durchreisenden, Humanoiden und den Angehörigen exotischerer Spezies.

»Sie kennen mich besser.« Kira versuchte, die Bemerkung des Kommandanten ins Lächerliche zu ziehen, aber Humor war dabei ebensowenig im Spiel wie bei ihrem dünnen Lächeln: Es wies darauf hin, daß sie am liebsten alle Narren aus der nächsten Luftschleuse ins All geworfen hätte.

»Ja.« An einer Abzweigung des Hauptkorridors hatte ein gameranischer Händler seinen Stand aufgebaut und bot leichte Drogen in Form von transdermalen Pflastern an. Offenbar gingen seine Geschäfte recht gut. Der Turbolift stellte für Sisko eine schnellere Verbindung zwischen dem Kontrollraum und seinem Quartier dar, aber eine seiner Angewohnheiten bestand inzwischen darin, bei jeder Dienstschicht durch eine Sektion von Deep Space Nine zu wandern. Auf diese Weise wollte er feststellen, was in der kleinen und so komplizierten Welt geschah, die angeblich seinem Befehl unterlag. Er beschloß, mit Odo zu reden, ihn aufzufordern, den Händler an weiteren illegalen Geschäften zu hindern. Doch schon eine Sekunde später überlegte er es sich anders. Vielleicht gehörte der Gameraner zu Odos Netz aus Spitzeln und Informanten.

»Ich halte es für meine Pflicht, Sie daran zu erinnern, daß ...«

»Major Kira.« Sisko blieb stehen und sah die Bajoranerin an. Ein massiger Buhlmeri-Frachttechniker stieß gegen seine Schulter, murmelte eine Entschuldigung und ging weiter. Während der letzten Zeit hatte die Bevölkerung von Deep Space Nine sehr zugenommen.

Als der Commander in der Raumstation eingetroffen war, stellten die öffentlichen Bereiche kaum mehr dar als leere Ruinen. »Um ganz offen zu sein: Ich bin müde. Während der letzten Schichten habe ich hart gearbeitet, und mir liegt nichts daran, mit Ihnen noch einmal ein Thema durchzukauen, das nicht mehr zur Debatte steht. Wenn Sie mich jetzt bitte entschuldigen würden...«

»Genau *darum* geht es mir.« Kira sprach durch zusammengebissene Zähne, und in ihren Augen blitzte es. »Sie machen sich etwas vor, wenn Sie glauben, die Sache sei nach einigen wenigen Dienstzyklen ausgestanden. Sie stecken bis zum Hals in diplomatischen Problemen – allein damit hätten Sie schon genug zu tun. Aber *gleichzeitig* versuchen Sie, eine reibungslose Funktion aller Komponenten von Deep Space Nine zu gewährleisten...«

»Das ist meine Aufgabe, Major. Meine *wichtigste* Aufgabe.«

»Irrtum. Es ist Ihre Aufgabe, dafür zu sorgen, daß eine Koordination stattfindet und die notwendigen Entscheidungen getroffen werden. Niemand verlangt von Ihnen, alles selbst zu erledigen.« Kira hielt es nicht für erforderlich, die Stimme zu senken. »Sie erweisen weder sich selbst noch der Station einen guten Dienst, wenn Sie aus Erschöpfung zusammenbrechen. Solange die Föderation von Ihnen erwartet, aktiv bei den Verhandlungen mit der planetaren Regierung mitzuwirken, müssen Sie lernen, Verantwortung zu delegieren.«

Sisko spürte, wie seine Schläfenadern leicht zu pulsieren begannen. Kira ging zu weit. Es wäre ihm schon schwer genug gefallen, eine solche Warnung von einem Vorgesetzten ruhig hinzunehmen, aber in diesem Fall stammten die Worte aus dem Mund einer Untergebenen.

»Ich habe schon genug delegiert, Major.« Er setzte sich wieder in Bewegung, verbrannte das Adrenalin in seinem Blut durch energisches Ausschreiten. »Insbesondere an Sie.« Er warf der Bajoranerin einen kurzen Blick zu. »Vielleicht hätte ich Ihnen in dieser Beziehung sogar weniger zugestanden, wenn Sie aus freiem Willen hier wären.«

Kira ignorierte die letzte Bemerkung und ging ebenso schnell wie der Kommandant, blieb an seiner Seite. »Oh, sicher, Sie haben delegiert.« Unüberhörbarer Sarkasmus erklang in ihrer Stimme. »Unwichtiges. Unbedeutende Dinge, die keine besondere Sachkenntnis erfordern.« Sie griff nach Siskos Arm, hielt ihn fest. »Ich meine Kommando-Entscheidungen. Diese Station ist bajoranisches Eigentum – und die Bedeutung des Eigentumsrechts beschränkt sich nicht nur auf eine juristische Definition. Irgendwann wird Deep Space Nine voll und ganz von meinem Volk verwaltet. So entspricht es auch dem Willen der Föderation. Sie sind unter anderem damit beauftragt, die notwendigen Vorbereitungen für jene Übergabe zu treffen. Ich bin der ranghöchste bajoranische Offizier an Bord. Deshalb sollte ich …«

»Ich bin beauftragt, *angemessene* Maßnahmen zu ergreifen, um Deep Space Nine früher oder später jenen Bajoranern zu übergeben, die sich als fähig und kompetent herausgestellt haben.«

Kira kniff die Augen zusammen. »Wie meinen Sie das?« fragte sie mit einer Stimme, in der heißer Zorn vibrierte.

Sisko blickte durch den Korridor. Einige Passanten gingen langsamer als vorher, versuchten möglichst unauffällig, in Hörweite zu bleiben. »Kommen Sie.«

Nur wenige Meter trennten sie von Quarks Spielkasino. Sisko winkte über die Köpfe der Gäste hinweg, die an der Theke standen. »Major Kira und ich möchten ein privates Gespräch führen. Wenn Sie eine Ihrer Wanzen aktivieren, stopfe ich Ihnen damit das Maul.«

Der Ferengi lächelte, zeigte dabei spitze Zähne. »So

etwas käme mir *nie* in den Sinn, Commander.« Vielleicht entsprach das sogar der Wahrheit. Eine der Voraussetzungen für Quarks Geschäfte hieß Diskretion.

Sisko und Kira betraten eine kleine Nische, nahmen dort am Tisch Platz. Die Tür schloß sich, und das kaum wahrnehmbare Flirren eines Kraftfelds deutete auf die erfolgte akustische Abschirmung hin. Der Commander beugte sich vor. »Vielleicht habe ich mich nicht klar genug ausgedrückt. Oder Sie glauben, ich hätte einige der Entscheidungen vergessen, die ich Ihnen erlaubte – mitsamt ihren Konsequenzen.«

»Wenn Sie dabei an die Redemptoristen denken, die von mir eine Aufenthaltsgenehmigung erhalten haben...«

Sisko unterbrach sie. »Was könnte ich sonst meinen? Indem Sie ihnen gestatteten, sich der Crew von DS Nine hinzuzugesellen, haben Sie nicht nur mangelndes Urteilsvermögen bewiesen. Hinzu kommt, daß Ihr Beschluß auf Sympathie den betreffenden Personen gegenüber hindeutet.«

Die sogenannten Redemptoristen – sechs Spezialisten für Mikrotechnik, die in O'Briens Trockendock arbeiteten – waren schon vor einigen Schichten an Bord gekommen, doch ihre Präsenz bot noch immer erstaunlich viel Zündstoff bei Diskussionen. Major Kira hatte die notwendige Sicherheitsüberprüfung vorgenommen – solche Kontrollen fanden auch bei allen anderen Bajoranern statt, die Deep Space Nine besuchen wollten –, und die entsprechenden Unbedenklichkeitsbescheinigungen trugen ihre Unterschrift. Sisko erfuhr davon, als Odo ihn auf die besondere Vergangenheit der neuen Arbeiter hinwies.

Die Besorgnis des Sicherheitsoffiziers war sicher nicht ungerechtfertigt, denn immerhin standen die Redemptoristen in dem Ruf, das eigensinnigste und störrischste Element in der brodelnden Suppe bajoranischer Politik zu sein. Eigentlich handelte es sich vor allem um eine religiöse Bewegung, eine Gruppe aus Fundamentalisten, die den gemäßigten Kräften unter der Führung von Kai Opaka mit ausgeprägter Feindseligkeit gegenüberstand. Der Fanatismus führte – wie auch auf vielen anderen Welten – zu Gewalt. Einige Redemptoristen ließen sich zu terroristischen Aktionen gegen andere Bajoraner hinreißen, die ihren Glauben nicht teilten. Bei den mörderischen internen Machtkämpfen der bajoranischen Splittergruppen – ihre Bündnisse hielten nie lange, unterlagen ständigen Veränderungen – zeigten die Redemptoristen eine besondere Erbarmungslosigkeit, die sowohl ihren Erzfeinden als auch ehemaligen Freunden galt.

»Es sind keine Mörder, Commander«, betonte Kira. »Sie gehören zum politischen Zweig der Redemptoristen. Ihre Gruppe ist sogar im bajoranischen Parlament vertreten.«

»Ich bin mir der vielen politischen Nuancen auf Ihrer Heimatwelt durchaus bewußt, Major. Sie haben eben selbst darauf hingewiesen: Ein großer Teil meiner Arbeitszeit wird von der Diplomatie beansprucht. Außerdem weiß ich – vielleicht besser als Sie –, daß die Redemptoristen der provisorischen Regierung viele Probleme bereitet haben. In diesem Zusammenhang liegt mir eine offizielle Anfrage vor: Man bittet mich, alle Mittel der Raumstation zu nutzen, um die Sendungen der Redemptoristen zu unterbinden, mit denen sie Agitation betreiben und um neue Mitglieder werben.«

»Das alles hat keinen Einfluß auf den Status der sechs Redemptoristen an Bord. Sie haben sich nichts zuschulden kommen lassen ...«

Auch dieses Thema war bereits erörtert worden. »Recht und Unrecht scheinen für Sie recht flexible Begriffe zu sein, Major. Ich kann Ihren Standpunkt nicht teilen, wenn Sie unterscheiden zwischen Mördern einerseits und jenen Personen andererseits, die Mord *dulden*. Derzeit ist die bajoranische Regierung aufgrund der Umstände gezwungen, Kompromisse einzugehen und an der parlamentarischen Arbeit auch Individuen zu beteiligen, die auf anderen Planeten als Verbrecher hinter Schloß und Riegel kämen. Daran möchte ich mir bei der Verwaltung dieser Station kein Beispiel nehmen.«

»Es ist eine *bajoranische* Raumstation, Commander.« Kiras Ärger nahm weiter zu. »Sie vergessen immer wieder, daß Deep Space Nine Bajor gehört...«

»Und derzeit von Starfleet geleitet wird. Was bedeutet, die Verantwortung liegt bei *mir*.« Sisko legte die Hände flach auf den Tisch. »Und dabei bleibt es, solange sich die chaotische Lage auf dem Planeten nicht bessert.«

»Wie soll sie sich bessern?« erwiderte Kira fast verzweifelt. »Jene Gruppen, die Ihrer Meinung nach aus Verbrechern bestehen... Sie müssen in die Regierungsarbeit einbezogen werden. Sie können sehr großen Einfluß entfalten und sind zu vielen Dingen fähig...«

»O ja, *das* haben sie bereits unter Beweis gestellt.«

Kira ging nicht auf den Sarkasmus des Kommandanten ein. »Wenn die Redemptoristen und andere Gruppen ihrer Art ins Abseits gedrängt werden, ohne an der Neugestaltung von Bajor mitwirken zu können... Was bleibt ihnen dann anderes übrig?«

»Abgesehen von Gewalt?« Sisko schüttelte den Kopf. »Wie wär's mit Geduld?«

»Nach der cardassianischen Tyrannei ist ›Geduld‹ ein Wort, das sich bei den Bajoranern keiner großen Beliebtheit erfreut.«

»Ob Ihnen das Wort gefällt oder nicht, Major – Sie müssen lernen, was es bedeutet. Noch vor kurzer Zeit war ich von Ihrer Loyalität in bezug auf Deep Space Nine überzeugt. Ich habe geglaubt, sie sei ebenso stark ausgeprägt wie die Treue Ihrem Volk gegenüber. Doch jetzt beginne ich zu zweifeln. Angesichts des jüngsten Zwischenfalls und einiger Ihrer Bemerkungen erscheint es mir möglich, daß Sie mit den Terroristen sympathisieren, sich immer mehr zu ihnen hingezogen fühlen. Bis ich davon überzeugt bin, daß die Integrität von DS Nine absolute Priorität für Sie hat, lehne ich es ab, Sie mit mehr Befugnissen auszustatten.« Sisko blieb stehen, streckte die Hand nach dem Türöffner aus und zögerte. »Ich bin enttäuscht, Major. Sie haben unmittelbare Erfahrungen auf Bajor gesammelt, woraus folgt: Gerade Sie sollten wissen, welchen Schaden solche Leute anrichten können.« Der Hinweis auf Kiras Aktivitäten vor der Versetzung nach DS Nine kam einer Ohrfeige für sie gleich. Stumm erwiderte sie den Blick des Kommandanten.

Die Tür öffnete sich, und Quark trat zur Nische. »Etwas zu trinken?« Er lächelte und hob ein Tablett, auf dem zwei mit Syntho-Bier gefüllte Gläser standen. »Auf Rechnung des Hauses.«

Sisko schob sich an ihm vorbei, ohne zu reagieren. Kira hingegen… Quark sah der Bajoranerin nach, als sie durch den Korridor fortstapfte, starrte dann zu Boden. Zwei zerbrochene Gläser lagen dort, inmitten einer großen, schäumenden Pfütze. »Offenbar haben Sie keinen Durst…«, murmelte der Ferengi.

»Was meinen Sie mit ›flüssiges Stadium‹? Besser gesagt: *Wieviel* meinen Sie? Einen Liter? Zehn?« Der cardassianische Sicherheitsoffizier grinste boshaft. »Ein Pint?«

Odo wandte verärgert den Blick von ihm ab. »Ich finde Ihr Interesse an meinen Körperfunktionen abscheulich und darf Ihnen versichern, daß ich über *Ihre* nicht Bescheid wissen möchte.«

Er ging weiter, und sein Blick glitt durch ein Labyrinth aus Rohrleitungen und nackten Kabelsträngen. Sie befanden sich in einer der unteren Etagen von Deep Space Nine, und hier hielten sich nur wenige Personen auf – zumindest nur wenige, die *keinen* illegalen Aktivitäten nachgingen. Diese Bereiche standen ganz unten auf der Liste jener Stationssektionen, die repariert und wieder in Dienst gestellt werden sollten. Die dunklen Ecken und Nischen – in manchen Abteilungen war es stockfinster – eigneten sich gut für Leute, die irgend etwas (oder sich selbst) verstecken mußten. Odo schätzte, daß er höchstens zehn Prozent der Konterbande beschlagnahmte, mit der in Deep Space Nine gehandelt wurde. Die von den Cardassianern angerichteten Beschädigungen der hiesigen Exosysteme verwandelten die Station in ein regelrechtes Schmugglerparadies. Bis zum Eintreffen der neuen Sicherheitsbarrieren war besondere Wachsamkeit nötig, um zu verhindern, daß man DS Nine als Umschlagplatz für verbotene Waren mißbrauchte.

Odos Kollege vom angeblichen cardassianischen Forschungsschiff behielt den Gestaltwandler auch weiterhin im Auge. Der Constable ärgert sich darüber, aber er wußte auch, daß genau darin der Auftrag des Cardassianers bestand: Er sollte den Sicherheitsoffizier von Deep Space Nine beobachten.

»Wird es nicht bald Zeit dafür?« fragte Gri Rafod amüsiert. »Ich würde es bedauern, wenn Sie plötzlich schmelzen und sich in eine Lache verwandeln, nur weil Sie für mich eine Besichtigungstour veranstalten.«

»Ich veranstalte überhaupt nichts für Sie«, erwiderte Odo scharf. »Sie wollten mich unbedingt bei meiner Runde begleiten. Ich halte nichts davon, aber ich bin an die Vereinbarung zwischen Ihren Vorgesetzten und Commander Sisko gebunden. Sie behaupten auch weiterhin, daß es Ihnen darum geht, einen Eindruck von den verbesserten Sicherheitsmaßnahmen an Bord dieser Raumstation zu gewinnen, um später dem cardassianischen Rat davon zu berichten. Nun, halten Sie ruhig an dieser Erklärung fest.« Er durchbohrte den Cardassianer mit einem besonders strengen Blick. »Doch geben Sie sich keinen Illusionen hin: Ich lasse mich nicht von Ihnen täuschen.«

»Ihre schroffen Worte erfüllen mich mit Kummer.« Rafod bewies schauspielerisches Talent, als er die Hand an die Brust preßte. »Gul Dukat wies mich auf Ihre Neigung hin, fremden Leuten grundlos zu mißtrauen. Zuerst wollte ich ihm nicht glauben, aber jetzt...« Er schüttelte den Kopf. »Vielleicht ist es ein Ergebnis der Pflichten, die wir beide wahrnehmen. Viel zu oft sehen wir die Schattenseiten anderer Personen, nicht wahr?«

Odo schwieg. Er hatte den Cardassianer bereits einmal angelogen und dadurch seinen eigenen Ehrenkodex verletzt. Er war nicht an irgendeine Vereinbarung gebunden: Wenn die Sicherheit der Station Initiativen verlangte, die keinen offiziellen Segen erhalten konnten, so handelte er einfach, ohne eine Genehmigung einzuholen. In solchen Fällen gab Sisko meistens vor, nichts zu wissen. Aber diesmal bekam es Odo mit ganz besonderen Problemen zu tun. Als Gestaltwandler wäre es ihm geradezu lächerlich leicht gefallen, Gri Rafods Aufmerksamkeit zu entgehen – doch damit hätte er den Vorgesetzten des Cardassianers direkt in die Hände gespielt. Sie suchten nur nach einem Vorwand, um sich über das Abkommen hinwegzusetzen, das nach langen und schwierigen Verhandlungen unterzeichnet worden war – jene Übereinkunft, die von allen Schiffen (auch cardassianischen) verlangte, das Impulstriebwerk vor einem Wurmlochtransit mit speziellen Absorbern abzuschirmen. Diese Maßnahme diente zum Schutz der Entitäten, die im Dimensionstunnel lebten – was die Cardassianer jedoch kaum zu interessieren schien. Sie begegneten selbst physischen Geschöpfen mit Gleichgültigkeit; für das Wohl von Wesen, die allein auf einer mentalen Ebene existierten, interessierten sie sich noch weitaus weniger.

Wenn Odo dem cardassianischen Sicherheitsoffizier entwischte... Dann warf Gul Tahgla Commander Sisko und den anderen Starfleet-Offizieren an Bord vor, die besonderen Fähigkeiten des Constable zu nutzen, um das Raumschiff im Trockendock auszuspionieren und geheime Informationen zu sammeln. Der cardassianische Rat würde Zeter und Mordio schreien, dem ganzen Universum verkünden, daß die Installation der Absorber nur dazu diente, um die betreffenden Schiffe den neugierigen Blicken Starfleets zu öffnen. Eine der vielen unangenehmen Folgen mochte darin bestehen, daß die Spannungen zwischen der Föderation und dem cardassianischen Reich zunahmen, woraus eine interstellare Krise resultierte – die den Cardassianern vielleicht Gelegenheit gab, ihren Einflußbereich zu erweitern.

Nun, das alles änderte natürlich nichts an der Tatsache, daß Odo bereits beschlossen hatte, Gri Rafod ein Schnippchen zu schlagen und dem Schiff im Wartungshangar einen heimlichen Besuch abzustatten. Der Plan war bereits in allen Einzelheiten entwickelt und ging auf die Zeit *vor* dem unbewußten Fehler der Cardassianer in Hinsicht auf ihre verschiedenen mathematischen Notationen zurück.

»Ich finde diesen Rundgang… faszinierend.« Rafod lächelte, während er neben Odo einen Fuß vor den anderen setzte. »Und ich versichere Ihnen, daß ich dabei eine Menge lerne.«

Oh, das glaube ich dir gern, dachte der Constable. *Zum Glück ahnst du nicht, daß ich bald noch viel mehr in Erfahrung bringen werde.*

Der Weg führte sie zu den – offiziell – aktiven Sektionen der Raumstation und schließlich auch zum Trokkendock. Odo stellte fest, daß Gri Rafod noch ein wenig aufmerksamer Ausschau hielt; er wirkte sogar *wachsam.* Sie wanderten durch einen Funkenregen, der von mehreren automatischen Schweißbrennern ausging, und dahinter ragten die grauen Flanken des cardassianischen Schiffes auf. Gerüste schmiegten sich an den Rumpf, und dicke Kabel hingen von Kränen herab.

Chefingenieur O'Brien stand vor einem mobilen

Computerterminal und hielt den Kopf gesenkt, als er Sensorpunkte berührte. Die Darstellungen auf dem großen Bildschirm veränderten sich, zeigten immer neue Diagramme und Schemata. »Irgendein Problem?« erkundigte er sich.

»Nein, natürlich nicht. Reine Routine bringt mich hierher.« Odo legte die Hände auf den Rücken und sah sich im Wartungshangar um. Rege Aktivität herrschte hier. Laute Stimmen erklangen; Metall krachte gegen Metall. Weiter unten, in den dunklen Sektionen, hatte er die Sensibilität seines Gehörs bis zum Maximum verstärkt, um selbst die leisesten Geräusche zu vernehmen. Jetzt erweiterte er die Trommelfelle um zusätzliche Molekülschichten, um das akustische Durcheinander zu filtern. »Sie sind ziemlich beschäftigt, nicht wahr?«

Gri Rafod war nicht so gut dran wie Odo. Ohne Ohrstöpsel, wie sie O'Brien und seine Mitarbeiter trugen, konnte er einem Gespräch selbst dann nicht folgen, wenn man dabei schrie. Trotzdem: Der Constable hielt es für besser, vorsichtig zu sein. Er sah, daß ihn der Cardassianer aus den Augenwinkeln beobachtete – als rechnete er jeden Augenblick damit, daß der Gestaltwandler versuchte, die Geheimnisses des Raumschiffs zu entschleiern.

»Nachdem die Schwierigkeiten bei der *Kommunikation* beseitigt sind, kommen wir gut voran«, sagte O'Brien. Der Zertrümmerer hockte in der Mitte des Trockendocks, ein massives und stummes Totem der Macht – und außerdem eine unübersehbare, an die Cardassianer gerichtete Warnung.

»Hatten Sie inzwischen Gelegenheit, auch an etwas anderem zu arbeiten? Der Commander erwähnte ein Problem mit gewissen Rohrleitungen...«

Eine dicke Stahlplatte fiel und prallte auf den Boden des Wartungshangars. Odo fühlte die Erschütterung als deutliche Vibration in den Stiefeln. Neben ihm schnitt Gri Rafod eine schmerzerfüllte Grimasse.

Die herabgestürzte Platte hatte O'Brien abgelenkt, und daher verstand er nicht sofort. Als er sich Odo zuwandte, zeigte sein Gesicht Verwirrung. »Was für Rohrleitungen?«

Der Chefingenieur formulierte diese Worte in einem barschen, abweisenden Tonfall, als sei er noch immer sauer, weil Odo ihn in Handschellen zum Büro des Kommandanten geführt hatte. Der Constable warf Gri Rafod einen kurzen Blick zu, um festzustellen, ob dem Cardassianer etwas aufgefallen war. Das schien nicht der Fall zu sein.

O'Brien faßte sich sofort. »Ach, Sie meinen die hydraulischen Systeme.« Als der Sicherheitsoffizier nickte, fügte er hinzu: »Ist bereits in Ordnung gebracht. Sie können dem Commander ausrichten, daß ich alles erledigt habe.«

»Gut. Ich sage es ihm, wenn ich ihn sehe.« Odo wandte sich an Rafod. »Ich fürchte, wir müssen die ›Besichtigungstour‹ jetzt beenden. Wie Sie vorhin bemerkten: Es wird tatsächlich Zeit *dafür*.«

Auf dem Weg zur Promenade mit dem Sicherheitsbüro schüttelte Gri Rafod den Kopf, als wollte er sich auf diese Weise das Dröhnen aus den Ohren schütteln. »Es freut mich sehr, daß wir den Wartungshangar verlassen haben.«

Odo schwieg und musterte seinen Begleiter. Der Cardassianer ahnte nichts.

Nach der Konfrontation mit Sisko war Major Kira tief in Gedanken versunken, als sie ihre Kabine betrat – und dort fast mit jemandem zusammenstieß. Verblüfft sah sie auf und erkannte den Bordarzt von Deep Space Nine. Er hielt eins ihrer Bücher in der Hand.

»Was machen Sie hier?« Normalerweise hätte sie mit Zorn auf diese eklatante Verletzung ihrer Privatsphäre reagiert, aber derzeit war sie viel zu überrascht.

Julian Bashir lächelte so freundlich wie möglich und

stellte das Buch ins Regal zurück. »Erinnern Sie sich nicht mehr? Sie haben eine einmalige Zugangserlaubnis für mich programmiert, damit ich Ihnen die Ergebnisse Ihrer Medo-Untersuchung bringen kann.« Er nahm den Datenblock vom kleinen Tisch, der direkt aus der Wand ragte, aktivierte das Gerät und hielt es so, daß Kira aufs Display sehen konnte. »Sie legten großen Wert darauf, daß alles, äh, *privat* bleibt.«

»Ja.« Sie rieb sich die Stirn. »Es tut mir leid. Ich wollte Sie nicht so anfahren.« Die Bajoranerin setzte sich ruckartig aufs Bett. »Nun, wie steht's mit mir?«

Kira hatte über ihren eigenen Schatten springen müssen, um von Bashir einen Gefallen zu erbitten. Schon seit einer ganzen Weile fand sie den Arzt ausgesprochen unsympathisch, in erster Linie deshalb, weil er einen auffallenden Kontrast zu den Gebarensmustern bildete, die sie für richtig und erstrebenswert hielt. Aus dem gleichen Grund konnte sie Benjamin Sisko nicht nur ertragen, sondern auch respektieren und bewundern – obwohl er manchmal ganz andere Auffassungen vertrat als sie. Zumindest ließ der Commander nie einen Zweifel an seinen Einstellungen und Empfindungen. Bashir hingegen verließ sich viel zu sehr auf Charme – oder auf das, was er für Charme hielt. Hinzu kamen oberflächliche Schmeicheleien, die Mißtrauen in Kira weckten. *Hören Sie endlich mit dem Versuch auf, sich mit dem ganzen Universum anzufreunden,* wollte sie ihm mitteilen. *Besinnen Sie sich statt dessen auf Ihre Pflichten.*

Bashir zuckte mit den Schultern und legte seinen Datenblock wieder auf den Tisch. »Kein Problem. Alles ist in bester Ordnung mit Ihnen. Die Testergebnisse bewegen sich innerhalb der Normwerte. Die Anzahl der Elektrolyte erscheint mir ein wenig zu hoch, aber auch deshalb braucht man sich keine Sorgen zu machen. Wahrscheinlich sind Sie einfach nur müde.« Wieder lächelte er einschmeichelnd. »Weil Sie zuviel arbeiten.«

Kira fragte sich, ob sie jetzt erleichtert sein sollte. Sie

hatte den Arzt gebeten, eine gründliche Untersuchung vorzunehmen und auch eine Blutprobe zu analysieren, und zwar *nach* der normalen Schicht, wenn sich die Präsenz des medizinischen Personals auf die Notstation beschränkte. Bashir sicherte ihr Vertraulichkeit zu und versprach, daß niemand – auch nicht Commander Sisko – etwas erfuhr. Er betonte in diesem Zusammenhang seine ärztliche Schweigepflicht. Wenn sie in dieser Hinsicht beruhigt sein konnte und mit den Untersuchungsergebnissen alles in Ordnung war... Dann blieb nur noch das Unbehagen angesichts des Grunds für ihre Bitte.

»Es ist kein Geheimnis, daß Sie sich eine Menge abverlangen.« Bashir sah zur Decke und rieb sich nachdenklich das Kinn. »Nun, wenn ich Ihr *persönlicher* Arzt wäre, wenn Sie sich exklusiv von mir behandeln ließen... In dem Fall würde ich Ihnen empfehlen, einmal auszuspannen. Eine Schicht ohne Gedanken an Pflicht und Arbeit... Ein leckeres Abendessen, eine Flasche Wein, angenehme Gesellschaft...« Der Doktor strahlte plötzlich. »Zum Beispiel mit *mir*. Nun, wie klingt das?«

Kira stöhnte innerlich. Das war ein weiterer Grund dafür, warum sie Bashir unsympathisch fand. Aus dem gleichen Anlaß hatte sie Mitleid mit Dax und allen anderen weiblichen Humanoiden an Bord der Raumstation. Man konnte dem Arzt nicht einmal ›Hallo‹ sagen, ohne einen Annäherungsversuch zu provozieren. Allem Anschein nach hielt er sich für unwiderstehlich.

»Es klingt wie eine schlechte Idee.« Kira ließ den Kopf aufs Kissen sinken und scherte sich nicht darum, welche Gedanken Bashir jetzt durch den Kopf gehen mochten. »Wie Sie schon sagten: Vermutlich bin ich müde. *Zu* müde.« Offenbar verstand er den Hinweis nicht. Oder er *wollte* ihn nicht verstehen. Er betrachtete auch weiterhin die Gegenstände in den Regalen: einige Bücher, verschiedene Objekte, die an bestimmte Episoden in Kiras Vergangenheit erinnerten. Es waren nicht viele, was auf einen Kampf gegen alles Melancholische und Sentimentale in ihrem Innern schließen ließ. Außerdem: Wer seine Kindheit in einem Flüchtlingslager verbracht hatte, verband kaum angenehme Erinnerungen damit.

»Ich bitte Sie, Kira – *das* hätte ich nicht von Ihnen erwartet«, sagte Bashir spöttisch. Er betrachtete den kleinen, tragbaren Chip-Player zwischen den winzigen Lautsprechern. »Das ist *erbärmlich*. Sie haben Besseres verdient.«

»Das Gerät funktioniert, und mehr verlange ich nicht. Darüber hinaus habe ich es zu einem guten Preis von Quark bekommen. Er meinte, es sei aus der Ladekammer eines interstellaren Frachters gefallen.« Kira verfluchte den Umstand, daß sie nun in Bashirs Schuld stand. Immerhin hatte er die Untersuchung durchgeführt, obwohl er vollauf damit beschäftigt war, das Quarantänemodul der Station vorzubereiten. Deshalb mußte sie nun höflich bleiben, obgleich alles in ihr danach drängte, ihn vor die Tür zu setzen. »Sie meinen sicher, ich sollte mir etwas Ultramodernes zulegen.«

»O nein, ganz und gar nicht. Ich habe dabei vielmehr an etwas *Klassisches* gedacht.« Er schien es ernst zu meinen, und Begeisterung glühte in seinen Zügen. »Derzeit restauriere ich ein altes musikalisches Wiedergabesystem. Es ist mehrere hundert Jahre alt und stammt von der Erde – als Aufzeichnungsmedium benutzte man damals *handgroße* Scheiben.« Bashir hob die eigene Hand, um es zu demonstrieren. »Aber die Algorithmen des Theta-Codes sind einfach super – der letzte große Design-Durchbruch von Sinclair-Moffett. Sie sollten dafür den Nobelpreis bekommen ...«

»Davon hatte ich keine Ahnung.« Kira starrte an die Wand und versuchte mit nur wenig Erfolg, ihre Langeweile zu verbergen.

»Wenn das Ding läuft ... Es ermöglicht phantastische Erlebnisse. Deep Space Nine scheint einfach zu verschwinden, und ich habe das Gefühl, plötzlich im *Concertgebouw* des alten Amsterdam zu sein, oder in einem anderen altehrwürdigen Konzertsaal. Es ist weitaus besser als eine Holo-Kammer – vorausgesetzt natürlich, man schließt die Augen.« Etwas leiser fügte Bashir hinzu: »Sie sollten mich einmal in meinem Quartier besuchen und es sich anhören.«

Ein weiterer Wink mit dem Zaunpfahl. Dieser Mann schreckte vor nichts zurück. Kira glaubte sich nun imstande, ihn rauszuwerfen, ohne deshalb ein schlechtes Gewissen zu bekommen. Sie wollte gerade eine entsprechende Aufforderung an ihn richten, als sie plötzlich eine andere Stimme hörte. Es dauerte einige Sekunden, bis sie begriff, daß Bashir den Chip-Player eingeschaltet hatte.

Mit einem Satz war sie auf den Beinen, sprang an dem Arzt vorbei und drückte eine Taste auf dem Kontrollfeld des kleinen Geräts. Das Ausgabefach öffnete sich und bot den Chip an; Kira griff sofort danach.

»Was ist denn los?« Bashir musterte die Bajoranerin verwirrt.

»Nichts.« Sie schloß die Finger fest um den Chip. »Ihnen kann kaum etwas daran gelegen sein, sich das hier anzuhören. Die Aufzeichnungseinheit enthält, äh, bajoranische Volksmusik. Klingt alles sehr monoton.« Wie unvorsichtig, den Chip im Player zu lassen. Kira tadelte sich wegen dieses Fehlers und beschloß, ihn nie zu wiederholen.

»Oh, das macht nichts. Ich finde an … *vielen* Dingen Gefallen.«

Kann ich mir denken. »Vielleicht ein anderes Mal. Ich fürchte, ich bekomme Kopfschmerzen.« Eine uralte Ausrede, die noch immer ihren Zweck erfüllte.

Als Bashir gegangen war – endlich! –, zog Kira die Matratze ein wenig von der Wand fort, um das kleine Geheimfach zu erreichen, das sie sich geschaffen hatte. Sie löste einen Teil der Wandverkleidung und wollte den Chip in ihrer Hand zu den anderen legen, doch dann zögerte sie. Langsam schloß sie die Augen, atmete mehrmals tief durch und versuchte, das rasende Pochen ihres Herzens unter Kontrolle zu bringen.

Vielleicht sollte sie auf Bashirs Rat hören und sich tatsächlich eine Pause gönnen, eine Gelegenheit, um auszuspannen, um nicht mehr an die Dinge zu denken, die hinter ihrer Stirn schrien. *Denk nicht daran. Erinnere dich nicht ...*

Oder hatte Commander Sisko recht? Welche Ursache gab es für ihr ›mangelndes Urteilsvermögen‹? Sie konnte nicht einmal entscheiden, ob es ein Fehler gewesen war, den Aufenthalt der Redemptoristen an Bord von Deep Space Nine zu genehmigen. Nein, sicher steckte nicht nur Erschöpfung dahinter. Es mußte einen anderen Grund geben, etwas Fundamentales, das allmählich ihre Seele zu zerschneiden schien. Eine Trennung fand statt, zwischen dem, was sie zu werden versuchte, was sie zu sein vorgab – und was sie einst gewesen war.

Kira zog die Hand zurück, obgleich der Chip noch immer in ihr ruhte. Sie stand auf, legte die Aufzeichnungseinheit wieder ins Gerät und drückte die Abspieltaste. Aus einem Reflex heraus drehte sie die Lautstärke herunter, um zu verhindern, daß man außerhalb ihrer Kabine etwas hörte. Dann kehrte sie zur Koje zurück und streckte sich darauf aus.

Mit geschlossenen Augen lauschte sie der strengen, eindringlichen Stimme. Die gleiche Stimme war auch in den anderen Chips gespeichert: Sie gehörte dem auf Bajor versteckten Anführer der Redemptoristen, und die Aufzeichnungen betrafen seine illegal gesendeten Reden.

Der Mann sprach von Blut und Feuer, von der Notwendigkeit einer großen Läuterung, die den Planeten vom Schmutz reinigen sollte. Er sprach davon, alle Außenweltler zu verjagen, alle Fremden von den Sternen, die sich in bajoranische Angelegenheiten einmischten. Major Kira Nerys biß die Zähne zusammen und hörte auch weiterhin zu. Eine einzelne Träne löste sich aus dem linken Auge und rollte über die Wange, hinterließ dort eine glitzernde Spur.

KAPITEL 3

Das Versteck war schon mehrmals gewechselt worden, um zu verhindern, daß der Sicherheitsoffizier den Mann fand, der sich dort verbarg. Es handelte sich bei ihm um die wichtigste Person für die Zukunft von Bajor. Als Unbefugter befand er sich an Bord von Deep Space Nine, und nur einige wenige Auserwählte wußten von seiner Präsenz. Das jüngste Mitglied der Redemptoristengruppe eilte durch dunkle Gänge und duckte sich immer wieder, um nicht mit dem Kopf gegen Rohre zu stoßen. Das Paket in den Armen drückte er fest an die Brust – er wußte um die enorm große Verantwortung, die nun auf ihm lastete.

Der Begriff ›unbefugt‹ hatte nur relative Bedeutung; diesen Hinweis rief sich der junge Mann immer wieder ins Gedächtnis zurück. Am Ende eines bestimmten Korridors öffnete er eine Luke, die nur selten benutzt wurde, und dahinter führten metallene Sprossen in die finstere Tiefe. Es gefiel ihm nicht sonderlich, sich über die in der Raumstation geltenden Regeln hinwegzusetzen – jene Regeln stammten von den Fremden, von Leuten wie Chefingenieur O'Brien, die den Redemptoristen mit überraschender Fairneß begegneten. Aber solche Vorschriften waren nichts im Vergleich mit Bajors Ruhm und Befreiung. Das durfte er nie vergessen; in dieser Hinsicht konnte er immer wieder die Festigkeit seines Glaubens beweisen.

Er erreichte die letzte Sprosse, und darunter erstreckte sich Leere. Dieser Bereich war besonders schwer beschädigt worden, als die Cardassianer Feuer legten, bevor sie ihre Raumstation aufgaben und den Bajoranern überließen. Den automatischen Löschsystemen gelang es schließlich, alle Brände zu besiegen, aber sowohl das lokale Energieversorgungssystem als auch alle lokalen Sensoren fielen der Glut zum Opfer. Es roch noch immer nach verbranntem Isoliermaterial.

Der Redemptorist atmete tief durch und zwang sich dazu, die Sprosse loszulassen, an der er sich bisher festgehalten hatte. Er fiel nur zwei Meter tief in die Dunkelheit, doch das genügte, um ihm einen Anflug von Panik zu bescheren, ihn fürchten zu lassen, für immer und ewig zu fallen.

Er rollte von einem Haufen aus Kunststoffabfällen und verharrte auf den Knien. Eine Sekunde später merkte er, daß er durch den Aufprall das Paket verloren hatte, und mit wachsender Verzweiflung tastete er umher. Schließlich fand er das Bündel, direkt neben dem Draht, der den Rest des Weges markierte. Der junge Mann kroch los und drückte das Paket noch fester an sich als zuvor.

»Arten ... Freut mich, dich zu sehen.« Ein Gesicht erschien im Zwielicht, ein lächelndes Gesicht, das dem wichtigsten Mann von Bajor gehörte, beziehungsweise dem wichtigsten Bajoraner außerhalb des Planeten – nach seinem heimlichen Transfer zur Station DS Nine. »Ich dachte schon, du hättest mich vielleicht vergessen.«

Die Worte waren scherzhaft gemeint, aber sie erschreckten Arten trotzdem. »Das ist völlig unmöglich!« entfuhr es ihm. »Wie ... wie könnte ich dich vergessen?«

»Schon gut.« Hõren Rygis, Anführer der Redemptoristen, nahm das Paket entgegen und öffnete es. »Ich weiß deine Hilfe sehr zu schätzen. Dadurch hast du die Anerkennung aller Gläubigen verdient.«

Arten hockte noch immer auf den Knien – das Versteck bot nicht genug Platz, um aufrecht zu stehen –, drehte nun den Kopf und vergewisserte sich, daß die flexible Platte den Zugang geschlossen hatte. Weder Licht noch Geräusche durften nach draußen dringen. Zwar sprach Hõren hier leise und ruhig, aber Arten hörte gleichzeitig jene andere Stimme, die sich in den Sendungen an alle Redemptoristen auf Bajor wandte. Es war ein Wunder, ein Zeichen für die Gerechtigkeit ihrer Sache, daß die Quelle der apokalyptischen Predigten – für die Aufforderungen zur Revolution und zu brennender Reinheit – noch nicht im Innern von Deep Space Nine entdeckt worden war.

Hõren stellte die Wasserflaschen und Lebensmittelkonzentrate beiseite, griff nach einigen Gegenständen ganz unten im Paket. Kurz darauf hob er die leeren Speicherchips ins Licht der kleinen elektrischen Laterne.

»So einfache Mittel ...«, überlegte Hõren laut. »So einfache Mittel tragen dazu bei, daß bald der Tag kommt, auf den sich alle wahren Bajoraner freuen. Die Tugend des Schlichten ...« Er bedachte Arten mit einem durchdringenden Blick. »Daran solltest du immer denken.«

»Ja ...« Der junge Redemptorist nickte und fragte sich, was Hõren meinte. Manche weisen Worte von ihm gemahnten an Dinge, die Arten bereits kannte, denen selbst Ungläubige zugestimmt hätten. Andere hingegen offenbarten ihre Bedeutung erst allmählich, wenn man genauer über sie nachdachte. Und manchmal vermittelten sie den Eindruck von Düsternis ...

»Nun, eigentlich wäre es gar nicht notwendig gewesen, daß du hierherkommst.« Hõren öffnete eine der Flaschen, setzte sie an die Lippen und trank. »Während des letzten Zyklus hat mich einer deiner Gefährten besucht.« Es klang ganz beiläufig, als sei die Rede von einem Nachbarn, der zu einem Schwätzchen vorbeigekommen war.

Arten spürte, wie sich etwas in ihm versteifte. »Ach?« Man hatte *ihn* damit beauftragt, Vorräte und leere Chips zum Versteck zu bringen, Speichermodule mit den feurigen Worten des Anführers in Empfang zu nehmen. »Wer hat dich besucht?« fragte er. Nur mit Mühe widerstand er der Versuchung, *und warum?* hinzuzufügen.

»Das Oberhaupt eurer Gruppe. Deyreth Elt. Er brachte mir einige Dinge.« Hõren deutete zu den Gegenständen auf dem Wandsims, der als Regal diente. »Nicht viel.«

»Und ...« Arten konnte die wachsende Neugier nicht länger unter Kontrolle halten. »War das der einzige Grund für seinen Abstecher hierher?«

»Nein.« In einem bereits geöffneten Behälter suchte Hõren nach übriggebliebenen Essensresten. Seine langgliedrigen, fast zarten Hände bildeten einen seltsamen Gegensatz zum breitschultrigen Körper, der in dem winzigen Raum wie eingezwängt wirkte. Nicht zum erstenmal reagierte Arten mit einem sonderbaren Empfinden auf die unmittelbare Präsenz dieses Mannes: Aus irgendeinem Grund glaubte er zu fühlen, wie der ganze zur Verfügung stehende Platz absorbiert wurde, wodurch ihm nur noch wenig Bewegungsfreiheit blieb, am Rand einer Existenzsphäre mit Hõren im Zentrum.

Der Anführer leckte Soße vom Finger. »Deyreth und ich haben ein sehr interessantes Gespräch geführt.« Scharfe Kanten zeigten sich in seinem Gesicht, aber unmittelbar darauf glätteten sich die Züge, formten ein neuerliches Lächeln. »Und dabei ging es um *dich*.«

Artens Herz erstarrte für ein oder zwei Sekunden, um dann schneller zu klopfen als jemals zuvor. Er atmete flach und schnell, um nicht laut nach Luft zu schnappen.

»Beruhig dich. Du hast nichts zu befürchten.« Hõren sprach jetzt noch leiser, und dadurch verlor seine Stimme fast jede Ähnlichkeit mit der, die in den Speicherchips wartete. »Zweifel an sich selbst gehört nicht zu den Eigenschaften jener, die den Schild der Reinheit tragen.« Das Lächeln verschwand. »Zweifelst du an dir, Arten?«

»Ich … ich glaube nicht …«

Hören seufzte. »Daran mußt du noch arbeiten. In der Zwischenzeit … Denk daran, daß Deyreth zu den ältesten Redemptoristen gehört. Als einer der ersten empfing er die Botschaft des Kampfes, damals, als wir nur ein bunt zusammengewürfelter Haufen waren und sowohl von den Cardassianern als auch von bajoranischen Kollaborateuren gejagt wurden. Deyreth ist deines Respekts würdig: ein Mann der Frömmigkeit, jemand, der unerschütterlich im Glauben verharrt – vielleicht *zu* unerschütterlich, wenn du verstehst, was ich meine.«

Mattes Licht erschien, und es stammte nicht von der Laterne. »Vielleicht …«

»Von einem so tugendhaften Kameraden wie Deyreth kann man nicht erwarten, daß er sich bereitwillig veränderten Bedingungen anpaßt, jenen neuen Gelegenheiten, die selbst ich nicht sofort erkannt habe. Die jetzigen Herrscher in der Raumstation, die Gesandten der Föderation … Sie unterscheiden sich von den Cardassianern, nicht wahr? Und zwar in vielerlei Hinsicht.«

Arten nickte. »Das habe ich Deyreth und den anderen zu erklären versucht.«

»Ah. Deyreth kam zu mir, um Bericht zu erstatten. Er schilderte mir deine Bemerkungen und wies darauf hin, daß du eine gewisse Bewunderung für Chefingenieur O'Brien zum Ausdruck gebracht hast, euren Vorgesetzten. Stimmt das? Hast du tatsächlich auf eine solche Weise gesprochen?«

Arten zögerte. Irgend etwas schnürte ihm die Kehle zu.

»Ich bitte dich – du kannst ganz offen sein.« Hören

senkte den Kopf, damit der junge Mann nicht mehr zu ihm aufsehen mußte. »Ich habe bereits versucht, dir zu folgender Erkenntnis zu verhelfen: Der Einfachste und Geringste von uns mag von besonders großem Nutzen sein. Du siehst die Dinge aus einer anderen Perspektive als Deyreth, was mich kaum überrascht. Du hattest auch den Mut, die Wahrheit zu verkünden, die dir von der Stimme deines Herzens mitgeteilt wurde – das ist lobenswert.«

Ein tonnenschweres Gewicht schien von Arten zu weichen. Er holte tief Luft, und die Erleichterung entfaltete eine fast berauschende Wirkung. »Ja, es stimmt.« Wieviel leichter war es doch, dieses Geständnis abzulegen, anstatt ständig die Bürde der Scham zu tragen! Die Worte platzten nun aus ihm heraus. »Der Chefingenieur und die anderen... Sie wissen, wer wir sind. Sie behandeln uns gut, obwohl sie gar keinen Grund dazu haben. Sie sind *wirklich* anders. Sie...«

Hõren legte die Hand auf Artens Arm. »Das genügt. Ich verstehe.« Er wich wieder zurück, und sein Blick kehrte sich nach innen. »Ich verstehe... alles...«

Es erübrigte sich, noch mehr zu sagen. Arten schloß die Augen und spürte, wie sich die letzten Reste der Anspannung auflösten. Jetzt brauchte er sich nicht mehr zu schämen. Jetzt würden auch Deyreth und die anderen einsehen, daß die Situation an Bord von DS Nine anders beschaffen war.

In der Dunkelheit, in einem abgelegenen, verlassenen Bereich der Raumstation, flüsterte die Stimme des Blutes und des Feuers: »Ich verstehe. Und ich weiß, was es zu tun gilt...«

»Sieht recht komfortabel aus.« Gri Rafod blickte über den Rand des Beckens, und funkelndes Messing zeigte ihm sein Spiegelbild. »Komfortabel für... gewisse Personen.«

Odo empfand die Präsenz des Cardassianers noch

immer als sehr lästig, und von seinen Versuchen, humorvoll zu sein, hielt er nicht mehr als vorher. »Der Behälter erfüllt seinen Zweck.« Er sah nicht auf, bediente die Kontrollen des Datenblocks und ging die darin gespeicherten Verhaftungsberichte durch. Zusammen mit Rafod hatte er das Sicherheitsbüro verlassen und sich in sein privates Quartier zurückgezogen. Die geschlossene Tür hielt den Lärm der Promenade fern. »Mehr ist nicht notwendig.«

»Da haben Sie vermutlich recht.« Der Cardassianer lehnte sich auf dem Stuhl zurück, streckte die Beine und wirkte gelangweilt. »Dauert es noch lange? Bis es... passiert, meine ich.«

Odo hob den Kopf. »Mein Verhalten ist an die Vereinbarung zwischen Ihren Vorgesetzten und Commander Sisko gebunden.« Er sprach ruhig und gelassen, gönnte Rafod nicht die Genugtuung, von seinem Ärger zu erfahren. »Im Gegensatz zu meinen Bemerkungen. Sie sind taktlos genug, einfach so in meine Privatsphäre einzudringen – na schön. Die Anweisungen verpflichten mich, Ihr ungebührliches Verhalten zu akzeptieren. Allerdings möchte ich Sie auf folgendes hinweisen: Jener Vorgang, der ›passiert‹, wie Sie sich auszudrücken belieben, gehört zu meiner Physiologie. Nach einer bestimmten Zeit muß ich meine feste Gestalt aufgeben und mich für eine Regenerationsphase verflüssigen. Dabei handelt es sich nicht um eine Vorstellung, die irgendwelche Zuschauer unterhalten soll.«

»Ja, ja, natürlich. Wie Sie meinen.« Gri Rafod sah sich im Zimmer um. »Aber es ist schade.«

Odo seufzte – der Cardassianer stellte seine Geduld auf eine harte Probe. »*Was* ist schade?«

»Daß es sich nicht um eine Vorstellung handelt. Sie wäre sicher sehr eindrucksvoll. Vielleicht sollten Sie mit Ihrem Freund Quark darüber reden. Wahrscheinlich könnte er etwas für Sie arrangieren.«

Etwas lauter als beabsichtigt ließ Odo den Datenblock in die Schreibtischschublade fallen und betätigte unmittelbar darauf den Verriegelungsmechanismus. Die in dem kleinen Computer gespeicherten Informationen waren mit speziellen Sicherheitscodes geschützt, die eine unüberwindliche Barriere darstellten, aber der Constable wollte vermeiden, daß der Cardassianer an dem Gerät herumspielte, während er hier wartete.

Er stand auf und trat um den Schreibtisch herum. »Wenn es Sie glücklicher macht ... *Es* ist jetzt soweit. Sie können sich nun ganz Ihrem unziemlichen Interesse an den biologischen Funktionen anderer Geschöpfe hingeben.« Der Gestaltwandler kletterte ins glänzende Becken. »Zumindest eine Zeitlang.«

Rafod ignorierte den Seitenhieb. »Es sieht so aus, als stiege jemand in die Badewanne, nicht wahr?« Er beugte sich vor, um alles zu beobachten.

»Ich habe immer vermutet, daß Sie mit derartigen Konzepten nicht vertraut sind. Sie haben diese Annahme gerade bestätigt.«

»Sehr witzig.« Der Cardassianer lächelte schief und nickte. »Ja, wie eine altertümliche Badewanne ... Allerdings ohne Abfluß.«

Odo legte die Hände auf den Rand des Beckens. »Hoffentlich haben Sie etwas mitgebracht, mit dem Sie sich während der nächsten zwei Stunden die Zeit vertreiben können. Unsere bisherigen Gespräche mögen faszinierend gewesen sein, aber im verflüssigten Zustand bleibt mir die verbale Kommunikation verwehrt.«

»Das dachte ich mir.« Rafod griff in eine Tasche seiner Uniform, holte einen Beutel sowie ein seltsames Holzobjekt daraus hervor. »Quark hat mir das verkauft – zweifellos zu einem Wucherpreis.«

Vom Inhalt des Beutels ging ein scharfer Geruch aus. Odo schnupperte. »Das ist Tabak.«

»Ja. Stammt angeblich von der Erde – das behauptete der Ferengi jedenfalls. Er meinte, es sei ein leichtes Narkotikum, das jedoch keine betäubende, sondern eher eine anregende Wirkung entfaltet.«

»Ich fordere Sie hiermit auf, keine derartigen Drogen zu genießen, während Sie sich in meiner Unterkunft aufhalten.«

Rafod hantierte mit Feuerzeug und Stopfer. »Darüber reden wir, wenn Sie zurück sind. Ich meine: wenn Sie sich in einen Humanoiden zurückverwandeln.« Er begann damit, den Pfeifenkopf mit einer in kleine Fetzen geschnittenen organischen Masse zu füllen.

Odo konnte nichts dagegen unternehmen. Und eigentlich wollte er es auch gar nicht. Wenn sich der Cardassianer mit seinem neuen Spielzeug beschäftigte, dann achtete er um so weniger darauf, was direkt vor seiner häßlichen, schuppigen Nase geschah. »Wenn Sie mich jetzt bitte entschuldigen würden ...«

Rafod gelang es, den Tabak zu entzünden. Einmal mehr lehnte er sich zurück und blies eine Rauchwolke von sich. »Mir scheint, es gibt allen Grund für Sie, in bezug auf Ihr Quartier besondere Sicherheitsmaßnahmen zu ergreifen. Als Constable dieser Raumstation haben Sie sicher viele Feinde: Verbrecher, denen Sie ein Dorn im Auge sind; überführte Halunken, die sich rächen wollen; ganz zu schweigen von Leuten, denen es einfach nur darum geht, Unruhe zu stiften.« Rafod hustete leise, bevor er fortfuhr: »Wenn jemand auf den Gedanken käme, sich Zugang zu Ihrer Unterkunft zu verschaffen, während Sie verflüssigt und somit *hilflos* sind ...« Er schüttelte den Kopf. »Jemand könnte in Versuchung geraten, etwas zu Ihnen ins Becken zu werfen. Abfälle vielleicht, Metallstücke ...« Der Cardassianer lächelte. »Oder Asche.«

Odo hatte sich gerade in den Messingbehälter sinken lassen wollen, um dort die einzelnen Atome seiner physischen Existenz zu individualisieren, sie von den Bindungskräften zu befreien, die ihnen feste Struktur verliehen. Als er die letzten Worte Rafods hörte, unterbrach er diesen Prozeß und richtete sich wieder auf.

»Wenn *jemand* auf eine solche Idee käme, so hätte er schon kurze Zeit später allen Grund, das zu bereuen.« Odo beugte sich über den Rand des Beckens und in den Tabakrauch. »Ich möchte Ihnen eine kleine Geschichte erzählen, Gri Rafod. Zuerst einmal sollten Sie folgendes wissen: Im flüssigen Zustand bin ich zwar hilflos, aber voll bei Bewußtsein. Meine Regenerationsphasen sind also nicht etwa mit Schlaf zu vergleichen. Ich bleibe die ganze Zeit über wach und nehme meine Umwelt wahr.

Hier nun die Geschichte: Einmal kam jemand herein und warf etwas in den Messingbehälter, während ich darin neue Kraft schöpfte. Das hat mich sehr, sehr geärgert.«

Unbehagen zeichnete sich in Rafods Gesicht ab. Er schien zu ahnen, daß er zu weit gegangen war.

»Nach der Regeneration suchte ich den Betreffenden und fand ihn schon nach kurzer Zeit. Und wissen Sie, was ich mit ihm angestellt habe?«

Der Cardassianer schüttelte den Kopf.

»Ich verwandelte mich, ohne daß er etwas merkte, wurde zu einem Teil des Essens auf seinem Teller, zu einem kleinen Brocken, den er ohne zu kauen hinunterschlucken würde. Und als ich mich in seinem Innern befand … Daraufhin schwoll ich an, streckte die Hand durch die Speiseröhre bis in den Kopf, drückte ihm von innen her die Augen aus dem Schädel.« Odo bedauerte, daß er nicht gelernt hatte, grimmig zu lächeln – so etwas wäre jetzt angebracht gewesen. »Das muß eine recht unangenehme Erfahrung für den Mann gewesen sein. Er sieht nun mit Hilfe elektronischer Linsen, die sich rein äußerlich nicht von normalen Augen unterscheiden. Wie dem auch sei: Er wird noch immer mit starken Sedativen behandelt, in einer psychiatrischen Klinik seiner Heimatwelt.«

Rafod nahm die Pfeife aus dem Mund. »Ich kann mir

kaum vorstellen, daß Sie ihn auf diese Weise bestraft haben. Es wäre gegen das Gesetz.«

»Ja«, bestätigte Odo. »Ich habe meiner Phantasie freien Lauf gelassen und Ihnen nur eine *Möglichkeit* geschildert – die ich jedoch gern einmal ausprobieren würde.« Er wich in die Mitte des Beckens zurück. »Verstehen wir uns jetzt, Gri Rafod? Gut. Bis später.«

Der Constable gab die humanoide Gestalt auf und floß ins Becken, füllte es bis fast zum Rand. Anschließend stattete er einen Teil seiner Flüssigkeit mit lichtempfindlicher Sensibilität aus und schuf an der Oberfläche eine rudimentäre Linse. Das genügte, um den cardassianischen Sicherheitsoffizier zu beobachten, ohne daß er etwas merkte. Rafod schnitt eine finstere Miene, murmelte vor sich hin und stocherte im Pfeifenkopf. Er blieb sitzen, gab durch nichts zu erkennen, seinen Platz aufgeben zu wollen.

Gut, dachte Odo. *Der Narr ahnt nichts.* Er ließ das primitive Auge verschwinden und widmete sich ganz seiner Aufgabe.

Die Versuchung, den flüssigen Zustand beizubehalten, erwies sich als sehr groß – es dauerte nicht mehr lange, bis er sich tatsächlich regenerieren mußte, bis alle Partikel seines Körpers nach Ruhe verlangten. Aber noch war es nicht soweit. Die Zeit reichte aus, um eine ganz spezielle Pflicht zu erfüllen.

Am Boden des Beckens emittierte er Ionen, um den mikroelektrischen Schalter auszulösen, den der clevere O'Brien installiert hatte. Eine metallene Membran zog sich ein wenig zusammen, gab einige winzige Schlitze frei. Selbst wenn Gri Rafod aufmerksam Ausschau gehalten hätte – er wäre nicht imstande gewesen, diese Öffnungen zu erkennen.

Destilliertes Wasser – es schimmerte goldfarben, ebenso wie der flüssige Leib des Gestaltwandlers – strömte ins Becken. Vorsichtig veränderte Odo sein spezifisches Gewicht, damit das Wasser über ihm blieb, während er langsam in den Behälter unterhalb des Bekkens glitt. Der Austausch war zeitlich so gut abgestimmt, daß sich die Oberfläche der Flüssigkeit nicht kräuselte.

Als die letzten Atome den getarnten Abfluß passiert hatten, verfestigte er einen Teil seines Selbst zu einem Finger und betätigte damit die Taste am oberen Bereich des Behälters. Die Membran dehnte sich wieder und versiegelte den Boden des Beckens. O'Briens ›hydraulische Systeme‹ hatten perfekt funktioniert.

Kurz darauf erreichte Odo einen Zugangskorridor unterhalb der Promenade und sah sich um. Niemand war zugegen; niemand konnte ihn sehen. Gri Rafod glaubte den Constable nach wie vor im Ruhebassin, und wenn Odo mit dieser Mission erfolgreich sein wollte, durfte er von niemandem erkannt werden. Er gab sich Gesicht und Uniform eines Technikers und eilte zum Trockendock-Sektor.

Einige Minuten später betrat Chefingenieur O'Brien einen Lagerraum und stellte dort fest, daß eine Rolle mit monomolekularem Kom-Strang am falschen Platz lag. Er lächelte, griff nach dem Gegenstand, verließ das Lager und ging zum cardassianischen Raumschiff.

Odo wußte es zu schätzen, daß O'Brien bei dieser heiklen Angelegenheit alles selbst erledigte, ohne jemand anders damit zu beauftragen.

Plötzlich ließ Miles die Rolle auf den harten Metallboden fallen. Der Aufprall erschütterte Odo so sehr, daß seine Gedanken aus den Fugen zu geraten drohten.

»Tut mir leid«, flüsterte O'Brien, als er die Rolle aufhob. »Ich schätze, meine Hände sind noch immer ein wenig *taub*. Wegen der Handschellen ...«

Odo nahm an, daß der Chefingenieur und er jetzt quitt waren. Er *hoffte* es wenigstens.

Als die Schicht zu Ende ging, als O'Brien und die anderen Techniker den Wartungshangar verließen ... Im Schubmodul des Schiffes bewegte sich etwas. Ein Kom-

Strang glitt von der Rolle und gesellte sich den Kabeln hinzu, die hier und dort über die Wände reichten. Die gelangweilten cardassianischen Wächter bemerkten nichts, als die lange monomolekulare Faser ins Innere des Raumers kroch, um dort alle Geheimnisse auszuspähen.

Als Arten in den dunklen Zugangsschacht zurückkehrte, sah er einen matten Lichtschimmer, nicht größer als ein Handballen. Das blasse Glühen klebte am rußigen, geborstenen Metall, bot einen viel zu deutlichen Hinweis. Über die Schulter hinweg blickte er in die Richtung, aus der er kam, und sofort sah er den Grund für das Licht. Die flexible Platte am Zugang von Hõren Rygis' Versteck hatte sich nicht ganz geschlossen – eine Ecke hing an einem verbogenen Blechteil fest, das daneben aus der Wand ragte. Die Lücke war groß genug, um den Glanz der elektrischen Laterne hindurchfiltern zu lassen. Groß genug, um einen herumschnüffelnden Ungläubigen auf das Versteck hinzuweisen.

Der junge Redemptorist kehrte zurück, ließ dabei besondere Vorsicht walten und versuchte, nicht das geringste Geräusch zu verursachen. Er wußte jetzt: Auch Hõren vertrat den Standpunkt, daß die Starfleet-Offiziere an Bord von Deep Space Nine ehrenhaft und freundlich sein konnten. Es wäre eine Schande gewesen, dieses neue Verständnis durch Nachlässigkeit in Gefahr zu bringen. Wenn der Sicherheitsoffizier Hõren Rygis fand, bevor es für ihn Zeit wurde, an die Öffentlichkeit zu treten, oder wenn Hõren feststellte, daß Arten beim Befestigen der Platte unachtsam gewesen war ... Beides mochte zu tragischen Konsequenzen führen. Der Anführer hatte in einem sanften, beruhigenden Tonfall zu ihm gesprochen, aber Arten kannte auch die andere Stimme, die heiße, brennende Worte formulierte.

Als er sich der Flexo-Platte näherte, dachte er daran, was alles auf dem Spiel stand. Es ging nicht nur um seine Beziehung zu Hōren und den anderen, sondern um die Zukunft der redemptoristischen Bewegung. Vielleicht war dies ein Wendepunkt. Jener Mann, der die Essenz des Glaubens verkörperte… Vielleicht änderte er nun seine Meinung. Wenn er es für möglich hielt, Nichtbajoraner zu respektieren und sich sogar mit ihnen anzufreunden – dann war auch eine Versöhnung mit den Bajoranern denkbar, die den Lehren Kai Opakas folgten. *Ja, das ist nicht auszuschließen,* fuhr es Arten erfreut durch den Sinn. *Und vielleicht habe ich einen wichtigen Beitrag dazu geleistet.*

Er streckte die Hand nach der Plattenecke aus – und zögerte, als er die Stimme vernahm.

Dies war Hōrens wahre Stimme, nicht die andere, mit der er zu Arten gesprochen hatte. Es war die Stimme des Feuers und des Blutes, eine Stimme, die sowohl Renegaten als auch die Fremden von den Sternen geißelte. Es war eine Stimme, die düstere Prophezeiungen verkündete, die eine ganze Welt erzittern lassen konnte, bis hin zu ihrem dunklen, brodelnden Kern…

Arten begriff plötzlich, was geschah. Hōren verwendete einen der leeren Speicherchips, die er ihm gebracht hatte, um eine neue Botschaft aufzuzeichnen. Nach ihrem – heimlichen – Transfer zum Planeten sollte sie dort von den Ohren der Gläubigen empfangen werden. Von Leuten, die Feuer und Blut ebenfalls für etwas Heiliges hielten.

Dem jungen Mann erbebte das Herz in der Brust. Nein, man konnte nicht hoffen, daß sich innerhalb kurzer Zeit *alles* veränderte. Manche Dinge entwickelten sich langsam, und es gab noch immer viel zu tun…

Es bereitete Arten Kummer zu hören, wie die Stimme von Bajoranern sprach, die sterben mußten, um mit ihrem Tod die besudelte Heimat zu reinigen. Ketzer, Kollaborateure, Verräter… Alle Personen, die mit Wort oder Tat den Ruhm der Gerechten geschmälert, sie beleidigt hatten.

Die Liste schien mit jeder Ansprache des Anführers länger zu werden. Hören wiederholte einen Namen, formulierte ihn noch einmal, zog dabei die Silben in die Länge und schien sich bereits auf diesen speziellen Mordanschlag zu freuen.

»Das Blut der Gläubigen klebt an ihren Händen – Kira Nerys. Noch ahnt sie nichts, aber schon sehr bald wird ihr Gerechtigkeit widerfahren – Strafe, die ihr das Leben aus dem elenden, von Sünde heimgesuchten Leib preßt ...«

Das Herz wurde Arten schwer, und er spürte plötzlich eine Dunkelheit, die noch viel schwärzer war als die Finsternis um ihn herum.

»Kira ...«

Er rückte die Ecke der flexiblen Platte zurecht, drehte sich um und eilte fort vom Versteck.

KAPITEL 4

Der Beweis zeigte sich auf dem Computerschirm. Siskos Vermutungen, der tief in ihm prickelnde Argwohn – jetzt sah er alles bestätigt. Gul Tahgla und die anderen Cardassianer... Sie schienen selbst dann zu lügen, wenn sie den Mund öffneten, um zu grüßen.

»Halten Sie Erläuterungen für erforderlich, Commander?« Sicherheitsoffizier Odo stand auf der anderen Seite des Schreibtischs und wartete.

»Nein.« Sisko schüttelte den Kopf. »Alles ist genau so, wie ich es mir dachte.« Er saß vorgebeugt, das Kinn auf die Faust gestützt. Als er Odos Bericht über das sogenannte cardassianische *Forschungs*schiff gelesen hatte, regte sich etwas in ihm, das man auf der Erde als Melancholie oder Schwermut bezeichnete. *Die Cardassianer belügen uns,* dachte der Commander. *Und wir schicken Spione zu ihnen.* Was bewies: Täuschung führte zu Täuschung, List zu List, Lüge zu Lüge – die Schlange biß sich selbst in den Schwanz.

Der Gedanke, daß Gerissenheit und Irreführung gerade erst begonnen hatten, bewirkte eine weitere Verschlechterung von Siskos Stimmung. Die eigenen Lügen – beziehungsweise die *Unwahrheiten;* das klang besser – würden eine Fortsetzung erfahren. Das hatte er bereits beschlossen. Jetzt blieb nur noch die für den Constable bestimmte Anweisung, seine Entdeckungen niemandem anzuvertrauen.

»Dieser Bericht...« Sisko streckte die Hand aus und deutete zum Bildschirm. »Speichern Sie ihn unter einem Sicherheitscode, der nur mir Zugang gestattet. Niemand sonst darf Gelegenheit erhalten, sich damit zu befassen. Verstanden?«

»Wie Sie wünschen, Commander.«

»Mit ›niemand‹ meine ich auch den Ersten Offizier, Major Kira. Ist das klar? Mit Chief O'Brien rede ich selbst. Es muß auf jeden Fall vermieden werden, daß Ihre Tour durchs cardassianische Raumschiff bekannt wird.«

Odo straffte die Gestalt, richtete sich zu seiner vollen Größe als Humanoide auf. »Sie können sich auf meine Diskretion verlassen, Commander.« Der Tonfall wies darauf hin, daß er sich in seinem beruflichen Stolz verletzt fühlte.

»Ja, natürlich. Es lag mir fern, etwas anderes anzudeuten.« Sisko betätigte einige Tasten, löschte damit die Bildschirmdarstellung und schickte die Berichtsdatei zu einem lokalen Speichersegment, anstatt sie in der zentralen Datenbank von Deep Space Nine abzulegen. »Ich wollte nur den Ernst der Situation betonen.«

»Ich verstehe.« Odo wirkte beschwichtigt. Allerdings... Ganz sicher konnte man nicht sein, denn das Gesicht des Gestaltwandlers verriet kaum etwas. »Deshalb habe ich mir erlaubt, die Transitgenehmigung in Hinsicht auf den cardassianischen Raumer für unbegrenzte Zeit auszusetzen. Alle zuständigen Stellen sind von mir informiert worden.«

»Was?« entfuhr es Sisko. Ruckartig hob er den Kopf. »Damit haben Sie Ihre Befugnisse überschritten!«

Odo blinzelte überrascht. »Ich habe eine solche Maßnahme für notwendig gehalten – immerhin sind die Absorber inzwischen installiert. Das betreffende Raumschiff befindet sich nicht mehr im Trockendock, sondern an einem der Dockingmasten. In nur einer Stunde hätte es abgelegt und den Transfer eingeleitet.«

Sisko achtete nicht auf die Erklärung des Sicherheitsoffiziers und öffnete einen Prioritäts-Kommunikationskanal zum Dockingmast. »Hier spricht Commander Sisko. Die Aussetzung der Transitgenehmigung für das cardassianische Schiff wird hiermit widerrufen. Die Vorbereitungen für den Transfer können fortgesetzt werden. Der ursprüngliche Zeitplan ist soweit wie möglich einzuhalten.«

Die neue Order wurde bestätigt, und daraufhin unterbrach Sisko die Verbindung. Kurze Zeit später erschien Gul Tahglas Gesicht auf dem Kom-Schirm.

»Commander Sisko...« Der Cardassianer nickte. »Gibt es ein Problem? Ich habe gerade erfahren...«

»Die Sache ist bereits geregelt«, sagte der Kommandant von Deep Space Nine. »Für die erfolgten Verzögerungen entschuldige ich mich in aller Form. Bitte denken Sie daran, daß wir es in Ihrem Fall mit einem der ersten Schiffe zu tun haben, die nicht aus der Föderation stammen und einen Wurmlochtransit durchführen wollen. Es kam zu einigen Schwierigkeiten, weil wir in dieser Hinsicht noch keine Routine entwickelt haben.«

»Mehr steckt nicht dahinter?« fragte der cardassianische Gul. »Ich habe vermutet, daß Ihnen Bedenken gekommen sind. Daß Sie aus reinem Argwohn zögerten, uns Gelegenheit zu geben, die bereits bewilligte Mission fortzusetzen. Vielleicht überraschte es Sie, daß wir uns zu der von Ihnen verlangten technischen Umrüstung bereit erklärten. Vielleicht suchten Sie deshalb nach einem anderen Vorwand, um...«

»In diesem Zusammenhang geht es mir nur um die Sicherheit der Bewohner des Wurmlochs. Auch mit ihnen haben wir eine Übereinkunft getroffen. Ihr Impulstriebwerk ist nun mit den notwendigen Absorbern ausgestattet, und deshalb können Sie den Transit einleiten.«

»Danke. Wie ich schon sagte: Ihre Besorgnis um das Wohlergehen jener körperlosen Wesen finde ich recht... amüsant.« Der Cardassianer streckte die Hand nach einem Schalter aus, um den Kom-Kanal zu schließen.

»Früher oder später kehre ich hierher zurück, und vielleicht bekommen wir dadurch eine Möglichkeit, unser Gespräch fortzusetzen. Vorausgesetzt natürlich, daß Sie dann noch hier sind.« Gräue verdrängte das cardassianische Gesicht vom Schirm.

»Haben Sie weitere Befehle für mich, Commander?« Während des Wortwechsels mit Tahgla hatte sich Odo vom Erfassungsbereich des Übertragungssensors ferngehalten.

»Nein.« Sisko schüttelte den Kopf. Vermutlich fragte sich der Constable nun, ob er den Verstand verloren hatte – immerhin wußten sie inzwischen über die wahre Natur des cardassianischen Schiffes Bescheid. Vielleicht hielt er es für möglich, daß der Dauerstreß einer ständigen arbeitsmäßigen Überlastung den Kommandanten der Raumstation um die Fähigkeit brachte, rationale Entscheidungen zu treffen. Sisko hoffte, bald in der Lage zu sein, Odo alles zu erklären, ihm seine Gründe zu schildern. Bis dahin... »Es bleibt bei meinen bisherigen Anweisungen. Sie können gehen.«

Als er im Büro allein war, schaltete er den Bildschirm um, woraufhin das Projektionsfeld die visuellen Daten von einem Scanner an der Peripherie von DS Nine erhielt. Ein Dockingmast war zu sehen: Haltespangen lösten sich, und der nabelschnurartige Versorgungstunnel wich vom plump wirkenden cardassianischen Raumschiff zurück. Hier und dort leuchtete es kurz: Manövrierdüsen feuerten, drehten den Raumer so, daß die Schuböffnungen des Impulstriebwerks nicht mehr zur Station zeigten. Ein automatischer Filter verdunkelte das Bild, als die Beschleunigungsphase begann. Wenige Sekunden später war das angebliche Forschungsschiff der Cardassianer so weit von Deep Space Nine entfernt, daß es nicht mehr vom Scanner erfaßt wurde.

Von der Raumstation aus konnte der Beginn eines Wurmlochtransits nicht direkt beobachtet werden. Bestimmte Geräte waren notwendig, um einen Eindruck von dem Vorgang zu vermitteln. Was den Retransfer auf der anderen Seite betraf ...

Commander Sisko starrte auf den leeren Schirm, als sei das Projektionsfeld imstande, ihm die eigenen, von Sorge bestimmten Gedanken zeigen.

»Na, wie läuft's?«

Über die Schulter hinweg sah Bashir in die Richtung, aus der die Stimme kam. Chefingenieur O'Brien stand im Zugang des Quarantänemoduls, umrahmt von Leitungsbündeln und einigen dickeren Kabeln des Lebenserhaltungssystems.

Einige Sekunden lang wußte der Arzt nicht genau, worauf Miles hinauswollte. Bei dem einen oder anderen Syntho-Bier in der Bar von Quarks Spielkasino – er argwöhnte, bei jener Gelegenheit zuviel getrunken zu haben – hatte er dem Ingenieur von seinen persönlichen Plänen erzählt. Die meisten von ihnen betrafen das weibliche Personal von Deep Space Nine. O'Brien hörte sich die Details der verschiedenen Eroberungsabsichten mit der nostalgischen Geduld eines glücklich verheirateten Mannes an. *Ihm fällt eine solche Einstellung leicht*, hatte Bashir gedacht. *Wenn er jeden Tag nach dem Dienst heimkehrt, wartet Keiko auf ihn.*

»Wie bitte ...?«

»Ich meine den diagnostischen Apparat, der Ihnen solche Schwierigkeiten bereitet.« O'Brien deutete zu dem Blutanalysator, der in Bashirs Händen ruhte – das Gerät lief Gefahr, auf den Boden des Quarantänemoduls zu fallen. »Brauchen Sie Hilfe?«

»Ja, ich glaube schon.« Zumindest in einer Hinsicht ähnelte das Quarantänemodul allen anderen Bereichen von Deep Space Nine: Es bestand aus einem Durcheinander von bunt zusammengewürfelten Komponenten, die ein an vielen Stellen improvisiertes System bildeten. Ob es in diesem Fall funktionierte, mußte sich erst noch herausstellen. Die innere Struktur mochte verwirrend sein, aber das Äußere wies noch deutlicher darauf hin, daß dieses Gebilde einst einem ganz anderen Zweck gedient hatte. Es befand sich im größten Wartungshangar der Raumstation und bestand zum überwiegenden Teil aus einem von den Cardassianern aufgegebenen schweren Erzfrachter. Ein Turbolift wäre sehr praktisch gewesen, um vom einen Ende zum anderen zu gelangen, aber Bashir wußte, daß er nicht lohnte, einen entsprechenden Ausrüstungsantrag zu stellen – die Ablehnung stand bereits fest. An den fensterlosen Flanken hatte O'Brien diverse Wohn- und Arbeitsmodule befestigt – zusammengezimmert aus jenen Dingen, die der Chefingenieur in den verschiedenen Sektionen von DS Nine auftreiben konnte – und sie mit einem Netzwerk aus Tunneln und Korridoren verbunden. Das Ergebnis wirkte wie die kubistische Darstellung einer Weintraube, ins Überdimensionale vergrößert. Bashir hätte etwas Schlankeres und Geschmeidigeres vorgezogen, doch derzeit galt seine Aufmerksamkeit nur dem Bemühen, den Blutanalysator nicht fallen zu lassen. »Eigentlich sollte das Ding in diese Öffnung passen…«

O'Brien stellte sich auf die Zehenspitzen und spähte zu der Nische, die zumindest einen Teil des Geräts aufgenommen hatte. »Mir scheint, da ist nicht genug Platz. He, da fällt mir ein: Drüben im Trockendock steht ein Zertrümmerer bereit, der dieses kleine Problem im Nu lösen könnte.« Er lächelte. »In letzter Zeit hatte ich viel Erfolg damit.«

»Davon habe ich gehört.« Überall an Bord der Raumstation erzählte man sich von O'Briens jüngster Konfrontation mit den Cardassianern – der Bericht vom Zwischenfall im Trockendock erweiterte den ohnehin schon recht großen Vorrat an Anekdoten über den kreativen Zorn des Chefingenieurs. »Ich möchte jedoch darauf hinweisen, daß dieses Aggregat *uns* gehört. Deshalb halte ich mehr Rücksichtnahme für angebracht.«

»Wie Sie meinen.«

O'Brien faßte mit an und löste einige Isolationseinheiten, die ihm überflüssig erschienen. Anschließend gelang es ihnen, den Analysator in der Nische unterzubringen. Bashir sank auf die Sitzbank, lehnte sich mit dem Rücken an das große Gerät und versuchte, wieder zu Atem zu kommen. Miles befestigte die letzten Arretierungsbolzen an den dafür vorgesehenen Stellen.

»So, damit sollte alles in Ordnung sein.« O'Brien legte den Schraubenschlüssel zu den anderen Werkzeugen, die sich in einer Ecke angesammelt hatten. »Vielleicht können wir uns irgendwo eine Verkleidungsplatte besorgen – damit sähe das Ding viel besser aus.«

»Darf ich Ihrer letzten Bemerkung entnehmen, daß Sie nun mehr Zeit für dieses Projekt haben?« Während der letzten Schichten hatte Bashir ganz allein am Quarantänemodul gearbeitet. »Ich nehme an, die Cardassianer sind fort.«

»Ja. Und darüber bin ich sehr froh.« O'Brien schüttelte den Kopf. »Hinterlistige Mistkerle!«

»Wieso?« Bashir hob die Brauen, überrascht von dem Nachdruck, mit dem der Chefingenieur die letzten Worte aussprach. Die Crew des Forschungsschiffes war – nach cardassianischen Maßstäben – erstaunlich zurückhaltend und unaufdringlich gewesen. Sie blieb in den Quartieren an Bord des Kreuzers oder in den reservierten Gästebereichen von DS Nine. Normalerweise verhielten sich Cardassianer ganz anders. Wenn sie an Bord kamen, erging an die übrigen Personen in der Raumstation die Anweisung, sich auf keinen Fall provozieren zu lassen. Doch in diesem Fall unternahmen die Cardis nicht einmal den *Versuch*, sich auf ihre eigene Art und Weise zu vergnügen.

»Schon gut.« Ein Schatten fiel auf O'Briens Gesicht. »Vermutlich erfahren Sie es bald...« Er sah in die fernen Ecken des Quarantänemoduls. Finsternis herrschte dort, hier und dort verdrängt vom Licht einiger Arbeitsleuchten an der Decke. »Nun, was muß noch erledigt werden? Ich möchte nicht den Rest meines Lebens damit verbringen, an dieser Vorrichtung herumzubasteln.«

Vor der Ankunft des cardassianischen Schiffes hatte O'Brien an der Fertigstellung des QM gearbeitet. Dieser Aufgabe kam eine hohe Priorität zu, wobei es allerdings die begrenzten Ressourcen zu berücksichtigen galt. O'Brien und seine Techniker erwiesen sich als Meister der Improvisation, indem sie Schrott in einsatzfähige medizinische Geräte und Instrumente verwandelten.

Es wurde immer wichtiger, das QM zu vervollständigen, es so bald wie möglich in Dienst zu stellen. Wenn Deep Space Nine tatsächlich im vollen Umfang die Aufgaben einer wichtigen Transitstation wahrnehmen wollte, mußte die Raumstation über Einrichtungen verfügen, die es erlaubten, mit Infektionskrankheiten fertig zu werden. Dieses Problem war so alt wie die Schifffahrt. Bashir hatte sich auf Multispezies-Medizin spezialisiert und sich dabei auch mit den Praktiken der Seehäfen mehrerer Meereswelten – unter ihnen auch die Erde – auseinandergesetzt. Man stelle sich eine Ratte vor, die ein Schiff am Kai verließ und deren Flöhe den Tod brachten – ein ganzes Volk mochte fremden Krankheitserregern zum Opfer fallen, wenn das Immunsystem der Betreffenden nie Gelegenheit hatte, Antikörper zu entwickeln. Ein Seemann, der in einer Taverne saß und blutigen Schleim hustete ... Er konnte die Mannschaften aller anderen Schiffe im Hafen infizieren. Damals begegnete man solchen Gefahren, indem man ein Seuchenschiff aus dem Hafen aufs offene Meer schleppte und dort in Brand steckte. Inzwischen waren die Verfahren zur Diagnose und Behandlung wesentlich verbessert worden, aber unbekannte Bereiche des Universums hielten unendliche Gefahren bereit – das galt insbesondere angesichts des Wurmlochs, das den ganzen Gamma-Quadranten zugänglich machte. Deshalb hatte sich Bashir nach DS Nine versetzen lassen; Abenteuer und Ruhm lockten ihn.

»Die meisten Ökosphären-Kammern müssen noch versiegelt werden«, beantwortete er nun die Frage des Chefingenieurs. »Ich möchte in der Lage sein, hyperbarischen Druck bei einigen Gasen beizubehalten, mit denen sich nur schwer arbeiten läßt.« Im Quarantänemodul sollten sowohl Sauerstoffatmer als auch andere Wesen behandelt werden können. »Und dann natürlich die restlichen Monitore – es müßte bald eine Lieferung von Starfleets Versorgungssektion eintreffen.« Bashir zählte die einzelnen Punkte an den Fingern ab. »Alarmsysteme, Kom-Verbindungen …«

»Kaum der Rede wert«, meinte O'Brien. »Dabei rechne ich nicht mit nennenswerten Problemen. Schwierig wird's in Hinsicht auf die mobilen Gerüste und Ausleger. Wenn man anfängt, an der Außenhülle herumzubasteln, muß man dauernd mit unangenehmen Überraschungen rechnen.«

Bashir wußte, wieviel Arbeit der Chefingenieur bereits ins Manövrierpotential des Quarantänemoduls investiert hatte. Es mußte möglich sein, das QM auch außerhalb der Raumstation einzusetzen, und aus diesem Grund befand es sich in der Nähe einer großen Frachtkammer – um innerhalb kurzer Zeit ausgeschleust werden zu können, wenn es zu einem Notfall kam. Angenommen, es befanden sich Kranke an Bord eines Raumschiffs, das sich Deep Space Nine näherte. Wenn hohe Ansteckungsgefahr bestand, sollten die infizierten Individuen mit Hilfe von hermetisch abgeschirmten Bio-Kapseln direkt ins QM transferiert werden – dazu brauchte man die mobilen Gerüste und Ausleger. Und wenn der Krankheitserreger als zu gefährlich eingestuft wurde … Dann steuerte man das Modul durch die Frachtschleuse ins All. Unter solchen Umständen gab es nur eine Verbindung zwischen der

Raumstation und dem Schiff: die ›Nabelschnur‹ – ein flexibler Tunnel, der die Versorgung des Quarantänemoduls und des Schiffes mit allem Notwendigen gewährleistete, bis die Krise überwunden, die Krankheit besiegt war.

Oder bis zum Tod aller Infizierten.

»Inzwischen hat der Arsenalverwalter alles genehmigt.« O'Brien senkte die Stimme, denn er wußte: Es gab einige Aspekte in bezug auf das Quarantänemodul, die besser nicht allgemein bekannt wurden. »Die Sprengladungen werden zur Zeit vorbereitet. Sobald sie fertig sind, kümmere ich mich selbst um die Installation. Anschließend können die letzten Wände und Separationsflächen hinzugefügt werden. Übrigens: Die Zünder müssen von Ihnen persönlich programmiert und codiert werden.«

Bashir nickte. Dieses Geheimnis kannten nur der Chefingenieur und die Kommando-Offiziere der Raumstation. Es handelte sich dabei um das letzte notwendige Element im Konstruktionsmuster des Quarantänemoduls. Der junge Arzt erinnerte sich an seine Ausbildung, dachte erneut an Seuchenschiffe, die man aufs offene Meer schleppte und in Brand steckte. Er sah das Bild in allen Einzelheiten, beobachtete, wie die Flammen immer höher wuchsen, durch die Takelage leckten. Funken stoben empor, vereinten sich weit oben mit der finsteren Rauchwolke. Und unten, auf dem Deck und in den Kajüten... Das Feuer fraß die blassen Gesichter der Toten wie ein gewaltiges Fieber, in dem die Bakterien und Viren verbrannten.

Manche Krankheiten konnte man nicht heilen. In solchen Fällen mußten sich die medizinischen Bemühungen auf den Versuch beschränken, eine weitere Ausbreitung der Infektion zu verhindern. Ein reinigendes Feuer – und dann das Vakuum, noch kälter und dunkler als das tiefste Meer.

Dazu dienten die Sprengladungen. Zu diesem Zweck

wurden sie tief im Innern des Quarantänemoduls untergebracht. Wenn es zum Schlimmsten kam, sollten Quarantänemodul und Schiff vernichtet werden, was den Tod für Ärzte und Crew bedeutete – das war immer noch besser als eine weitere Ausbreitung der Krankheit. Einige wenige wurden der Allgemeinheit geopfert. Aus medizinischer Hinsicht eine durchaus vernünftige Entscheidung – und sie fiel in den Verantwortungsbereich des zuständigen Arztes.

Nur der Erste Medo-Offizier von Deep Space Nine kannte den Code für die Zünder. Es lief Bashir kalt über den Rücken, als er erneut daran dachte. Eine einzigartige Situation, für die spezielle Starfleet-Vorschriften galten. Die Selbstzerstörungssequenz konnte von keinem anderen Offizier – auch nicht vom Kommandanten – eingeleitet oder unterbrochen werden. Was auch immer geschah: Das Quarantänemodul war souveränes Hoheitsgebiet der Medizin; allein der zuständige Arzt befand über Verwendung und Einsatz. Und in Deep Space Nine hieß der zuständige Arzt Julian Bashir. Wie andere Medo-Offiziere hatte er bereits beschlossen, an Bord des Quarantänemoduls zu sein, wenn die Sprengsätze gezündet werden mußten. Dieses ungeschriebene Gesetz sollte sicherstellen, daß man nur dann zum Mittel der Selbstzerstörung griff, wenn die Umstände keine andere Wahl ließen.

Als Bashir nun im noch nicht ganz fertigen QM stand, glaubte er zu spüren, wie seine ehrgeizigen Träume um ihn herum Substanz gewannen. Er hatte das Gefühl, nur die Hand ausstrecken zu müssen, um den Grund für seine Anwesenheit in DS Nine zu berühren. *Genau dies hast du dir gewünscht,* fuhr es ihm durch den Sinn. Hier konnte er medizinisches Neuland betreten, einen interstellaren Ruf erwerben... Er war bereit, dafür mit dem eigenen Leben zu bezahlen.

»Kopf hoch.« O'Brien erahnte Bashirs Gedanken und klopfte ihm auf die Schulter. »Wie oft bekommt man die Chance, sich mit soviel Stil in die Luft zu jagen? Es ist fast schade, daß so etwas ausgesprochen selten geschieht. Nun, vielleicht finde ich einen Weg, das Explosivpotential der Sprengladungen zu verdoppeln. Wenn Sie sich schon vom Diesseits verabschieden müssen, so wenigstens mit einem eindrucksvollen Feuerwerk.«

Bashir lachte. »Danke. Das weiß ich sehr zu schätzen.«

Später, als er wieder allein im QM war, bewunderte er O'Briens Selbstbeherrschung: Er hatte bei seinem Vorschlag keine Miene verzogen. Der junge Arzt wanderte durchs Modul, schaltete hier und dort das Licht aus – und fragte sich plötzlich, ob die Worte des Chefingenieurs wirklich nur scherzhaft gemeint gewesen waren.

Der Redemptorist kroch erneut durch die Finsternis und erreichte das Versteck. Dort schob er die Flexo-Platte beiseite, und kurz darauf befand er sich im Schein der elektrischen Laterne. Zwar ging nur mattes Licht von ihr aus, aber es dauerte trotzdem einige Sekunden, bis sich seine Augen an das Glühen gewöhnten.

»Es freut mich, daß du mich noch einmal besuchst.« Die Stimme kam von der verschwommenen Silhouette weiter vorn – Hõrens vibrierende Stimme. »Die Arbeit der Gläubigen macht so vieles möglich.«

»Man hat mir gesagt, es sei sehr wichtig.« Arten hatte nichts mitgebracht – die Vorräte des Anführers reichten noch für einige Tage. »Und ich habe mich sofort auf den Weg gemacht.«

Er lehnte sich an einige metallene Streben und beobachtete, wie Hõren zwischen den Objekten an der Wand kramte. Der große, muskulöse Mann drehte sich mühevoll, wie ein Pflugtier, das in einem zu kleinen Pferch steckte. Die Sehnsucht brannte heißer in Artens Brust. Er wünschte sich den Tag herbei, an dem dieser

Mann aufrecht im Freien stand, neben anderen Repräsentanten und Sprechern des bajoranischen Volkes.

»Nimm das hier.« Hõren drückte dem jungen Mann zwei Speicherchips in die Hand. »Sie müssen so schnell wie möglich nach Bajor geschmuggelt werden. Ich habe eine Botschaft für alle Gläubigen aufgezeichnet, und es geht dabei um unsere Zukunft ...«

Artens Herz klopfte schneller, und er blickte auf die schwarzen, quadratischen Chips hinab, die kaum größer waren als sein Daumennagel. Vielleicht enthielten sie Worte, die eine lange Nacht beendeten, endlich den Morgen einer neuen Ära brachten. »Ja, natürlich.« Arten steckte die beiden Gegenstände rasch ein. »Am Ende dieser Schicht fliegt ein Frachtshuttle zum Planeten. Ich verspreche dir: Morgen sind die Speicherchips an ihrem Bestimmungsort.«

»Gut.« Hõren beugte sich vor und legte seinem Besucher den Arm um die Schultern, als sich der jüngere Mann dem Ausgang des Verstecks zuwenden wollte. »Du hast viel geleistet. Und dafür sollst du belohnt werden.«

Das Gesicht des Anführers schwebte unmittelbar vor Arten, und er fühlte, wie der eigene Atem mit dem Hõrens verschmolz. Er sah sein Spiegelbild in Augen, die ebenso durchdringend wie traurig blickten. »Ein Lohn ist nicht notwendig ...«

»Trotzdem sollst du ihn empfangen«, beharrte Hõren. »In dieser Welt – und auch in der nächsten.« Er schob sich noch etwas näher, schien Arten einen Bruderkuß auf die Stirn geben zu wollen.

Am Rand seines Blickfelds sah der junge Redemptorist den Glanz von Metall, als Hõren die Hand aus der Jackentasche zog. Eine Sekunde später zischte die Luft aus Artens Lungen, und er konnte nicht mehr atmen. Schmerz breitete sich im Bauch aus.

Hõren ließ ihn los, und der junge Mann verlor das Gleichgewicht, sank auf den Boden des Verstecks. Verblüfft und entsetzt tastete er nach dem Dolch, der in seinem Leib steckte.

»Genau diesen Lohn hast du verdient ...«

Die Stimme kam aus einer Dunkelheit, die sich immer mehr verdichtete.

»Für den Verrat deines Herzens, in dem es Platz gibt für Sympathie, die unseren Feinden gilt ...«

Die letzten Worte hörte Arten kaum noch. Er lag in einer Blutlache, die immer mehr anschwoll, krümmte sich ums scharfe Metall in seinem Körper, das zum Gravitationszentrum seines ganz persönlichen und nun kollabierenden Universums wurde. Mit letzter Kraft gelang es ihm, den Kopf zu heben. Irgendwo in der Schwärze zeichneten sich die Konturen von Hõrens Gesicht ab, und weiter hinten erschien eine andere Gestalt: Deyreth Elt trat aus den Schatten, und sein schmales, faltiges Gesicht offenbarte einen triumphierenden Ausdruck.

Mehr sah Arten nicht. Zumindest nicht von der Welt außerhalb seines Ichs. Doch im Innern des sterbenden Selbst ... Dort ging tatsächlich eine lange Nacht zu Ende, als die Seele des jungen Redemptoristen dem Morgen der Ewigkeit entgegenfiel.

KAPITEL 5

»Wir haben da ein kleines Problem, Leute.« Sisko beugte sich vor und faltete die Hände auf dem Schreibtisch. Mehrere Personen saßen in seinem Büro: Sicherheitsoffizier Odo, Chefingenieur O'Brien, Major Kira und Julian Bashir. »Gleichzeitig ergibt sich dadurch eine gute Gelegenheit für uns.«

Die anderen schwiegen. Siskos Miene und Tonfall deuteten auf den Ernst der Situation hin.

»Sie erinnern sich bestimmt daran, daß sich vor etwa zehn Dienstschichten Cardassianer an Bord von Deep Space Nine aufhielten.« Der Kommandant breitete die Arme aus. »Wir mußten sie hier als Gäste empfangen. Nun, darin besteht eine unserer Pflichten. DS Nine ist die Tür zum Quadranten Gamma – der hiesige Transitverkehr wird immer mehr zunehmen, und darauf müssen wir vorbereitet sein ...«

»Commander.« Major Kira rutschte unruhig auf ihrem Stuhl hin und her. »Sie sprechen von Dingen, die uns bereits bekannt sind. Wenn es Ihnen nur darum geht, einige aufmunternde Worte an uns zu richten ... Im Kontrollraum gibt es wichtigere Dinge, die meine Aufmerksamkeit verlangen.«

Sisko sah seine Stellvertreterin an und lächelte nicht. »Ich versichere Ihnen, daß ich keineswegs Ihre Zeit vergeude. Wie Sie gleich selbst feststellen werden.« Er lehnte sich zurück. »Ich will auf folgendes hinaus: Angesichts der bisherigen Order von Starfleet Command haben wir nicht die Möglichkeit, Leuten, die einen Wurmlochtransit durchführen möchten, diesen zu verweigern. Die Föderation ist auch weiterhin bestrebt, ihre Beziehungen zu den Cardassianern zu verbessern, und deshalb bietet sie ihnen unbeschränkten Zugang zum Wurmloch und damit auch zum Gamma-Quadranten. Wir erleben hier eine Wiederholung des uralten Konflikts zwischen der Diplomatie einerseits und Sicherheitserwägungen andererseits. Wenn wir vollkommen freie Hand hätten, würden wir uns in einigen Fällen sicher anders verhalten.«

Chefingenieur O'Brien lächelte schief. »Dann wären wir zum Beispiel in der Lage, den Cardis folgendes mitzuteilen: Wenn ihr zum Gamma-Quadranten wollt, so benutzt eure Warptriebwerke.«

Sisko nickte. »Mir gefällt es ebensowenig wie Ihnen, daß wir die Präsenz von Cardassianern an Bord dieser Raumstation dulden müssen. Leider bleibt uns nichts anderes übrig.«

Kiras Gesicht zeigte immer mehr Ärger. »Commander, bitte... Es wartete eine Menge Arbeit auf uns. Wenn Sie endlich zur Sache kommen könnten...« Sie fügte ihren Worten eine Geste hinzu, die zur Eile drängte.

Es dauerte sicher noch eine Weile, bis Sisko von Kira mehr Geduld erwarten durfte. Es nützte nichts, ihr gegenüber die Beherrschung zu verlieren. »Ich rufe uns diese Dinge aus gutem Grund ins Gedächtnis zurück, Major. Sie sollen mir den Hinweis darauf erleichtern, daß ich die gegenwärtige Situation für unvermeidlich halte. In diesem Zusammenhang sollte niemand Vorwürfe gegen andere Offiziere erheben. Habe ich mich klar genug ausgedrückt?«

Sisko hatte sich vom bajoranischen Ersten Offizier dazu provozieren lassen, mit mehr Nachdruck zu sprechen als vorher. Der veränderte Glanz in Kiras Augen wies nun darauf hin, daß sie sich fragte, worin das Problem bestehen mochte. Odo und O'Brien wechselten einen kurzen Blick – sie wußten, worum es ging.

»Sehen Sie sich das hier an.« Sisko zog eine Schublade des Schreibtischs auf und holte seinen Datenblock hervor. »Bevor das cardassianische Schiff den Transfer einleitete, gelang es unserem Sicherheitsoffizier, sich an Bord zu schleichen und dort Informationen zu sammeln. Er erstattete mir diesen Bericht.« Kira blätterte rasch durch die einzelnen Bildschirmseiten. O'Brien und Dr. Bashir sahen ihr dabei über die Schulter. »Sie erinnern sich gewiß daran, daß man uns den Raumer als Forschungskreuzer präsentierte. Angeblich wollten die Cardassianer mit einer kartographischen Erfassung des Gamma-Quadranten beginnen, vor allem unter dem Gesichtspunkt einer kommerziellen Erschließung in Zusammenarbeit mit der Föderation. Das ist einer der Gründe für die rasche Genehmigung des Transitantrags. Nun, als wir das Raumschiff im Trockendock aufnahmen, um es mit dem notwendigen Absorber auszustatten... Wir hatten keinen Anlaß, daran zu zweifeln, daß es sich tatsächlich um einen Forschungskreuzer handelte.«

»In der Tat.« O'Brien nickte. »Wir kennen solche Einheiten aus verschiedenen Sonnensystemen, mit denen die Cardassianer Handel treiben: interstellare Transporter, für den Frachtverkehr zwischen weit entfernten Welten bestimmt. Die leichten Waffensysteme werden entfernt und neue Sensoren installiert. Wenn solche Schiffe durch Sektoren unterwegs sind, in denen Angriffe drohen... In dem Fall bildet man Konvois, die von schweren Kampfkreuzern eskortiert werden. Manchmal schicken die Cardis auch Scouts voraus.« Der Chefingenieur zuckte mit den Schultern. »Das umzurüstende Schiff entsprach genau dem allgemeinen Muster.«

»Außerdem gab es für uns kaum eine Möglichkeit, eventuelle Täuschungsmanöver zu durchschauen. Die Übereinkunft zwischen der Föderation und dem cardassianischen Reich verbietet uns, Raumschiffe zu untersuchen, die in unseren Wartungshangars und Trockendocks mit Absorbern ausgestattet werden. Genau genommen haben wir die Vereinbarung verletzt...«

»Was spielt das für eine Rolle?« entfuhr es Kira. Zornig deutete sie aufs Display des Datenblocks. »Von wegen ›Forschungsschiff‹... Man hat uns von Anfang an belogen. Der Raumer steckt voller Waffensysteme...«

»Ich kenne Odos Bericht«, sagte Sisko trocken. »Es ist mir durchaus klar, was der Constable in jenem Schiff fand.«

Odo beugte sich vor. »Die letzten Bildschirmseiten enthalten Hinweise auf die Abschirmung der Waffen. Selbst mit einer gründlichen Sensorsondierung hätten wir vermutlich nichts entdeckt.«

»Und jetzt befindet sich das als Forschungskreuzer getarnte cardassianische Kriegsschiff auf der anderen Seite des Wurmlochs.« Kira schüttelte voller Abscheu den Kopf. »Gul Tahgla und die anderen platzen wahrscheinlich vor Lachen, weil sie glauben, uns an der Nase herumgeführt zu haben. Und sicher dauert es nicht mehr lange, bis sie irgendeinen wehrlosen Planeten im Gamma-Quadranten angreifen...«

»Das bezweifle ich.« Odo winkte, und seine Geste galt dem Datenblock. »Ich nehme an, Commander Sisko stimmt mir zu, wenn ich folgendes feststelle: Die versteckten Waffensysteme sind in erster Linie defensiver Natur. Das Schiff ist nicht schnell und wendig genug, um sich für offensive Missionen zu eignen. Darüber hinaus verfügt es über Deflektoren, die wesentlich stärker sind als bei einem normalen cardassianischen Kreuzer.« Dem Sicherheitsoffizier gefiel es ganz offensichtlich, seine Fachkenntnisse zu demonstrieren. »Hinzu kommt: Das Schiff ist für einen langen autonomen Einsatz vorbereitet worden. Mannschaftsquartiere, Lebenserhaltungssysteme, Nahrungsmittelsynthetisierer, Recyclinganlagen – alles ist so beschaffen, daß über einen längeren Zeitraum hinweg kein Nachschub an Versorgungsgütern notwendig wird.«

Kira runzelte verwirrt die Stirn. »Warum?«

»Ich glaube, diese Frage kann ich Ihnen beantworten.« Sorge prägte O'Briens Züge. »Was auch immer die Cardassianer planen: Allem Anschein nach wollen sie ziemlich lange auf der anderen Seite des Wurmlochs bleiben. Und sie sind bereit, irgendwelchen Angriffen standzuhalten.«

Bashir hatte bisher geschwiegen, doch nun meldete er sich zu Wort. »*Wo* wollen die Cardassianer bleiben?«

»Genau *das* ist unser Problem.« Sisko musterte die Offiziere der Reihe nach. »Das cardassianische Schiff hat sich durchs Wurmloch transferiert, aber mit Hilfe von Fernerfassungssonden sind wir imstande, die Koordinaten des Kreuzers festzustellen. Außerdem haben Chefingenieur O'Brien und Constable Odo dafür gesorgt, daß sich einige miniaturisierte Aktivitätssensoren an Bord befinden. Das Triebwerk von Gul Tahglas Schiff ist derzeit desaktiviert. Mit anderen Worten: Die Geschwindigkeit wurde auf Relativnull reduziert – nach einem langen Flug, der sich an den erfolgten Transit anschloß. Der getarnte Kreuzer befindet sich jetzt in unmittelbarer Nähe einiger anderer cardassianischen Schiffe, die sich schon vor einer ganzen Weile in den Quadranten Gamma transferierten. Die von den Sensoren übermittelten Daten deuten auf folgendes hin: Tahglas Schiff nimmt große Mengen an Ausrüstungsmaterial und auch weitere Besatzungsmitglieder auf. Des weiteren finden umfangreiche strukturelle Arbeiten statt – offenbar glauben sich die Cardassianer jetzt unbeobachtet. Eine hohe Wahrscheinlichkeit spricht dafür, daß der Raumer zu einer permanenten Außenbasis umgerüstet werden soll. Sobald das geschehen ist – und vermutlich dauert es nicht mehr lange bis zum Abschluß der erforderlichen Restrukturierung –, rechnen wir mit einer Rückkehr des Schiffes zum Wurmloch.

Angesichts der vergleichsweise geringen Triebwerkskapazität dürften dazu mindestens zehn Dienstschichten notwendig sein.«

»Einen Augenblick.« Kira legte den Datenblock auf Siskos Schreibtisch, drehte das nahe Computerterminal zu sich herum und rief ein Navigationsdiagramm auf den Schirm. »Dort draußen gibt es doch überhaupt nichts – abgesehen von leerem Raum.«

»Genau. Wir nehmen an, daß Gul Tahgla nach erfolgter Modifizierung des Schiffes den Retransferbereich des Wurmlochs ansteuern will. Nur daran können die Cardassianer Interesse haben.«

»Aber die Souveränität über das Wurmloch steht bereits fest. Es gehört zum bajoranischen Territorium ...«

»Sie irren sich, Major«, widersprach Sisko. »*Dieses Ende* gehört Bajor. Nun, es handelt sich um das erste bisher bekannte stabile Wurmloch, und deshalb läßt das interstellare Recht in dieser Hinsicht recht viel Interpretationsspielraum. Wie dem auch sei: Mir scheint, die Cardassianer sind bestrebt, vollendete Tatsachen zu schaffen und sich dadurch in eine gute juristische Position zu bringen. Eine alte terranische Redensart behauptet, Besitz sei neunzig Prozent des Gesetzes. Ich schätze, die Cardassianer wollen einen ähnlichen Standpunkt vertreten. Deep Space Nine wurde aus der Umlaufbahn des Planeten zum Wurmloch gesteuert, um darauf hinzuweisen, daß es zum bajoranischen Hoheitsgebiet gehört – und um zu verhindern, daß jemand anders den Zugang zum Dimensionstunnel unter Kontrolle bringt. Doch die andere Öffnung des Wurmlochs ist viele Lichtjahre weit von bewohnten Sonnensystemen entfernt. Es existiert also keine intelligente Spezies, die darauf Anspruch erheben könnte.« Der Commander legte eine kurze Pause ein. »Als die Cardassianer Bajor und diese Station aufgaben, wußten sie zuerst nicht, wieviel sie dadurch verloren. Jetzt wollen sie wenigstens einen Teil des Verlustes wettmachen.«

»Ein derartiges Verhalten ist von ihnen zu erwarten«, ließ sich Odo vernehmen. »Aus Erfahrung weiß ich: Die Cardassianer neigen von Natur aus dazu, juristische Tricks anzuwenden, Lücken im Gesetz auszunutzen und so weiter. Trotz der militärischen Angeberei sind sie im Grunde ihres Wesens Anwälte.« Er zuckte mit den Achseln. »Vielleicht haben sie deshalb solche Probleme mit den ... Public Relations.«

Bashir nickte nachdenklich, als hätte er gerade eine faszinierende Diagnose gehört. »Es ist wie mit einem Seil, nicht wahr? Wir halten das eine Ende in der Hand, und die Cardassianer greifen nun nach dem anderen. Wenn sie es zu fassen bekommen ... Wer besitzt dann das Seil?« Er sah zur Decke hoch. »Um ein zweites Beispiel zu nennen ... Ich denke dabei an ein bodengebundenes Transportmittel, das man vor einigen Jahrhunderten auf der Erde nutzte – sogenannte ›gebührenpflichtige Autobahnen‹. Nun, wir kontrollieren, wer unter welchen Bedingungen ins Wurmloch hineinfliegt. Aber wenn die Cardassianer tatsächlich Souveränität über das andere Ende des Tunnels durch Zeit und Raum beanspruchen können ... Dann kontrollieren sie, wer das Wurmloch verläßt und den Gamma-Quadranten erreicht.« Er rieb sich das Kinn. »Verdammt schlau von ihnen ...«

»Seien Sie still.« Kira warf dem Arzt einen wütenden Blick zu. »Dies ist kein Problem aus Ihren medizinischen Fachbüchern. In diesem Fall bekommen Sie keine Eins, wenn Sie die richtige Lösung finden. Die Zukunft meines Volkes steht auf dem Spiel ...«

»Ja, Major. Was Ihnen beweisen dürfte, daß ich nicht Ihre Zeit vergeude.« Sisko glaubte fast zu sehen, wie sich hinter Kiras Stirn mentale Zahnräder drehten. »Ohne wirksame Kontrolle über das Wurmloch läuft Bajor Gefahr, wieder zu einer unwichtigen, abgelegenen Provinzwelt zu werden, für die sich kaum jemand interessiert – zu einer Welt, die auf finanzielle Hilfe von der Föderation angewiesen ist. Die Mitgliedschaft im interstellaren Völkerbund hätte dann nur noch eine sehr geringe Priorität, und was uns hier betrifft ... Vermutlich würde man die Funktion von DS Nine auf ein Minimum beschränken. Denkbar wäre auch eine Demontage der Raumstation – um einen Kostenfaktor zu beseitigen. Darauf läuft letztendlich alles hinaus: auf Rentabilität und Wirtschaftlichkeit.«

»Wenn die Föderation so darüber denkt – wenn *Sie* so darüber denken, Commander ... Dann sollten wir uns besser überlegen, wie wir ohne Sie zurechtkommen.« Kira kniff die Augen zusammen. »Wir haben die Ausplünderung unseres Planeten durch die Cardassianer überstanden. Sicher überleben wir auch die Gleichgültigkeit des Völkerbunds. Vielleicht ist es sogar besser, *keine* Mitgliedschaft in der Föderation anzustreben und vollkommen unabhängig zu bleiben.«

»Vielleicht.« Sisko wußte, daß er den Fanatismus in Kira herausgefordert hatte, die nur mühsam verborgene Sympathie mit den bajoranischen Extremisten. Jenes Empfinden war so sehr mit ihrem Zorn verknüpft, daß der eine Faktor nicht ohne den anderen erwachte. »Andererseits ... Möglicherweise lassen sich derartige Konsequenzen vermeiden. Ich schlage vor, wir verzichten darauf, uns übertriebener Emotionalität hinzugeben. Statt dessen sollten wir nach einem Weg suchen, die cardassianischen Pläne zu vereiteln.«

»Wie denn?« In Kiras Augen gleißte es noch immer. »Wenn wir einen Schlachtkreuzer hätten ... Dann könnten wir uns durchs Wurmloch transferieren und den verdammten Cardis eine Lektion erteilen ...«

»Ein Angriff käme einer Kriegserklärung gleich, Major. Insbesondere ein *nicht provozierter* Angriff. Die jüngste Aktion der Cardassianer mag sich gegen unsere Interessen richten, aber dadurch haben wir noch lange nicht das Recht, die Waffen sprechen zu lassen. Nein, wir sollten versuchen, unseren Kontrahenten zuvorzukommen. Selbst wenn sie wüßten, daß wir ihre Absichten kennen … Sie sind außerstande, das andere Ende des Wurmlochs vor Ablauf einer bestimmten Frist zu erreichen – wodurch wir eine Chance erhalten. Wenn es uns gelingt, selbst eine Station – eine Substation – im Retransferbereich unterzubringen … Dann hätten wir die Möglichkeit, *vor* den Cardassianern Souveränitätsanspruch auf den betreffenden Sektor zu erheben. Deshalb habe ich den Chefingenieur gebeten, an dieser Besprechung teilzunehmen.« Sisko wandte sich O'Brien zu. »Nun, was meinen Sie, Chief? Steht uns etwas zur Verfügung, das wir durchs Wurmloch schicken können, um auf der anderen Seite dauerhaft präsent zu sein?«

Miles hob und senkte die Schultern. »Wir haben Shuttles und die Flitzer …«

»Damit kommen wir nicht weiter. Die Cardassianer wären in der Lage, die Rechtmäßigkeit unseres Anspruchs mit Hinweisen auf Präzedenzfälle in Frage zu stellen. Ein Raumschiff oder gar ein Shuttle geben nicht deutlich genug die Absicht zu erkennen, einen permanenten Stützpunkt einzurichten.« Sisko schüttelte den Kopf. »Nein, wir brauchen etwas, das sich tatsächlich als Substation einsetzen läßt, zumindest vorübergehend. Später können wir eine größere Basis einrichten, falls das nötig sein sollte.«

»Ich weiß nicht …« O'Brien starrte ins Leere. »Wenn wir mehr Zeit, mehr Leute und mehr Material hätten – dann wären wir imstande, irgend etwas zu konstruieren. Wir reden hier von einer *kleinen Raumstation,* die ein in sich geschlossenes System bildet und mit allem Notwendigen ausgestattet sein muß, von zuverlässig funktionierenden Lebenserhaltungssystemen über Synthetisierer bis hin zu Recyclingmodulen und so weiter.« Der Chefingenieur ballte die Faust. »So etwas aus dem Nichts zu schaffen …« In seinem Gesichtsausdruck zeichnete sich eine subtile Veränderung ab, und

O'Briens Blick glitt in die Ferne. »Es sei denn ... Es sei denn, wir verwenden etwas, das schon fast fertig ist.«

»Was meinen Sie?«

»Das Quarantänemodul.« Miles klang nun aufgeregt. »Ja, natürlich! Es hat autonomes Manövrierpotential, damit es sich außerhalb von DS Nine bewegen kann. Die Quartiere sind mit allen erforderlichen Dingen ausgestattet, und das QM wird auch den übrigen Voraussetzungen gerecht. Ja, es eignet sich zweifellos als permanente Basis ...«

»Einen Augenblick.« Bashir wirkte besorgt. »Seit Monaten warte ich auf die Fertigstellung des Quarantänemoduls! Ich brauche es für die medizinische Sektion von Deep Space Nine!«

»Ich fürchte, Sie können kaum etwas damit anfangen, wenn die Cardassianer das andere Ende des Wurmlochs unter ihre Kontrolle bringen, Doktor«, sagte Sisko. »Wenn das passiert, kommt es hier nicht zu der bisher postulierten Zunahme des Transitverkehrs. Die Cardassianer blockieren einfach den Retransferbereich, wenn sie keinen exklusiven Zugang erhalten.« Der Kommandant hob die Hand, als Bashir erneut protestieren wollte. »Tut mir leid, Doktor, aber die Umstände zwingen mich, Ihre Einwände zurückzuweisen.« Und zu O'Brien: »Wann kann das Quarantänemodul einsatzfähig sein?«

»Nun, die meisten Installationsarbeiten sind erledigt. Wir müssen es nach draußen schaffen, ins All, die Verbindung mit DS Nine lösen, die Lebenserhaltungssysteme überprüfen und justieren ...« O'Brien überlegte einige Sekunden lang und nickte. »Wir brauchen ein Shuttle als Schlepper und einen entsprechenden Verankerungsmechanismus. Hinzu kommt der Absorber fürs Impulstriebwerk ...« Er rechnete schnell. »In fünf oder sechs Schichten müßten wir eigentlich soweit sein.«

»Versuchen Sie, es in vier zu schaffen. Gul Tahgla wartet nicht auf uns. Major Kira ...« Sisko wandte sich einmal mehr an seine Stellvertreterin. »Sie möchten die bajoranischen ökonomischen Interessen am Wurmloch schützen. Na schön – ich beauftrage Sie mit dieser Mission. An Bord von Deep Space Nine sind Sie alles andere als überflüssig, aber die Präsenz einer Bajoranerin in der Substation dürfte unserem Souveränitätsanspruch noch etwas mehr Nachdruck verleihen. Major…«

Sie sah vom Computerterminal auf. Sisko stellte fest, daß sie weitere Daten abgerufen hatte, aber er bekam keine Gelegenheit herauszufinden, um was es sich handelte – mit einem Tastendruck löschte sie die Bildschirmdarstellung. Kommandant und Erster Offizier musterten sich schweigend. Schließlich nickte Kira knapp. »Habe ich das volle Kommando?«

»Ja. Sie brauchen es mit niemandem zu teilen – weil nur Sie aufbrechen. Hier fehlt es uns ohnehin schon an Personal; wir können niemanden entbehren. Sie bekommen ein Shuttle, um das Quarantänemodul ins Wurmloch zu steuern. Führen Sie einen Transit zum Gamma-Quadranten durch, um dort im Retransferbereich in Position zu gehen und allen Raumschiffen – insbesondere cardassianischen – mitzuteilen, daß Sie im Namen von Bajor Anspruch auf den Sektor erheben. Es sollte nicht allzu lange dauern, bis wir eine Crew schicken und Sie ablösen können.«

»In Ordnung.«

»An die Arbeit, Leute.« Sisko schob den Sessel zurück, um darauf hinzuweisen, daß er die Unterredung für beendet erachtete.

Die Offiziere gingen – nur Bashir blieb sitzen.

»Haben Sie etwas auf dem Herzen, Doktor?«

»Ja, ich denke schon.« Der Arzt sprach langsam, wie jemand, der den ersten vorsichtigen Schritt in unbekanntes Terrain wagte. »Ich glaube, Sie haben einen kritischen Faktor in Ihren Plänen übersehen, Commander.«

»Ach?«

»Sie sind nicht befugt, einen Einsatz des Quarantänemoduls anzuordnen, der keinen von mir genehmigten medizinischen Zwecken dient.«

Sisko zögerte einige Sekunden lang, bevor er antwortete: »Sie scheinen zu vergessen, daß ich der Kommandant dieser Raumstation bin, Doktor.«

»Das ist mir durchaus klar.« Bashir sprach lauter und eine Oktave höher. »Doch das Quarantänemodul unterliegt allein meiner Autorität, wie alle anderen medizinischen Einrichtungen von DS Nine. So wollen es die Starfleet-Vorschriften, Commander. Sie sollen verhindern, daß andere Offiziere Medo-Ressourcen für fremde Zwecke mißbrauchen. Allein der zuständige Arzt hat das Recht, in dieser Hinsicht irgendwelche Entscheidungen zu treffen. Ich kann O'Brien befehlen, das QM nicht einmal anzurühren.«

»Ich verstehe.« Sisko lehnte sich zurück und musterte den jüngeren Mann. »Doktor Bashir... Ich rate Ihnen dringend, nicht auf Ihrer Autorität zu bestehen. Die derzeitige Krise gefährdet die Mission, mit der wir hier in Deep Space Nine beauftragt sind. Wenn Sie mir keine Wahl lassen, gebe ich Anweisung, Sie in der Arrestzelle unterzubringen. Dort nützen Ihnen Ihre Befugnisse als Erster Medo-Offizier dieser Raumstation herzlich wenig.«

Schweiß glänzte auf Bashirs Stirn, und seine Hände zitterten. »Eine solche Anweisung könnten Sie tatsächlich erteilen, Commander. Aber Sie sollten dabei berücksichtigen, welchen Eindruck Sie damit bei der provisorischen Regierung auf Bajor erwecken – was soll man dort davon halten, daß Sie DS Nine um die Möglichkeit bringen, mit gefährlichen Infektionskrankheiten fertig zu werden? Und es ginge nicht nur um die Station. Der interstellare Verkehr nach Bajor passiert uns, woraus folgt: Ohne das Quarantänemodul besteht eine weitaus höhere Wahrscheinlichkeit dafür, daß es auf dem Planeten zu einer verheerenden Epidemie kommen könnte. Sollen die Bajoraner einen derartigen Preis für Ihre Entscheidung zahlen, den Transit des cardassianischen Schiffes zu erlauben?«

»Wollen Sie die provisorische Regierung darauf hinweisen?«

»Sie sind wohl kaum in der Lage, mich daran zu hindern.« Bashir wirkte jetzt wie ein Spieler an Quarks *Dabo*-Tischen, der plötzlich begriff, wieviel er bereits verloren hatte. Er konnte sich nur retten, indem er einen letzten verzweifelten Versuch unternahm und alles setzte, was ihm geblieben war. »Mich in der Arrestzelle unterzubringen… Sie müßten ein Kriegsgerichtsverfahren einleiten, um mich von meinem Posten zu entfernen. Daran wären die Bajoraner bestimmt interessiert – vermutlich würden sie Beobachter zum Prozeß schicken. Und bei der Aussage vor Gericht hätte ich Gelegenheit, ganz offen auf die Hintergründe hinzuweisen.«

»Hm.« Sisko preßte die Fingerspitzen aneinander und blickte durch das von ihnen gebildete Gitter. »Ich nehme an, Ihnen ist auch dies klar: Indem Sie sich gegen Ihren vorgesetzten Offizier wenden – und damit auch gegen Starfleet –, beenden Sie Ihre Karriere in der Flotte. Das gilt selbst dann, wenn das Kriegsgericht zu Ihren Gunsten entscheidet.«

Bashir versteifte sich. Die Muskeln in Wangen und Hals traten deutlich hervor. »Und was ist mit *Ihrer* beruflichen Laufbahn?« Seine Stimme kam jetzt einem heiseren Flüstern gleich. »Oder spielen solche Erwägungen keine Rolle mehr für Sie?«

Also ist es bereits allgemein bekannt geworden, dachte Sisko. Offenbar wußte Bashir Bescheid: über sein Zögern, das Kommando über Deep Space Nine anzutreten; über den an Picard gerichteten (und später zurückgezogenen) Antrag, zur Erde versetzt zu werden. *An Bord dieser Raumstation gibt es kaum Geheimnisse.*

»Meine persönlichen Gefühle haben hiermit nichts zu tun.« Siskos Zeigefinger klopften aneinander. »Aber da wir gerade bei Emotionen sind ... Wodurch würden *Sie* sich in bezug auf den Einsatz des Quarantänemoduls besser fühlen? Diese Frage gilt natürlich dem Ersten Medo-Offizier.«

Bashir holte tief Luft. »Bisher wollten Sie nur eine Person zum anderen Ende des Wurmlochs schicken. Nun, im Modul gibt es genug Platz für Dutzende von Passagieren – erlauben Sie mir, Major Kira zu begleiten.«

Ich bezweifle, ob sie davon begeistert wäre. Sisko behielt diesen Kommentar für sich. »Warum?«

»Commander Sisko, das Wurmloch fasziniert mich, seit es entdeckt wurde. Seit Sie von der Existenz jener Entitäten im Innern des Dimensionstunnels berichteten. Nicht nur die Geschöpfe selbst sind einzigartig, sondern auch ihr Lebensraum. Deshalb sollten wir versuchen, weitere Informationen über sie zu gewinnen. Sie verfügen über Fähigkeiten, die wir bisher für unmöglich hielten – immerhin haben sie ein stabiles Wurmloch *geschaffen!* In Hinblick auf die weitere Erforschung der Galaxis und des Universums könnten sie von enormer Bedeutung sein ...«

»Ja. Und als zuständiger Arzt in diesem Sektor steht es Ihnen zu, den Wesen im Wurmloch einen Besuch abzustatten, um bei ihnen Fieber und Blutdruck zu messen.«

»Nun ...«

»Und durch die bahnbrechenden Untersuchungen der Entitäten kämen *Sie* zu galaktischem Ruhm. Sie erhielten Gelegenheit, Dutzende von überaus wichtigen Fachartikeln zu veröffentlichen, die Ihrer Karriere enormen Auftrieb gäben.«

»Ja, aber ...«

»Vielleicht wäre es Ihnen möglich, mit einer Vortragsreise zu beginnen.« Sisko lächelte. »Doktor Bashir ... Ich glaube, wir verstehen uns sehr gut.« Er zog die Schublade des Schreibtischs auf und entnahm ihr etwas. »Hier, fangen Sie.«

Der Arzt kam der Aufforderung nach und betrachtete anschließend den Ball in seiner Hand. »Was hat es damit auf sich?«

»Sie kennen doch meine Vorliebe für den terranischen Sport namens Baseball.«

»Oh. Ja, natürlich. In den Holo-Kammern treten Sie dann und wann gegen die holographischen Darstellungen berühmter Spieler an.«

»Bei solchen Begegnungen geht es manchmal recht hart zu«, sagte Sisko und deutete auf den Ball. »Behalten Sie ihn – er soll Sie an unser heutiges Gespräch erinnern.« Er lehnte sich zurück, und sein Lächeln wuchs in die Breite. »Sie setzen mir die metaphorische Pistole auf die Brust und lassen mir keine Wahl. Von jetzt an betrifft die Mission am anderen Ende des Wurmlochs *zwei* Personen. Aber eins möchte ich betonen: Sie sind nur als wissenschaftlicher Beobachter an Bord des Quarantänemoduls; das Kommando hat Major Kira. Vermutlich muß ich Ihnen nicht extra erklären, was geschehen könnte, wenn Sie ihr in die Quere kommen – in dem Fall macht Kira Kleinholz aus Ihnen. Alles klar?«

Bashir sank im Sessel nach hinten; die Erleichterung war ihm ganz deutlich anzusehen. »Ja, Commander.« Schweißflecken zeigten sich am Uniformpulli.

Sisko verriet nicht, daß er von Anfang an bereit gewesen war, Bashirs Bitte um eine Teilnahme am Einsatz zu entsprechen. Der junge Arzt hatte nun gelernt, für seine Prinzipien und Überzeugungen zu kämpfen – dazu mußte ein guter Offizier in der Lage sein.

Der Commander gelangte zu dem Schluß, daß Bashir für eine Schicht genug gelitten hatte. »Ich spreche mit Major Kira und informiere sie von der Änderung unserer Pläne. Sie sollten unterdessen mit dem Chefingenieur reden.«

Sisko brauchte nicht lange nach der Bajoranerin zu suchen – sie wartete vor dem Büro. Ein erschöpft anmutender Bashir schob sich an ihr vorbei, und anschließend betrat Kira das Arbeitszimmer des Kommandanten.

»Commander ...« Sie legte beide Hände flach auf den Schreibtisch und beugte sich vor. Heißer Stahl schien in ihren Augen zu glühen. »Ich glaube, wir müssen da etwas klären ...«

»Lassen Sie mich raten. Es geht um etwas, das Sie in den Computerdateien fanden und das Ihnen nicht gefiel. Nun, was mag es sein?«

»Das hier.« Sie drehte das Terminal, so daß sie beide auf den Schirm sehen konnten. Einige Tasten klickten unter ihren Fingern. »Sie haben den Zugangscode entfernt, der dafür sorgte, daß niemand außer Ihnen Einblick in Odos Bericht nehmen konnte.« Die Bajoranerin deutete zum Projektionsfeld. »Dieses Datum gibt an, wann Sie die Datei in einem separaten Speichersegment ablegten, anstatt sie der allgemeinen Datenbank hinzuzufügen. Die Speicherung erfolgte, *bevor* das cardassianische Schiff den Wurmlochtransit einleitete!« Ein weiterer Tastendruck verbannte die diagrammartigen Darstellungen vom Bildschirm. »Commander ... Sie wußten, was Gul Tahgla beabsichtigte. Trotzdem erlaubten Sie den Transfer der Cardassianer. Darüber hinaus machten Sie die von Sicherheitsoffizier Odo veranlaßte Aussetzung der Transitgenehmigung rückgängig. Dadurch gefährden Sie die Mission von Deep Space Nine.«

Sisko seufzte und schloß kurz die Augen. Dem Ärger des Ersten Offiziers zu begegnen ... Er verglich es damit, sich einem heißen Wüstenwind entgegenzustemmen. »Während dieser Schicht scheine ich dauernd irgendwelche Leute belehren zu müssen. Setzen Sie sich. Wir beginnen jetzt mit einer kurzen, aber sehr wichtigen Lektion für Sie.«

»Ich bin nur an einer Erklärung interessiert ...«

»Sie sollen sich setzen, Major.« Die Schärfe in Siskos Stimme verstärkte das Glitzern in Kiras Augen, aber wenigstens nahm sie Platz. »Ob Sie's glauben oder nicht: Der Erfolg von DS Nine kommt für mich an erster Stelle. Um ihn zu gewährleisten, mußte ich gewisse Maßnahmen ergreifen, die nicht zur üblichen Starfleet-Routine gehören. Als wir die Station aus der Umlaufbahn des Planeten hierhersteuerten, wurde mir praktisch sofort klar, daß wir keine vollständige Kontrolle über das Wurmloch haben – nur ein Narr hätte keinen weiteren Gedanken daran vergeudet. Darüber hinaus gab es praktisch ständige Kontakte zwischen mir und den zuständigen Stellen in der Föderation: Ich bin nicht müde geworden, immer wieder darauf hinzuweisen, daß wir mehr finanzielle Mittel benötigen und eine Substation am anderen Ende des Wurmlochs stationieren sollten, bevor uns jemand anders zuvorkommt. Ihnen mangelt es an Erfahrung in Hinsicht auf die Bürokratie des interstellaren Völkerbunds, und deshalb überrascht es Sie vielleicht, daß meine Anfragen und Anträge bei verschiedenen Ausschüssen auf Eis liegen. Um die Föderation zu raschem Handeln zu bewegen, ist eine Krise erforderlich, die sie nicht ignorieren kann. Gul Tahglas kleine List ist genau das, was ich brauche. Wenn Gefahr besteht, daß die Cardassianer den Retransferbereich des Wurmlochs unter ihre Kontrolle bringen ... Dann dürfte die Föderation bereit sein, alle notwendigen Mittel für eine dauerhafte Substation zu bewilligen.« Sisko zuckte mit den Schultern. »Wenn ich eine andere Möglichkeit gesehen hätte, die Behörden des Völkerbunds zu veranlassen, endlich etwas zu unternehmen und damit unser Problem zu lösen ... Ich wäre gern bereit gewesen, einen anderen Weg zu beschreiten.«

»Sie ... haben sich alles gründlich überlegt, nicht

wahr?« Kiras Ärger wich widerstrebender Anerkennung. »Sie planen das schon seit einer ganzen Weile.«

»Ich wußte, daß es früher oder später geschehen würde – wahrscheinlich früher. Der cardassianische Rat hat den Vorteil, besser organisiert zu sein als die Gremien der Föderation; daher kann er schneller Entscheidungen treffen, falls sich eine günstige Gelegenheit ergibt. Und deshalb müssen Offiziere wie ich vorausdenken, um den cardassianischen Schachzügen zuvorzukommen.« Sisko beugte sich vor. »Ich möchte Ihnen noch etwas anderes anvertrauen. Sie bekommen nicht nur deshalb das Kommando über diese Mission, damit Sie im Namen Ihres Heimatplaneten Souveränitätsanspruch auf das andere Ende des Wurmlochs erheben. Es gibt noch einen anderen Grund. Vor einigen Monaten haben Sie den Redemptoristen erlaubt, an Bord zu kommen, und Sie wissen, was ich von jener Entscheidung halte. Aber schon vorher hatte ich Bedenken in Hinsicht auf Ihre widersprüchliche Loyalität – die für Sie eine große Bedeutung zu haben scheinen. Irgend etwas veranlaßt Sie dazu, einen Konflikt zwischen den Pflichten des Starfleet-Offiziers und denen eines bajoranischen Patrioten zu sehen. Ich kann keinen derartigen Konflikt feststellen. Meiner Ansicht nach erweisen Sie Ihrem Volk den besten Dienst, indem Sie dafür sorgen, daß diese Raumstation ihren Aufgaben gerecht wird.«

Kira setzte zu einer Erwiderung an, überlegte es sich dann aber anders und schwieg.

»Ich schlage vor, Sie betrachten den Einsatz des Quarantänemoduls unter Ihrem Befehl als eine Art Test.« Sisko begann damit, die Unterlagen auf dem Schreibtisch zu sortieren. »In gewisser Weise spielt dabei ihre Einstellung zur Mission eine ebenso wichtige Rolle für die Zukunft von DS Nine wie die Positionierung der Substation. Denken Sie darüber nach.« Er sah von den Papieren auf. »Das wäre alles. Sie können gehen.«

Kiras Hände schlossen sich fast krampfhaft fest um

die Armlehnen des Sessels. Ihre Lippen zitterten, schienen Worte formulieren zu wollen. Aber die Bajoranerin beherrschte sich, stand schweigend auf und schritt zur Tür.

Sisko sah ihr nach. Als das Schott hinter seiner Stellvertreterin zuglitt, lehnte er den Kopf zurück, schloß die Augen und seufzte tief.

KAPITEL 6

Odo kniete und drehte die Leiche auf den Rücken. Es ließen sich kaum Verletzungen feststellen, obgleich der Körper in dem großen Mechanismus gefunden worden war, der die Schleusentore der Frachtkammer bewegte. Odo schloß daraus, daß der Mörder entweder ein Dilettant war oder sich nicht mit den Funktionen von Deep Space Nine auskannte. Ein Profi hätte gewußt, daß die Zahnräder mit Sensoren ausgestattet waren, die auf komplexe organische Materie reagierten. Dadurch sollten Unfälle bei Dockarbeitern und Verladern verhindert werden. Anders ausgedrückt: Jene Maschinerie eignete sich nicht dafür, über einen Mord hinwegzutäuschen.

»Ich schätze, es sollte eine Autopsie durchgeführt werden.« Major Kira beugte sich über die Schulter des Sicherheitsoffiziers. Der Vorarbeiter dieser Frachtkammer hatte auch sie verständigt. »Vielleicht muß Bashir deshalb auf eine Teilnahme an der bevorstehenden externen Mission verzichten.«

Odo hörte vage Hoffnung in diesen Worten. »Ich halte eine genaue medizinische Untersuchung kaum für notwendig.« Kiras Abneigung Bashir gegenüber ging ihn nichts an, und er sah keinen Grund, ihr in diesem Zusammenhang irgendeine Art von Hilfe zu leisten. »Mehrere Stichwunden führten bei dem Mann zum Tod.« Odo legte die rechte Hand auf den blutigen Unterleib und veränderte ihre Struktur, so daß sie in den Leichnam eindrang. Einige Sekunden später zog er sie zurück. »Länge und Breite der verwendeten Klinge deuten auf einen Dolch hin.« Er holte ein Taschentuch hervor und wischte sich damit die Hand ab. Aus den Augenwinkeln sah er, wie Kira voller Abscheu das Gesicht verzog – diese Reaktion bereitete ihm eine gewisse Genugtuung. *Bestimmt wird sie sich nicht noch einmal in meine Ermittlungsarbeit einmischen.* »Ein männlicher Bajoraner, etwa zwanzig Jahre alt...« Der Constable sprach in seinen Insignienkommunikator – die Informationen wurden im Datenbanksystem des Sicherheitsbüros gespeichert.

»Kennen Sie ihn?«

»Nicht dem Namen nach.« Odo sah zu Kira auf. »Besser gesagt: noch nicht. Aber ich weiß, daß er zu den Redemptoristen gehörte, die im Trockendock mikrotechnische Installationsarbeiten erledigen.« Er beobachtete eine subtile Veränderung im Gesichtsausdruck der Bajoranerin. In ihren Mundwinkeln zuckte es, und sie preßte kurz die Lippen zusammen – Hinweis darauf, daß sie zumindest über diesen Aspekt des Opfers Bescheid wußte.

Odo vervollständigte die Beschreibung und benachrichtigte anschließend die Krankenstation – man sollte eine Bahre schicken, um den Toten zur Leichenkammer zu bringen.

Der Constable kniete auch weiterhin und durchsuchte die Taschen der Leiche.

»Haben Sie etwas gefunden?«

Odo stand auf und betrachtete die beiden kleinen, quadratischen Objekte in seiner Hand. »Nur das hier.« Er hob die beiden Speicherchips dichter vor die Augen. »Man hat sie benutzt – die Siegel sind gebrochen.«

»Hm.« Kira starrte darauf hinab. »Indizien.«

»Ja«, bestätigte der Sicherheitsoffizier geduldig. »So nennt man das: Indizien.«

Nachdem der Leichnam fortgebracht worden war, folgte Kira dem Constable zur Promenade. Odo wollte sie fragen, ob sie nichts Wichtigeres zu tun hatte, doch er widerstand der Versuchung. Vermutlich ging ihre Anspannung auf den bald beginnenden Einsatz mit dem Quarantänemodul – beziehungsweise der Substation – zurück; wahrscheinlich konnte sie es gar nicht abwarten, sich durchs Wurmloch zum Gamma-Quadranten zu transferieren. Als Odo den Chefingenieur zum letztenmal in Quarks Spielkasino getroffen hatte, klagte O'Brien über den Druck, den die Bajoranerin auf ihn ausübte. Angeblich fragte sie immer wieder, wann das QM endlich fertig sei. Schließlich wurde es Miles zuviel, und er verbannte Kira aus dem Wartungshangar, damit er und seine Leute ungestört arbeiten konnten.

Als sich Odo, gefolgt von Kira, einen Weg durch die Menge in der Promenade bahnte, dachte er über die Schwierigkeiten mit den Gefühlen von Humanoiden nach. Bisher hatte er kaum Mühe darauf verwendet, sie zu simulieren, abgesehen von jenen Emotionen, die ihm bei der Arbeit halfen, zum Beispiel Argwohn und Mißtrauen. Die Beibehaltung seines äußeren Erscheinungsbilds erforderte eine bewußte Anstrengung, und das galt auch für emotionale Eigenschaften. Einer der großen Vorteile seiner Physis bestand darin, daß ihn jene kleinen Dinge, die Kira manchmal so sehr zusetzten, überhaupt nicht belasteten. Sie versanken gewissermaßen in ihm, ohne irgendeine Spur zu hinterlassen, wie Steine im Ozean.

»Was ist das für ein Geruch?« Kira schnitt eine finstere Miene und sah sich im Sicherheitsbüro um. »Hier riecht's so, als hätte jemand alte Socken angezündet, um sie …« Sie fügte einen bajoranischen vulgären Ausdruck hinzu, der soviel bedeutete wie *mit Urin löschen.*

Odo spürte einen Anflug von Ärger, als er an Gri Rafod und den billigen Tabak dachte, den er von Quark gekauft hatte. »Glauben Sie mir …« Er wandte sich an Kira. »In mancher Hinsicht war der letzte cardassianische Besuch schlimmer als Sie ahnen.« Der Geruch schien an der Einrichtung des Zimmers festzuhaften und sich nicht verflüchtigen zu wollen.

Der Constable nahm am Schreibtisch Platz, schob erst den einen Chip ins Abspielgerät, dann auch den zweiten. Alles blieb still. »Bisher sind noch keine Aufzeichnungen angefertigt worden«, sagte er und sah aufs Display des Geräts.

»Woher wollen Sie das wissen?«

»Um Daten auf solchen Chips abzulegen, müssen sie zunächst formatiert werden. Selbst wenn die gespeicherten Informationen später wieder gelöscht werden: Die Formatierung – eine Art leeres Inhaltsverzeichnis – bleibt. In diesem Fall läßt sich nichts dergleichen feststellen.«

Kira beugte sich über den Schreibtisch. »Dann taugen diese Indizien nicht sehr viel, oder?«

»Zum Glück bin ich hier der Sicherheitsoffizier und nicht Sie.« Odo lehnte sich zurück, hielt einen Chip zwischen Daumen und Zeigefinger. »Überlegen Sie mal. Ein junger Bajoraner und Redemptorist wird ermordet aufgefunden. In seinem Besitz befinden sich zwei Speicherchips, deren Siegel zwar geöffnet sind, die jedoch keine Daten enthalten.« Es klackte leise, als Odo das kleine Aufzeichnungsmodul auf den Schreibtisch warf. »Vielleicht wollte jemand, daß der junge Mann glaubte, es seien wichtige Informationen in den Chips gespeichert.« Er nickte langsam. »Ich muß noch genauer darüber nachdenken.«

Kira rührte sich nicht von der Stelle, machte keine Anstalten, das Büro zu verlassen. Nach einigen Sekunden hob Odo den Blick zu ihr. »Kann ich sonst noch etwas für Sie tun, Major?«

Sie schüttelte den Kopf, erweckte dabei den Eindruck, wie aus einem Traum zu erwachen. »Äh, nein...«

Die Bajoranerin wandte sich um und ging. Als sich die Tür hinter ihr schloß, tastete Odo nach dem Chip, schob ihn auf dem Schreibtisch hin und her. Er fragte sich, woran Kira gedacht hatte ...

»Was wollen Sie für die elektromagnetische Sondierung verwenden?« fragte Lieutenant Jadzia Dax, wissenschaftlicher Offizier von Deep Space Nine. Sie sah zu den Schemata an der Wand des Wartungshangars. Dort spannte sich eine dünne, zehn Quadratmeter große Membran, die mit den elektronischen Archiven der Raumstation in Verbindung stand und jedes gewünschte Diagramm zeigen konnte. »Ich entdecke keine Hinweise auf die üblichen Datenkanäle ...«

»Wir haben die externen Sensoren rekonfiguriert.« Dr. Bashir stand neben Dax und deutete zur Außenhülle des Quarantänemoduls. »Eigentlich dienten sie nur dazu, Andockmanöver und dergleichen zu erleichtern, aber sie verfügen über ein umfangreicheres Funktionspotential und erfüllen damit alle Voraussetzungen. Computer, zeige uns die modifizierte technische Struktur.« Das Bild auf der Membran veränderte sich. Für einen Sekundenbruchteil wirkten die Konturen verschwommen, doch sie stabilisierten sich innerhalb von ein oder zwei Sekunden. »Sehen Sie?« Bashir beugte sich näher als notwendig an Dax heran, um ihre Aufmerksamkeit auf einen bestimmten Bereich der Darstellung zu lenken. Er streckte den Arm an ihrer Schulter vorbei. »Die allgemeine Datenverarbeitungskapazität berücksichtigt eine volle Auslastung der diagnostischen Geräte sowie aller Behandlungskomponenten. Einen Teil dieses Potentials nutzen wir nun für die zusätzlichen Funktionen der Sensoren. Eine kluge Lösung des Problems, nicht wahr?«

»Ja.« Dax ignorierte den Arm – er berührte sie nicht –, drehte sich halb um und bedachte den Arzt mit einem selbstsicheren Trill-Lächeln. »Ihre Idee?«

»Nein, eigentlich nicht.« Bashir folgte der vermeintlichen jungen Frau zum QM. »O'Brien kam darauf. Aber er brauchte meine Erlaubnis für die Veränderung«, fügte er rasch hinzu. »Das gilt für *alle* Modifikationen…«

Der Chefingenieur stand im Innern des Moduls, und Funken regneten auf ihn herab, während er mit dem Schweißbrenner an einem geöffneten Deckenfach arbeitete. Hinter ihm ertönten Geräusche in den fernen Ecken des Quarantänemoduls, verursacht von den Technikern des Vorbereitungsteams. Schwarze Energieversorgungskabel erstreckten sich wie Schlangen über den Boden.

»So ein Ding habe ich schon seit Jahren nicht mehr benutzt«, brummte O'Brien. Trotz des Lärms hatte er gehört, daß sich ihm Dax und Bashir näheren. Er desaktivierte die Plasmaflamme des Brenners, und daraufhin verschwand der flackernde Widerschein von seiner dunklen Schutzbrille. »Nun, wie lautet Ihr Urteil?«

»Ich habe nur die Diagramme gesehen«, erwiderte Dax. »Es scheint ziemlich viel Arbeit zu sein. Glauben Sie, rechtzeitig fertig zu werden?«

»Dieses Ding wird zum vorgesehenen Termin ausgeschleust – selbst wenn ich noch immer mit einem Schraubenschlüssel auf ihm hocke.« O'Brien hob den Brenner. »Wenn Sie mich jetzt bitte entschuldigen würden…«

»Ich kehre in den Kontrollraum zurück«, verkündete Dax und wandte sich ab, um das QM zu verlassen. »Ich habe die eine oder andere Idee in bezug auf zusätzliche Sonden. Wenn Sie sich dafür interessieren, Doktor… Sie erreichen mich in der OPS.«

»Warum sprechen wir nicht jetzt gleich darüber?« Bashir wollte Dax folgen, aber O'Brien hielt ihn am Arm fest.

»Nicht so hastig«, sagte der Chefingenieur. »Ich brauche Sie hier. Es müssen einige Entscheidungen getroffen werden.« Er winkte Dax mit dem Brenner zu. »Ich schicke den Doktor zu Ihnen, wenn er hier seine Hausaufgaben erledigt hat.«

Bashir folgte O'Brien zum vorderen Teil des Quarantänemoduls. »Was ist denn so wichtig?« fragte er verdrießlich.

»Wichtiger als Ihr Hormonspiegel? Praktisch alles.« Miles verharrte neben der komplexen, zangenartigen Kupplungsvorrichtung am einen Ende des QM. Ein Tunnel, der einem Humanoiden genug Platz bot, reichte durchs Zentrum der vier C-förmigen Klammern. »Nun, eigentlich brauchen Sie in dieser Hinsicht gar keine Entscheidung zu treffen. Ich habe schon alles vorbereitet; Sie und Kira sollten nur davon wissen.« Er zeigte auf mehrere eiförmige Gebilde am Rand des Verbindungsstutzens. »Sehen Sie das dort? Ich habe einige Sprengladungen aus dem Innern des Moduls entfernt und sie zu Treibsätzen modifiziert. Der Grund? Mir bleibt nicht genug Zeit, um Manövrierdüsen zu installieren, die genug Schubkraft entwickeln, um das QM vom Schlepper – einem ganz normalen Frachtshuttle – zu trennen. Wenn Sie nach dem Wurmlochtransit die Zielposition erreichen und Major Kira die Substation aufsucht, muß einer von Ihnen den Schubwinkel berechnen und anschließend eine Zündung der Treibsätze auslösen.« O'Brien griff nach einem Kabel. »Dies ist die Verbindung für den Zündimpuls. Ich integriere die entsprechenden Kontrollen ins Konsolensystem des Shuttles.«

Die eiförmigen Objekte wirkten alles andere als eindrucksvoll. Bashir zuckte mit den Achseln. »Und?«

»Oh, ich habe ganz vergessen, daß Sie Arzt sind, kein Techniker. Nun, dies gibt Ihnen die Chance, sich an den Physikunterricht zu erinnern. Wenn die Dinger dort hochgehen, kommt es zu einem starken Rückstoß. Mit anderen Worten: Bevor Sie den Zünder auslösen, sollten Sie sich anschnallen oder auf einer weichen Matratze ausstrecken.«

Bashir drehte sich um, ging einige Schritte – und zögerte. Über die Schulter hinweg sah er zurück. »Einen

Augenblick. Sie haben gesagt, daß Sie *einige* Sprengladungen verwendeten. Was ist mit den anderen?«

»Was soll schon mit ihnen sein?« O'Brien bückte sich und prüfte die Kabelverbindungen zu den Treibsätzen. »Sie befinden sich nach wie vor im Innern des QM, genau dort, wo ich sie nach der Lieferung des Arsenals untergebracht habe. Wenn Sie glauben, daß ich die Sprengkörper jetzt entferne, die Löcher in den betreffenden Wänden und Decks anschließend zustopfe, damit die Substation in den Einsatz gehen kann, um die Ladungen *später*, wenn das Quarantänemodul seinem ursprünglichen Zweck zugeführt wird, wieder einzubauen … O nein, mein Lieber.« Der Chefingenieur sah zu Bashir und schüttelte den Kopf. »Das Leben ist viel zu kurz.«

»Ja.« Der Arzt nickte ernst und vielleicht auch ein wenig grimmig. »Das Leben könnte sogar noch viel kürzer werden, wenn man von hochexplosiven Sprengladungen begleitet zum Gamma-Quadranten fliegt.«

»Oh, deshalb brauchen Sie sich keine Sorgen zu machen.« O'Brien schob eins der Kabel beiseite. »Immerhin kennen nur Sie den Detonationscode. Solange Sie ihn niemandem verraten, bleiben alle Komponenten des Selbstzerstörungssystems völlig harmlos.« Er trat zu Bashir und klopfte ihm auf die Schulter. »Kommen Sie. Ich brauche eine Pause. Und Sie sehen aus, als hätten Sie einen Drink nötig.«

Sie schritten zum Ausgang des Wartungshangars und kamen am Arbeitsplatz der Mikrotechniker vorbei. Zwei von ihnen sahen auf und warfen den beiden Männern einen kurzen Blick zu, bevor sie sich wieder auf die Schaltkreise unter den Okularen konzentrierten.

»Helfen die Leute bei der Fertigstellung des Quarantänemoduls?« fragte Bashir. Er hatte festgestellt, daß die Gruppe ausschließlich aus Bajoranern bestand.

»Ja, natürlich«, antwortete O'Brien. »Alle meine Mitarbeiter sind an diesem Projekt beteiligt.«

»Aber es sollen Redemptoristen sein ...«

»Von mir aus können sie sein, was sie wollen – solange sie gute Arbeit leisten.« O'Brien schob den Arzt durch die Tür. »Na los, gehen wir.«

Die Stimme klang spöttisch und verächtlich, zornig und hypnotisch, hallte dumpf und unheilvoll von den Wänden wider. Selbst wenn man die Lautstärke des Abspielgeräts herunterdrehte, so daß die Worte zu einem kaum mehr verständlichen Raunen wurden – sie dominierten trotzdem, beanspruchten auch weiterhin die volle Aufmerksamkeit des Zuhörers.

Blut und Feuer ... Davon sprach Hõren Rygis, und vom Tod der Ungläubigen. *Blut* – so hieß das dünne, degenerierte Etwas in den Adern derjenigen, die nicht glaubten. Und *Feuer* ... Damit war die Läuterung gemeint, die Vernichtung aller Elemente, die Bajors heiligen Boden beschmutzten. Ein Feuer, das Leben zur Asche des Todes verbrannte, Leichen auf dem Boden der Tempel und Ratskammern zurückließ.

»Und jenseits des Himmels ...«, fuhr das Oberhaupt der Redemptoristen fort. »Auch dort hat sich das Gift ausgebreitet. Über unseren Häuptern schwebt es, wie der Gestank an den Händen eines Mörders. Durch den leeren Raum fliegt das Verderben, verbirgt sich an Bord einer Raumstation, die das Werk der Unterdrücker ist. Dort versucht es, der Gerechtigkeit und unserem heiligen Zorn zu entgehen. *Sie* hat sich mit den Heimtückischen verschworen. Am Tisch der Gottlosen sitzt sie, um mit ihnen zu trinken, wobei ihr der Schädel eines Märtyrers als Kelch dient. Und der Wein, der durch ihre Kehle rinnt ... Er ist das Blut der Unschuldigen. Es kommt einem Sakrament gleich, Bajor von einem solchen Fluch zu befreien ...«

Commander Sisko saß in seinem Büro und lauschte, während das einzige Licht von den Sternen stammte. Die nächsten Worte kannte er bereits.

»Die weitere Existenz einer solchen Person ist mit einer Krankheit vergleichbar.« Hõren Rygis sprach leiser, in einem Tonfall übertriebener Vernunft. »Mit einer Krankheit, die das geistliche Leben unserer Heimat infiziert. Wer Verräter ebenso toleriert wie die Pein, die man in unserem Herzen sät, der hinterläßt einen vergifteten Dorn in unserem Fleisch. Dieser Dorn muß entfernt werden ...«

Schon zweimal hatte sich Sisko die Ansprache angehört. Es handelte sich um die jüngste Botschaft, die vom verborgenen Sender der Redemptoristen verbreitet worden war – die provisorische Regierung hatte dem Kommandanten von Deep Space Nine eine Kopie der Aufzeichnung zur Verfügung gestellt. Er konnte jederzeit die Hand ausstrecken und das Abspielgerät ausschalten, so daß wieder Stille herrschte in seinem Büro – eine Stille, die ebenso beruhigend wirkte wie damals die sanften Finger seiner Frau an verkrampften Schultermuskeln. Aber irgend etwas hielt ihn davon ab. Irgend etwas zwang Sisko, auch weiterhin zu lauschen. Hõren Rygis war ein fesselnder Redner, ein begnadeter Rhetoriker, der sein Talent jedoch mißbrauchte. Er trat in die verbalen Fußstapfen Hitlers, sprach von einem Feuer, das nur verbrannte, ohne zu erleuchten.

Bei den schlimmsten Typen dieser Art kommt intensive Leidenschaft hinzu, dachte Sisko, und seine Überlegungen drängten die Stimme vorübergehend in den Hintergrund. Eine Leidenschaft, die ansteckte, die das Feuer auch in anderen Seelen brennen ließ.

Ein Name weckte seine Aufmerksamkeit. Ein Name, den die Stimme so formulierte, als seien die einzelnen Silben ätzende Säure.

»Kira Nerys ...«

Als er sich die Aufzeichnung zum erstenmal angehört hatte, war es Sisko kalt über den Rücken gelaufen. Diese Reaktion wiederholte sich nun. Die Stimme malte ein imaginäres Bild vor seinem inneren Auge:

Major Kira, getötet. Der Kommandant glaubte, ihre Leiche zu sehen...

»Wenn selbst das Blut besudelt ist, so muß es fließen. Nur auf diese Weise kann die Krankheit geheilt werden...«

Sisko beugte sich vor und tastete nach dem Chip-Player.

»Blut muß fließen...«

Ein Druck auf die Taste genügte, um die Stimme zum Schweigen zu bringen. Zumindest hier.

Kira wußte, daß sie träumte, aber das half ihr kaum.

Dies war schlimmer als ein Alptraum: Sie erinnerte sich.

Sie fand keine Ruhe mehr im Bett – ebensogut hätte es in Flammen stehen können. Wie im Fieber wälzte sie sich von einer Seite zur anderen, heimgesucht von einem Feuer, das aus ihren eigenen Adern zu kommen schien.

Spröde Lippen teilten sich und flüsterten: »Es tut mir leid...«

Niemand hörte diese Worte. Niemand teilte das Quartier mit Kira.

Dennoch bekam sie Antwort.

»Oh, dafür ist es nun zu spät.« Der Tote sah sie an, und in seinem blassen Gesicht spiegelte sich das flackernde Licht orangefarbener Flammen wider. »Dafür war es immer zu spät.«

Schweißfeuchte Hände tasteten übers Bettlaken, ballten sich zu Fäusten. »Ich wollte nicht... Ich wollte nicht, daß so etwas geschieht...«

»Das hättest du dir vorher überlegen sollen.« Explosionen hatten große Löcher in die Mauern des brennenden Tempels gerissen, und dunkle Rauchwolken quollen gen Himmel. Der Schatten des Toten fiel auf Kira. Sie lag im Bett ihres Quartiers an Bord von Deep Space Nine – und gleichzeitig auf dem Boden von Bajor. Die

Druckwelle einer enormen Detonation hatte sie von den Beinen gerissen. »Jetzt ist es zu spät, zu spät, zu spät.«

»Es tut mir leid«, brachte Kira hervor. »So schrecklich leid.«

»Es ist *zu spät.*« Überall lagen Leichen. Einige waren halb verbrannt, und andere erkannte Kira. Alle Toten richteten einen anklagenden Blick auf sie. »Warum bist du nicht bei uns gewesen, dort drin? Warum bist du nicht zusammen mit uns gestorben?«

Der Traum setzte sich erbarmungslos fort, gab Kira nicht frei. Ganz im Gegenteil: Er konfrontierte sie mit zusätzlichem Entsetzen. Sie spürte das Kissen an der Wange, konnte den Bildern des Grauens jedoch nicht entkommen. »Ich gehöre zu euch«, sagte sie.

»Nein ...« Der Tote wich zurück, und seine Gestalt verschmolz mit der Nacht. »Noch nicht. Aber bald.«

Kiras Lider klappten so plötzlich nach oben, als hätte jemand einen Schlüssel im Schloß gedreht. Sie sah ihr Quartier: Stahlwände, Regale und Schränke mit wenigen persönlichen Dingen. Objekte, die aus ihrem Leben an Bord von DS Nine stammten und fast ebenso vertraut erschienen wie die Vergangenheit – jene Vergangenheit, die sie in den Träumen einholte.

Die Bajoranerin atmete tief durch und versuchte, ihr Herz langsamer pochen zu lassen. Einige Sekunden lang schien der gräßliche Alpdruck anzudauern, sich selbst im Hier und Jetzt einen Schatten zu bewahren. Kira glaubte, das dumpfe Donnern ferner Explosionen zu hören, die Vibrationen von Druckwellen zu spüren ...

Jemand klopfte mit der Faust an die Tür ihrer Unterkunft – das war alles. Erleichterung erfaßte sie, verdrängte einen Teil der Anspannung. Traum und Vergangenheit waren überstanden, zumindest für eine Weile – bis sie zum nächsten Mal schlief.

»Ist alles in Ordnung mit Ihnen, Major?« Commander Sisko stand auf der anderen Seite der Tür. Er deutete zum kleinen Interkom neben dem Schott. »Ich habe mehrmals versucht, einen Kom-Kontakt mit Ihnen herzustellen – ohne Erfolg.«

»Es … es geht mir gut.« Kira trat beiseite und ließ Sisko eintreten. Mit der einen Hand versuchte sie, das zerzauste Haar zu ordnen, als sie auf der Bettkante Platz nahm. »Ich habe nur geschlafen, das ist alles.«

Der Kommandant musterte sie besorgt. »Offenbar war Ihr Schlaf ziemlich tief und fest. Normalerweise sind Sie sofort wach.«

»Doktor Bashir meinte, daß ich in letzter Zeit zu hart gearbeitet habe.« Kira schüttelte den Kopf, um die letzten Reste der Schreckensvisionen zu vertreiben, rang sich dann ein Lächeln ab. »An dieser Krankheit scheinen hier viele Leute zu leiden.«

»Ja …« Sisko zog den Stuhl vom Schreibtisch fort und setzte sich so, daß die Rückenlehne nach vorn zeigte. »Es gibt verschiedene Gründe dafür, warum es manche Leute mit der Arbeit übertreiben. Sie versuchen, nicht an gewisse Dinge zu denken.« Er legte eine kurze Pause ein, und sein Blick kehrte sich nach innen. »Oder sie wollen vor Erinnerungen fliehen.«

Diese Worte des Commanders bescherten Kira neuerliche Anspannung. »Vielleicht.« Eine gewisse Kühle konnte sie nicht aus ihrer Stimme vertreiben. »Aber das sind persönliche Angelegenheiten.«

»Sie werden weitaus weniger persönlich, wenn sie sich auf Ihre Arbeit als Offizier auswirken, Major.« Sisko verdrängte alle Gedanken an die eigene Vergangenheit und rückte die Bajoranerin in den Mittelpunkt seiner Aufmerksamkeit. »Oder auf das *Leben* des Offiziers. Beziehungsweise seinen Tod.«

»Wovon reden Sie da?«

Sisko holte einen kleinen, quadratischen Gegenstand hervor. »Wissen Sie, daß es Leute gibt, die Sie umbringen wollen?«

»Damit ist es wie mit zuviel Arbeit – es gehört zum

Job.« Zwar pochte Kiras Herz nun wieder schneller, aber äußerlich blieb sie gelassen. »Nicht alle Bewohner von Bajor sind mit der Politik einverstanden, die hier betrieben wird. Das dürfte Ihnen klar sein. Einige extreme Gruppen würden nicht zögern, Deep Space Nine zu vernichten.« Sie zuckte kurz mit den Schultern. »Aber wir müssen nicht bei allen beliebt sein, um unsere Pflicht zu erfüllen.«

»Bei diesen Drohungen sieht die Sache ein wenig anders aus. Sie gelten speziell Ihnen.« Der Chip glänzte zwischen Daumen und Zeigefinger des Kommandanten. »Ich muß sie ernst nehmen. Es stecken Leute dahinter, die durchaus imstande sind, es nicht nur bei Worten zu belassen. Ihr Anführer spricht von Ihnen mit einer Vehemenz, aus der man schließen könnte, daß Ihre Ermordung hohe Priorität hat.«

Kira seufzte. »Wenn Sie die Redemptoristen meinen, Commander – in dieser Hinsicht sind mir die gleichen Dinge bekannt wie Ihnen.« Sie lehnte sich zurück und zog die Matratze weit genug von der Wand fort, um das Geheimfach zu öffnen. Einige Sekunden später legte sie mehrere Speicherchips auf die Koje. »Wenn Sie sich diese Aufzeichnungen anhören, so werden Sie feststellen, daß mein Name einige Male erwähnt wird. Schon vor der Versetzung nach DS Nine stand ich auf der Liste der Redemptoristen.«

Sisko sah auf die Chips hinab und wölbte die Brauen. »Ich nehme an, das sind Kopien von Hõren Rygis' Ansprachen, oder?«

»Ja. Als bajoranischer Militärattaché an Bord dieser Raumstation halte ich es für meine Pflicht, über die Ereignisse auf dem Planeten informiert zu sein.«

»Und warum verstecken Sie die Chips?«

Kira hob und senkte die Schultern. »Die Notstandsbestimmungen sind nicht außer Kraft gesetzt, was bedeutet: Es ist jedem bajoranischen Bürger verboten, derartiges Material zu besitzen.«

»Wir könnten dafür sorgen, daß diese Vorschriften nicht für Sie gelten.«

»Es ist einfacher für mich, bestimmte Maßnahmen zu ergreifen, ohne daß sie bekannt werden. Warum sollte ich ein Mißverständnis riskieren?«

Argwohn glänzte in Siskos Augen. »Sie wissen also von Hõren Rygis' Feindseligkeit Ihnen gegenüber. Trotzdem haben Sie der Redemptoristen-Gruppe erlaubt, an Bord zu kommen.«

Kira hielt dem Blick des Commanders stand. »Die gleiche Entscheidung würde ich noch einmal treffen. Und zwar aus den Gründen, die ich Ihnen bereits nannte. Es sind Bajoraner und somit meine Brüder.«

»Hm.« Sisko strich mit dem Daumen über das kleine Speichermodul. »Vielleicht sähe es mit Ihrer… familiären Toleranz anders aus, wenn Sie über Hõrens jüngste Tirade Bescheid wüßten.«

»Wieso kommen Sie darauf, daß ich sie *nicht* kenne?«

»Dies hier ist nie gesendet worden. Den Sicherheitskräften der provisorischen Regierung gelang es, den mobilen Sender zu finden, von dem die einzelnen Relaisstationen ihre Signale empfingen. Eine Razzia fand statt, und dabei hat man das hier beschlagnahmt.« Sisko hob den Chip noch etwas höher. »Das Index-Datum deutet darauf hin, daß die Aufzeichnung vor nur wenigen Schichten stattfand. Diesmal spricht Hõren ausführlicher von Ihnen als zuvor.«

»Wurde er…?«

»Gefaßt?« Der Kommandant schüttelte den Kopf. »Nein, leider nicht. Der redemptoristische Untergrund ist sehr… unzugänglich. Wo auch immer auf Bajor sich Hõren Rygis befindet – bisher hat er es geschafft, der Festnahme zu entgehen. Vermutlich dauert es nicht lange, bis die Redemptoristen ein neues Übertragungsnetz konstruieren, und dann wird ihr Anführer damit fortfahren, sein Gift in den Äther zu spucken.« Etwas leiser fügte Sisko hinzu: »Und Ihren Tod zu fordern.«

»Ich schätze, vor einigen bajoranischen Mikrotechnikern brauche ich mich nicht zu fürchten …«

»Nein, wahrscheinlich nicht. Unsere Besorgnis gilt den Redemptoristen, von denen wir nichts wissen, jenen Extremisten, die selbst Odo unbekannt sind.« Der Commander zögerte kurz. »Ich frage mich, warum Hõren Rygis will, daß Sie sterben.«

»Nun, ich würde gern antworten, es sei eine lange Geschichte – aber das ist nicht der Fall.« Kira fühlte eine Müdigkeit, die nicht nur auf den schrecklichen Traum zurückging. Diese besondere Erschöpfung schien tief in ihren Knochen zu stecken. »Vor der Versetzung nach Deep Space Nine war ich im Sicherheitsdienst der provisorischen Regierung tätig – er gehört zu den wenigen militärischen Streitkräften, die Bajor geblieben sind. Ich dachte, mich dort nützlich machen zu können. Als die Cardassianer unseren Planeten verließen, waren wir außer uns vor Glück, gerieten regelrecht in Ekstase.« Kira legte eine kurze Pause ein und strich sich das Haar aus der Stirn. »Kaum jemand von uns vergeudete einen Gedanken an das bevorstehende Chaos. Die Cardis sorgten zumindest dafür, daß Ordnung herrschte. Sie verteilten zum Beispiel Lebensmittelrationen … Bei ihnen wußten wir, was wir erwarten konnten. Als sie uns plötzlich verließen … Nun, der Kampf gegen sie hatte viele Widerstandsgruppen vereint, doch nun sahen die einzelnen Organisationen eine Chance, an die Macht zu kommen. Sie begannen damit, *gegeneinander* zu kämpfen.« Kira schüttelte den Kopf. »Soviel zur Brüderlichkeit …«

Siskos Miene veränderte sich nicht. »Deshalb kam die Föderation hierher. Derartige Entwicklungen fanden auch auf anderen Welten statt.«

»Nun, *Sie* mögen darauf vorbereitet gewesen sein – *ich* war's nicht.« Die Bajoranerin holte tief Luft. »Die Redemptoristen wurden aus jenem Bündnis verstoßen, aus dem schließlich die provisorische Regierung hervorging. Zu jenem Zeitpunkt war Hõren Rygis bereits der Anführer. Sie überfielen einen Tempel, nahmen fast hundert gewöhnliche Bürger als Geiseln, verbarrikadierten sich und stellten diverse Forderungen – ich erinnere mich nicht mehr daran. Hõren und seine Anhänger drohten damit, jede Stunde eine Leiche nach draußen zu werfen, solange man ihre Forderungen ignorierte. Es blieb nicht bei leeren Drohungen. Das erste Opfer war ein zwölfjähriger Junge. Nun, Commander, das gibt Ihnen eine Vorstellung von Hõrens Denkweise.«

»Ich vermute, Sie leiteten damals den Einsatz der Sicherheitstruppe.«

Kira nickte. »Ja. Und ich wurde meiner Pflicht nicht gerecht. Ich habe alles ruiniert. Mein Team stürmte den Tempel, brach den Widerstand der Redemptoristen, drang ins Innere des Gebäudes vor … Doch dort fanden wir nur noch wenige lebende Geiseln.« Diesen Worten folgte erneut kurzes Schweigen. »Die Redemptoristen erreichten ihr wichtigstes Ziel – sie wurden zu Märtyrern. Sie verfügten über genug Sprengstoff, um den ganzen Himmel rot zu färben.« Kira sprach halblaut, ohne Betonung.

»Das war nicht Ihre Schuld. Sie haben sich alle Mühe gegeben.«

Wenn Kira die Augen geschlossen hätte … Dann wäre sie in der Lage gewesen, die Flammen zu sehen, jenes Feuer, das in ihren Erinnerungen brannte, sie während des Schlafs heimsuchte. »Überall lagen Männer, Frauen und Kinder auf dem Boden. Manche von ihnen lebten noch – aber niemand konnte ihnen helfen. Hier und dort sah ich bekannte Gesichter. Einige der Redemptoristen erkannte ich wieder: Als Kinder waren wir in den Flüchtlingslagern aufgewachsen, und später hatten wir gemeinsam gegen die Cardassianer gekämpft. Damals schien alles einfacher gewesen zu sein …« Jetzt senkten sich die Lider der Bajoranerin –

aus irgendeinem Grund konnte sie Siskos aufmerksamen Blick nicht mehr ertragen. »Ich stand im Innern der Tempelruine und achtete nicht auf die Hitze. Ich stand einfach nur da und starrte auf die Sterbenden hinab. Bestimmt haben sie mich ebenfalls erkannt, bevor das Leben aus ihnen wich. Ja, sie haben mich erkannt – und verflucht.« Kira ballte die Fäuste und preßte sie an die Knie; ihre Beine zitterten. »Es waren meine Brüder und Schwester. Sie opferten sich für ihren Glauben. Vielleicht hätte ich mit ihnen sterben sollen.«

Sisko berührte sie am Arm, und daraufhin sah Kira auf.

»Ganz gleich, wie hart Sie mit sich selbst ins Gewicht gehen – es nützt nichts. Glauben Sie mir: Ich weiß es aus eigener Erfahrung.«

Es brachte auch keine Erleichterung, über diese Dinge zu sprechen. Die Bajoranerin fühlte sich ausgehöhlt – als hätte jedes einzelne Wort ein winziges Ich-Fragment aus ihr herausgerissen. »Hõren überlebte natürlich. Er befand sich nicht einmal im Tempel, als wir angriffen. Schon vor einer ganzen Weile hatte er sich aus dem Staub gemacht, um seine Reden über die ruhmreichen Toten zu verbreiten.« Kira betrachtete ihre weißen Fingerknöchel so, als seien es Fremdkörper, die nicht zu ihr gehörten. »Anschließend erhielt die Bewegung der Redemptoristen weiteren Zulauf. Typisch, nicht wahr? Das Beispiel der Märtyrer … Sie geben ein Ziel, auf das man den ganzen Haß konzentrieren kann.«

»Und mehr sieht Hõren nicht darin? Nur … Namen auf einer Liste?«

»Nein.« Wie in Zeitlupe hob Kira den Kopf und begegnete Siskos Blick. »Seine … seine *Seele* funktioniert anders. Er kann mit Persönlichkeit und Stimme nur deshalb solchen Einfluß entfalten, weil er von ganzem Herzen haßt. Sein Haß ist ebenso intensiv wie seine ›Liebe‹ für jene Gefährten, die ihr Leben ließen.«

Siskos Züge verhärteten sich. »Es gibt bessere Möglichkeiten, die Toten zu ehren.«

Jetzt ist es zu spät …

»Wie meinen Sie das, Major?«

Kira begriff plötzlich, daß sie die Botschaft des Toten laut ausgesprochen hatte.

»Ich … ich weiß nicht …«

Der Commander runzelte besorgt die Stirn. »Vielleicht hat Dr. Bashir recht. Vielleicht brauchen Sie wirklich Ruhe.«

Kira schüttelte den Kopf. »Dadurch würde alles noch schlimmer. Dann hätte ich noch mehr Zeit, mich zu erinnern.«

Die Distanz zwischen dem Kommandanten von Deep Space Nine und seiner Stellvertreterin schien zu wachsen, so als sähe Sisko plötzlich etwas – oder jemand – anders in Kira. »Nun gut.« Er stand auf. »Ich habe mit Odo zusätzliche Sicherheitsmaßnahmen besprochen, doch die Vorbereitungen für Ihre Mission werden davon nicht betroffen.« Er ging zur Tür, zögerte, drehte sich um und trat ans Bett heran. Dort griff er nach den Speicherchips auf der Matratze. »Ich glaube, die brauchen Sie nicht mehr.«

Kira hörte, wie die Aufzeichnungseinheiten in Siskos Hand knirschten – die Finger des Commanders schienen sie zu zermalmen.

»Nein …« Die Bajoranerin rang sich ein Lächeln ab, das fast dankbar wirkte. »Nein, ich brauche sie tatsächlich nicht mehr.«

KAPITEL 7

Einige unbedeutende Dinge hatten sich geändert, zum Beispiel das Versteck. Hinzu kamen Veränderungen, die eine größere Rolle spielten und positiver Natur zu sein schienen – darauf deuteten die Mienen der Besucher hin. Hõren nickte zufrieden. Ein einziger Tod hatte viel bewirkt. Es war nicht nötig, daß noch jemand starb. Besser gesagt: Es mußte kein weiterer Redemptorist geopfert werden.

»Sind alle da?« Er sah sich um. Hier stand dem Anführer weitaus mehr Platz zur Verfügung als in der letzten Kammer, die ihm kaum Bewegungsfreiheit genug geboten hatte, sich umzudrehen. Schmerzende Rücken- und Schultermuskeln erinnerten an einen viel zu langen Aufenthalt in jenem Loch. Hier waren Wände und Decke so weit entfernt, daß sie kaum vom Glühen der elektrischen Laterne berührt wurden. »Ich habe gefragt, ob alle da sind.«

Neben ihm beugte sich Deyreth Elt vor. »Ja, sie sind alle hier, wie du befohlen hast.« Deyreth saß rechts von Hõren – ein Ehrenplatz, der ihm seit kurzer Zeit gebührte. Auch durch die Verwendung des Wörtchens ›sie‹ wurde sein neuer Status deutlich.

Für Hõren war es völlig gleichgültig, ob sich Deyreth noch wichtiger fühlte oder nicht. Viele Dinge strebten der Vollendung entgegen – deshalb schenkte er den geringeren und entbehrlichen Elementen weniger Beachtung. Er verglich sie mit Kerzenflammen, die im Sturm zu erlöschen drohten. Ganz bewußt rief er sich ins Gedächtnis zurück, daß sie ihm noch eine Zeitlang nützlich sein konnten.

»Eure Präsenz bringt Freude in mein Herz.« Hören musterte die Redemptoristen der Reihe nach. »Die Gemeinschaft der Gläubigen gibt uns allen Kraft.« Er lehnte sich zurück, an ein Kissen, das aus einer gefalteten Decke bestand. »Wie kommt ihr voran? Und welche Fortschritte erzielen die Ungläubigen?«

Niemand von ihnen gab einen Ton von sich. Die Frage des Anführers erinnerte viel zu deutlich an den Ernst der Situation.

Deyreth brach das Schweigen. »Das Quarantänemodul – beziehungsweise die Substation, wie *sie* es jetzt nennen – ist fast für die Reise bereit. Chefingenieur O'Brien und seine Techniker haben die Lebenserhaltungssysteme, Sensoren und übrigen Geräte installiert. Inzwischen werden die letzten Vorbereitungen für das Frachtshuttle getroffen, das die Substation durchs Wurmloch schleppen soll.«

»Und damit bleibt ... eure Arbeit, nehme ich an.«

Deyreths dünne Lippen deuteten ein verschwörerisches Lächeln an. »Unsere *wahre* Arbeit. Bei den von uns zusammengestellten Schaltkreisen kam es zu einigen *unvorhergesehenen* Problemen. Damit meine ich Mikrokomponenten, die nicht den Spezifikationen entsprachen oder bei Tests versagten. Um solche Fehler zu beseitigen, müssen wir die Substation aufsuchen. O'Brien und seine Leute sind viel zu sehr mit anderen Dingen beschäftigt, um uns zu überwachen. Dadurch konnten wir eine Menge bewerkstelligen, ohne beobachtet zu werden.«

»Ja, das stimmt.« Einer der anderen wagte es nun, das Wort zu ergreifen. »Die Ungläubigen ahnen nichts von unseren Manipulationen im Innern der Substation. Wir haben den normalen Systemen einige Simulationskomponenten hinzugefügt, die gewährleisten: Wenn O'Brien ein Diagnoseprogramm startet, um einzelne

Funktionen zu testen, so erhält er genau die richtigen Ergebnisse. Er kann unmöglich etwas entdecken – es sei denn, er löst die Verkleidungsplatten und untersucht die einzelnen Schaltkreise. Aber dafür reicht die Zeit nicht aus.«

Hõren hörte ruhig zu, obgleich ihn die technischen Einzelheiten eigentlich gar nicht interessierten. Ihm ging es nur um die konkreten Resultate, um die Einrichtung des nächsten – und letzten – Verstecks, von dem aus er für Gerechtigkeit sorgen und endlich Rache nehmen konnte.

Er schloß die Augen, während der junge Redemptorist ein anderes, ebenso unwichtiges Thema anschnitt. In Hõren erklang seine eigene Stimme, jene Worte, die er aufgezeichnet hatte, damit sie auf Bajor allen Gläubigen zu Gehör kamen. *Wenn selbst das Blut besudelt ist, so muß es fließen. Nur auf diese Weise kann die Krankheit geheilt werden* ... Allein der erinnerte Klang jener Worte war herrlich. Als noch angenehmer empfand Hõren die imaginären Bilder, die dabei vor seinem inneren Auge entstanden, ihm zeigten, wie die alte medizinische Kunst der Phlebotomie – des Aderlasses – zu einem heiligen Ritual wurde.

Am bevorstehenden Einsatz der Substation würde noch ein zweiter Arzt teilnehmen. Doch Hõrens Hand hielt ein Skalpell ganz spezieller Art: Es diente dazu, jene Krankheit zu heilen, die auch sein Herz infiziert hatte. Sie konnte nur besiegt werden, wenn Blut floß, *ihr* Blut ...

»Bist du damit einverstanden?«

Natürlich ...

Hõren hob die Lider, sah Deyreth und seine Gefährten, die ihn beobachteten. Er nickte. »Eure Bemühungen sind lobenswert.« Er lächelte. »Ich weiß, daß alles für mich bereit sein wird.«

Die langsame Verwirklichung seiner Pläne, die einzelnen Etappen bis zum entscheidenden Tag ... Darin bestand der Grund für das Wechseln der Verstecke. Hõren verließ die dunklen, abgelegenen Bereiche der Raumstation, näherte sich dem Wartungshangar, in dem die Substation auf den Beginn ihrer Mission wartete. Der tüchtige Sicherheitsoffizier von Deep Space Nine suchte vor allem in den finsteren Ecken der Raumstation. Bisher war es dem Anführer der Redemptoristen gelungen, einer Verhaftung zu entgehen, weil er sich *in der Mitte seiner Feinde* versteckte, dort, wo ihn niemand vermutete. Dieses Prinzip entwickelte er nun weiter. Wer rechnete damit, daß er sich in einer zentralen Sektion von DS Nine befand? Niemand. Die Entfernung zu *ihr* schrumpfte immer mehr, und der Schild des Glaubens schützte ihn vor den Blicken der Fremden.

»Ich bin besorgt, Hõren…«

Die schüchtern und unsicher formulierten Worte weckten Ärger in ihm. »Ach?« Er musterte den Sprecher. »Was besorgt dich?« Er widmete dem Betreffenden mehr Aufmerksamkeit. »Rührt sich Zweifel in deinem Herzen?«

»Nein…« Der Mann schüttelte rasch den Kopf. »Nein, natürlich nicht. Es ist nur…«

»Ja?«

»Ich mache mir Sorgen um *dich*, Hõren.« Ein Hauch Verzweiflung zeichnete sich in den Zügen des Redemptoristen ab. Er schien bereit zu sein, um Verständnis zu flehen. »Du bist so wichtig, nicht nur für uns, sondern für alle Gläubigen. Was soll aus unserer Sache werden, wenn dir etwas zustößt? Wer könnte dann garantieren, daß die Redemptoristen auch weiterhin eine Gemeinschaft bilden? Deine Absicht erscheint mir… nicht töricht, nein, aber… riskant. Du setzt dich – und damit auch die Bewegung – großer Gefahr aus.«

»Ich verstehe.« Es wäre falsch gewesen, jetzt Ärger zu zeigen. »Und was schlägst du vor? Willst du an meine Stelle treten?«

»Ich weiß nicht ...« Verwirrungsfalten bildeten sich in der Stirn des jungen Mannes. »Aber wenn es in erster Linie um den Tod von Kira Nerys geht ... Wir können sie für dich umbringen. Es wäre nicht sehr schwer. Und für dich bestünde überhaupt kein Risiko. Selbst wenn wir zulassen, daß die Mission beginnt ... Es gäbe Dutzende von Möglichkeiten sicherzustellen, daß die Verräterin nicht zurückkehrt.«

Hōren nickte langsam. »Deine Besorgnis um mich ist ... rührend.« Er sprach nun leise und sanft, wie ein Vater zu seinem geliebten Sohn. »Und du hast recht: Ich riskiere viel – sogar alles –, indem ich unseren Plan verwirkliche, indem ich auch weiterhin dem Weg der Gerechtigkeit folge.« Der Blick des Anführers glitt über die Gesichter der Redemptoristen. »Aber vergeßt nicht: Mein Tod wäre bedeutungslos – ein angemessener Preis dafür, Bajors Seele vom Verderben zu befreien. Könnte ich mir mehr Ehre wünschen, als so zu sterben wie unsere Brüder?« Er lächelte wehmütig. »Ein solcher Wunsch mag egoistisch sein, aber wollt ihr mir die Möglichkeit vorenthalten, meine Existenz auf eine solche Weise zu beenden?«

Der junge Mann vollführte eine nervöse Geste. »Ist *sie* dein Leben wert?«

»Natürlich nicht. Selbst im Vergleich mit dem Geringsten von uns – und damit meine ich Arten, der sich dazu hinreißen ließ, die Ungläubigen sympathisch zu finden – geht Kira Nerys' Bedeutung kaum über die eines Insekts hinaus. Doch es geht um mehr als nur darum, die Pestilenz ihres Lebens auszulöschen. Wir haben die Chance, ihren Tod – und auch meinen, wenn er erforderlich wird – zu nutzen, um Bajor Heil und Rettung zu bringen.« Hōrens Stimme wurde zu einem Flüstern, und die Zuhörer beugten sich vor, hingen an seinen Lippen. »Es gibt Mysterien, die schon unsere Ahnen zu verstehen versuchten. Jene Geschenke, die Bajor vom Himmel erhielt ... die Doppelkugeln und

Drehkörper ...« Bitterkeit erklang nun in dem Raunen. »Die Fremden kommen hierher und bezeichnen die Quelle unseres Glaubens als *Wurmloch* – und wir verspotten unsere eigenen Überzeugungen, indem wir den gleichen Begriff verwenden. Auf diese Weise breitet sich die Infektion aus. Jetzt schicken sich die Ungläubigen an, das sakrale Geheimnis in einen Trampelpfad zu verwandeln, auf dem sie ihre Waren zum Markt bringen.« Sarkasmus gesellte sich der Bitterkeit hinzu. »Sollen wir ihnen auch erlauben, unsere Tempel als Bordelle zu mißbrauchen? Damit könnten sie ebenfalls Geld verdienen. Und vielleicht erübrigen sie einige Münzen für uns.«

Die Redemptoristen lauschten mit gesenkten Häuptern, empfingen die Worte des Anführers wie Peitschenhiebe auf den Rücken.

»Allein ihre Anwesenheit ist abscheulich.« Und etwas sanfter, wie eine Verheißung: »Aber tröstet euch mit dieser Gewißheit – bald hat es ein Ende damit.«

Einmal mehr schloß Hõren die Augen und wußte, daß sein Schweigen als Aufforderung genügte, ihn allein zu lassen, damit er in der Finsternis meditieren konnte.

Bald. Es dauerte nicht mehr lange, bis seine Stimme verklang, bis das Feuer der heißen Worte erlosch.

Schließlich herrschte Stille. Odo schaltete das Abspielgerät aus, lehnte sich zurück und dachte nach.

Es hatte eine Weile gedauert, den richtigen Chip zu finden – jenes Exemplar, das auf Bajor beschlagnahmt worden war, bei der Razzia in der mobilen Sendestation. Dieser Umstand erinnerte den Constable erneut daran, daß nicht alle Personen solchen Beweismitteln mit dem gleichen Respekt begegneten wie er. Trotzdem: Er hatte auf Kritik verzichtet, als Commander Sisko in sein Büro kam, um ihm mehrere Speicherchips zu bringen, unter ihnen auch der wichtige. Auswertung und

Suche erwiesen sich als problematisch, weil alle Aufzeichnungseinheiten Hõren Rygis' Stimme enthielten – Kopien seiner Tiraden, die Odo gräßlich fand. Intelligente Geschöpfe stellten immer wieder erstaunlichen Einfallsreichtum unter Beweis, wenn es darum ging, Verbrechen zu verüben; es war nicht nötig, daß man sie mit derart ausdrucksvollen Worten zum Mord aufrief.

Der Sicherheitsoffizier nahm die anderen Chips, versiegelte sie in einem Beutel und dehnte den Arm, um die Kunststofftüte in einem Aktenschrank auf der anderen Seite des Büros zu verstauen. Das gesuchte Speichermodul befand sich nun in seinem Besitz, und er war fest entschlossen, sich nicht noch einmal davon zu trennen. Er hatte seine eigenen Prinzipien verletzt, als er dem Commander gestattete, den Chip mitzunehmen. Der Grund dafür: Er nahm an, daß Sisko eine ganz bestimmte Absicht verfolgte. Odo sah seine Vermutungen bestätigt, als der Kommandant von Deep Space Nine mit den anderen Speichereinheiten zurückkehrte und erwähnte, daß sie von Major Kira stammten.

Unglücklicherweise zeigte sich Sisko nicht geneigt, vom Gespräch mit seiner Stellvertreterin zu berichten – was Odo mit vertrautem Ärger erfüllte. Wie die meisten Humanoiden hielt es Benjamin Sisko für erforderlich, das Privatleben anderer Personen zu respektieren; gleichzeitig wollte er, daß der Chef seiner Sicherheitsabteilung über alle Vorgänge an Bord der Raumstation Bescheid wußte. In dieser Hinsicht hätte Odo ein wenig Unterstützung zu schätzen gewußt.

Wenn er von Sisko und den anderen keine Kooperationsbereitschaft erwarten durfte … Wenigstens gab es einige leblose Gegenstände, die er befragen konnte – und die vielleicht bereitwilliger Auskunft gaben. Der Constable zog den Chip aus dem Gerät, hob das quadratische Objekt vor die Augen und betrachtete es eine Zeitlang, bevor er es auf den Schreibtisch legte. Es war bereits eine genaue Untersuchung im Laboratorium des wissenschaftlichen Offiziers durchgeführt worden. Dax hatte eine Analyse mit Hilfe des subphotonischen Mikroskops vorgenommen und die entsprechenden Bilder gespeichert. Odo holte nun seinen Datenblock hervor und rief die entsprechenden Darstellungen auf den Schirm.

Bei maximaler Vergrößerung wirkte die Oberfläche des Chips ebenso pockennarbig wie ein atmosphäreloser Mond. Der Constable betätigte eine Taste, und daraufhin glitt das Bild beiseite, zeigte ihm die ID-Kennung des Herstellers in der einen Ecke.

Er wandte den Blick nicht vom Display ab, als er mit der rechten Hand nach den Kontrollen des Computerterminals tastete und die Daten eingab. *Interessant.* Der Chip hatte auf seine eigene Art und Weise gesprochen, dabei eine Wahrheit verkündet, die mehr verriet als die Worte des fanatischen Hõren Rygis.

Der größere Bildschirm des Terminals präsentierte die Liefernummer des Speichermoduls, das aus der Sendestation der Redemptoristen stammte – Commander Sisko hatte es mitgenommen, bevor Odo Gelegenheit erhielt, sich eingehender damit zu befassen. Eine sorgfältige Suche im Datenberg aus elektronisch erfaßten Rechnungen und Lieferscheinen belohnte Odo mit einem weiteren Stück des Puzzles: Alle Chips dieser besonderen Lieferung waren von einem identifizierbaren Händler bestellt worden, dessen Laden sich in einer *Akhibara*-Nische der Promenade befand. Der entsprechende Händler – ein ungewöhnlich zurückhaltender Rhaessianer – besaß keine Kundendatei; das wäre zuviel verlangt gewesen.

Wie dem auch sei ... Jene wenigen Informationen – die stummen Worte der Speicherchips – gaben Odo genug Stoff zum Nachdenken und zum Spekulieren.

Hinter der Stirn des Sicherheitsoffiziers erstreckte sich eine Welt, die mindestens ebenso komplex war wie Deep Space Nine, in der es Licht und auch dunkle

Ecken gab. Es bereitete ihm tiefe Genugtuung, die Korridore in beiden Welten zu durchschreiten, dort allen Dingen auf den Grund zu gehen, Geheimnisse zu lüften.

Odo legte den Chip genau in die Mitte des Schreibtischs und betrachtete ihn stumm. Bestimmt dauerte es nicht mehr lange, bis er genug in Erfahrung gebracht hatte, um dem Commander Bericht zu erstatten.

»Ich nehme an, Sie sind gewarnt worden, nicht wahr?«

Doktor Bashir sah vom Monitor auf – die Fernbereichssensoren wurden gerade einem letzten Test unterzogen, und das Projektionsfeld zeigte die entsprechenden Daten. »Wie bitte?« Er blickte über die Schulter zur Pilotenkanzel des Frachtshuttles.

»Ich habe gefragt, ob Sie *gewarnt* worden sind.« Kira stand mit verschränkten Armen, und ihre Miene wirkte finster. »Ich schlage vor, wir reden nicht lange um den heißen Brei herum. In fünfzehn Minuten legen wir vom Dockingmast ab, und deshalb sollten wir keine Zeit verlieren. Ich weiß, daß Commander Sisko mit Ihnen gesprochen hat. Über die ... Aufgabenverteilung während der Mission.«

Bashir seufzte. Der Transit durchs Wurmloch zum Gamma-Quadranten, anschließend der Rückflug mit dem Shuttle nach Deep Space Nine ... Er hatte den bevorstehenden Einsatz zunächst für viel zu kurz gehalten, wenn er dabei an jene Dinge dachte, die er bewerkstelligen wollte. Inzwischen konnte kaum mehr ein Zweifel daran bestehen, daß Kira seiner Teilnahme an der Mission ablehnend gegenüberstand. Dadurch begann er, alles aus einer anderen Perspektive zu sehen: Vielleicht war die Reise nicht zu kurz, sondern viel zu lang.

»Wenn Sie von meinem Gespräch mit dem Commander wissen ... Warum fragen Sie dann?« Bashirs Vorrat an Geduld ging allmählich zur Neige – ein Ergebnis der viele Stunden langen anstrengenden Arbeit. Zusammen mit O'Brien hatte er die wissenschaftliche Ausrüstung installiert und überprüft. Noch vor einer Stunde war Bashir im sogenannten ›modifizierten Personenmodul‹ des Frachtshuttles damit beschäftigt gewesen, die letzten Sensoren an der Außenhülle der Substation zu befestigen. Anschließend kam es einer großen Erleichterung gleich, das MPM zurückzusteuern und seine klaustrophobische Enge gegen den mehr Platz bietenden Pilotenbereich des Shuttles einzutauschen. Kiras Präsenz sorgte nun dafür, daß er sich fast ins Modul zurückwünschte. »Außerdem: Sisko hat in diesem Zusammenhang nicht von einer ›Warnung‹ gesprochen. Er gab mir eher einen ›Rat‹.«

»Was auch immer.« Die Bajoranerin stand direkt hinter dem Arzt. »Wenn er Sie nicht gewarnt hat, so hole ich das jetzt nach. Diese Mission zeichnet sich durch große strategische Bedeutung aus, sowohl für Deep Space Nine als auch für Bajor. Ich soll sicherstellen, daß alles wie geplant klappt. Und *Ihre* Aufgabe besteht darin, mir keine Hindernisse irgendeiner Art in den Weg zu legen.« Kira starrte so zum Bildschirm, als fühlte sie sich durch seine Darstellung beleidigt. »Sie haben noch immer die Möglichkeit, eine kluge Entscheidung zu treffen.«

»Und die wäre?« fragte Bashir, obwohl er die Antwort bereits kannte.

»Bleiben Sie hier. Ich kann auf Ihre Hilfe verzichten.«

»Major Kira.« Der junge Arzt drehte den Sessel und sah zu der Bajoranerin auf. Inzwischen glaubte er nicht mehr an die Möglichkeit, daß sich die Beziehungen zwischen ihnen verbessern, vielleicht sogar intimer Natur werden konnten. O ja, Kira hatte ihn um einen Gefallen gebeten, als sie *doch* einmal seine Hilfe brauchte, aber offenbar kamen darin keine persönlichen Gefühle zum Ausdruck. »Sie sollten sich endlich mit den Rahmenbedingungen des Einsatzes abfinden.

Sie haben das Kommando, in Ordnung. Aber vergessen Sie nicht: Sobald Sie die Substation aufsuchen, befinden Sie sich in *meinem* Territorium. Diese Mission ist nur möglich geworden, weil ich mich bereit erklärt habe, das Quarantänemodul dafür zur Verfügung zu stellen.« Er hatte bereits eine Konfrontation mit Commander Sisko hinter sich, und es erschien ihm einfacher, Kira die Stirn zu bieten. »Ein Wort von mir würde genügen, um einen Wurmlochtransit des QM zu verhindern – ohne daß Sie etwas dagegen unternehmen könnten.«

Die Bajoranerin wahrte ein zorniges Schweigen. Einige Sekunden lang fragte sich Bashir, ob ihre Feindseligkeit ihm gegenüber bereits pathologisch geworden war. Während der letzten beiden Schichten hatte sie ihr Quartier nicht verlassen – was O'Brien und den Arzt in die Lage versetzte, mit der Arbeit schneller voranzukommen –, und in der OPS munkelte man von ausgeprägten Depressionen. *Vielleicht ist es ihr irgendwie gelungen, Kummer und Niedergeschlagenheit in Ärger und Wut zu verwandeln,* überlegte Bashir.

»Sie wären überrascht, was ich alles unternehmen kann, Doktor«, erwiderte Kira grimmig.

Er wandte sich von ihr ab und sah wieder zum Projektionsfeld. Ja, ihm stand eine *sehr lange* Reise bevor…

»Und nun…«

Hõren Rygis trat vor die Gruppe. Neben ihm blickte Deyreth auf die Anzeigen eines zusammengebastelt anmutenden Metallkastens. Das kleine Display gab Auskunft über den Stand der Vorbereitungen an Bord des Frachtshuttles.

»Die Luftschleuse ist jetzt geschlossen.« Ein rotes Licht glomm. »Die Bordsysteme werden noch einmal überprüft. Gehen wir.«

Sie alle trugen Coveralls, wie sie bei den Technikern in den Wartungshangars und Trockendocks üblich waren. Die Arbeit an den Schaltkreisen der Substation hatte bis zur letzten Minute gedauert – das gut geplante Versagen einer bestimmten Komponente sorgte dafür. Aus diesem Grund konnte niemand Anstoß daran nehmen, daß sich die mikrotechnischen Spezialisten von Bajor noch immer im Ausschleusungsbereich befanden.

Hõren spürte, wie sich eine unerschütterliche Ruhe auf ihn herabsenkte, und bei solchen Gelegenheiten glaubte er, ganz deutlich die Macht des Schicksals zu fühlen. Seine Gefährten hatten gute Arbeit geleistet; der Rest lag bei ihm.

Er setzte sich in Bewegung, abgeschirmt von den anderen. Die breite Zugangsrampe des Dockingmastes mußte überquert werden, ohne daß ihn einer der Fremden bemerkte. Aus den Augenwinkeln sah er, wie Deyreth einen Schalter des metallenen Kastens betätigte.

Ein hydraulisches Zischen erklang, und die zangenartigen Kupplungsarme neigten sich ein wenig voneinander fort, lösten die Verbindung zwischen der Substation und dem Frachtshuttle.

»Was zum ...« Auf der anderen Seite des Wartungshangars sah der Chefingenieur von einer Konsole auf. Mehrere Kabel gingen davon aus und führten zu einer Apparatur auf dem vorderen Teil des kleinen Transporters. »Mit dem Datenfluß stimmt irgend etwas nicht ...« Die anderen Techniker näherten sich O'Brien und sahen ihm über die Schulter.

Ihre Stimmen wurden leiser, als Hõren und seine Begleiter die gute Gelegenheit nutzten, um die andere Seite der Substation zu erreichen.

»Schnell ...«, drängte Deyreth. Der größte Redemptorist bückte sich und faltete die Hände zu einem improvisierten Steigbügel, der Hõren nach oben helfen sollte. Eine weitere Taste des schwarzen Kastens klickte, und eine Platte in der gewölbten Außenhülle des Quarantänemoduls schob sich zur Seite. Die Hände des Anführers ertasteten den unteren Rand, und er zog sich nach oben – die Luke bot seinen breiten Schultern gerade genug Platz. Wenige Sekunden später hockte Hõren Rygis in der kleinen Zugangskammer und zog an einem Hebel, woraufhin sich die Außenplatte schloß. Ihre Kanten erwärmten sich, als eine niederenergetische nukleare Kettenreaktion einsetzte und zu einer molekularen Verschmelzung mit dem Rest des Rumpfes führte.

Dunkelheit umgab den blinden Passagier.

Er hob die Hand zum Ohr und aktivierte einen winzigen Kommunikator. Die Entfernung zu Kira Nerys und dem Arzt im Frachtshuttle, das als Schlepper für die Substation fungieren sollte, war jetzt sehr gering, und deshalb gab es keine Probleme beim Empfang ihrer Kom-Signale.

»Stimmt was nicht?«

Kiras Stimme. Hõren stellte sie sich in der Pilotenkanzel vor; vermutlich wartete sie ungeduldig auf die Ausschleusung.

Leichte Statik untermalte die Antwort des Chefingenieurs. »Eben schien es bei den Kupplungsarmen zu einer Fehlfunktion zu kommen, aber jetzt ist wieder alles in Ordnung.«

Kurz darauf begann eine leichte Vibration – Hõren spürte sie in den Verstrebungen, an die er sich stützte. Er wußte, daß er keine Zeit vergeuden durfte. Hastig kroch er durch die Dunkelheit, schob eine wesentlich leichtere Verkleidungsplatte beiseite und sprang in den Korridor darunter.

Jetzt befand er sich wirklich im Innern der Substation.

Hõren Rygis richtete sich auf und versuchte, die Platte in der Decke zurechtzurücken, doch sie blieb einige Zentimeter weit außerhalb der Reichweite seiner Finger. Darum mußte er sich später kümmern.

Er verlor fast das Gleichgewicht, als das QM seine Position veränderte.

»Was machen Sie da…?« tönte es aus dem Kommunikator im Ohr. »Räumen Sie den Ausschleusungsbereich.« Die Aufforderung galt vermutlich Deyreth und seinen Leuten. O'Briens Stimme klang keineswegs mißtrauisch, nur ein wenig ungehalten.

Hõren eilte zu einer anderen Sektion des Quarantänemoduls und erinnerte sich dabei an die Strukturpläne, die Deyreth ihm gebracht hatte. Er wollte die bald beginnende Beschleunigungsphase in einer individuellen Behandlungseinheit verbringen; dort mußte er keine Belastungen durch Andruckkräfte befürchten.

Anschließend brauchte er nur noch zu warten.

KAPITEL 8

»Wir stecken in einer Flaute.« Bashir betonte jedes einzelne Wort und war sich sehr wohl der Gestalt bewußt, die in der Tür des Pilotenbereichs stand. Er wandte sich halb vom Instrumentenpult ab und sah über die Schulter. »Nicht der leiseste Windhauch bewegt unsere Segel.«

»Wovon reden Sie da?« Kira war nach achtern gegangen, um eine visuelle Kontrolle der Kupplungsarme vorzunehmen – die Fehlfunktion kurz vor dem Ausschleusen besorgte sie. Bashir hätte es vorgezogen, für eine gründliche Überprüfung im Hangar zu bleiben, aber in diesem Fall stand die Entscheidung der Bajoranerin zu. Sie betrat nun die Kanzel, nahm im anderen Sessel Platz und warf einen kurzen Blick auf die Anzeigen. »Was ist los?«

»Wie ich schon sagte: Wir stecken in einer Flaute.« Bashir vollführte eine vage Geste. »Wir bewegen uns nicht mehr. Mit anderen Worten: Unsere Geschwindigkeit ist auf Relativnull gesunken.«

Kira murmelte einen bajoranischen Fluch, und ihre Hände huschten über die Kontrollen. Die angezeigten Daten veränderten sich nicht. »Wenn Sie das arrangiert haben, damit wir länger im Wurmloch bleiben ...«, begann sie und bedachte den Arzt mit einem zornigen Blick.

»Major Kira ...« Bashir versuchte, seinen Ärger unter Kontrolle zu halten. »Wenn mir bekannt gewesen wäre, daß Sie eine Tendenz zu paranoiden Wahnvorstellungen aufweisen, hätte ich Ihnen eine psychiatrische Behandlung verschrieben. Ich bekomme alle Daten, die ich brauche, herzlichen Dank.«

Das entsprach der Wahrheit. Seit dem Beginn des Transits durch den Dimensionstunnel arbeiteten die Sensoren mit voller Kapazität. Alle Geräte, die Bashir und O'Brien installiert hatten, funktionierten einwandfrei. Die automatischen Speichereinheiten registrierten einen Datenstrom, der die erwartete Intensität um zehn Prozent übertraf. Zum Glück war Bashir darauf vorbereitet. Er hatte einen Rat des Commanders beherzigt und zusätzliche Speichermodule mitgenommen.

Er erinnerte sich an Siskos Schilderungen während der letzten Einsatzbesprechung, bei der es auch um die Bewohner des Wurmlochs gegangen war. »Die Entitäten sind sehr klug. Was auch immer in ihre Domäne vorstößt – sie können feststellen, mit welchen Absichten es kommt.« Seit seiner Begegnung mit jenen seltsamen Geschöpfen sprach Sisko häufig so von den Wesen, als seien sie materieller Natur und sogar menschlich. »Sicher bereitet es ihnen keine Schwierigkeiten herauszufinden, was *Sie* wollen. Und wenn Sie ihnen sympathisch sind ... Nun, wissen Sie, aus wie vielen Regentropfen ein najadischer Wolkenbruch besteht? *So viele* Informationen bekommen Sie vielleicht ...«

Möglicherweise hatte eine derartige Übertragung inzwischen begonnen. Das Innere des Wurmlochs erwies sich als eine wahre Schatzkammer aus elektromagnetischer Strahlung. Sie war ausgesprochen intensiv, und zwar in allen Teilen des Spektrums; manchmal überlagerten sich die Myriaden Signale, und dann kam es zu jähen Frequenzverschiebungen. Mit einer eingehenden Untersuchung mußte Bashir natürlich warten, bis er nach DS Nine zurückkehrte – in den dortigen Forschungslaboratorien gab es wesentlich leistungsfähigere Analysegeräte. Doch bei einem ersten Blick auf die Monitore ließ sich nicht nur ein Chaos aus zahllosen Emissionsschüben erkennen, sondern auch so etwas wie Ordnung. Falls sich dieser Eindruck bei einer genauen Überprüfung der gewonnenen Daten bestätigte, so wurde davon jene Theorie untermauert, die das Wurmloch als künstliches Gebilde postulierte, als Werk seiner Bewohner. Wenn die Informationen darüber hinaus zu einer einheitlichen Struktur korreliert werden konnten... Dadurch ergaben sich Möglichkeiten, die weit über das Fachgebiet der Multispezies-Medizin hinausgingen. Bashirs Hände zitterten fast, als er daran dachte: an die vielen Geheimnisse, die nun in den Speicherbänken darauf warteten, gelüftet zu werden.

Wenn die Entitäten einen mentalen Kontakt mit ihm herstellten, so wie zuvor mit dem Commander... Dann öffneten sich weitere Türen für aufregende Entdeckungen.

»Also ist es nur ein günstiger Zufall, wie?«

Der Arzt sah die neben ihm sitzende Kira an. »Lassen Sie den Kopf nicht hängen, Major.« Er versuchte, seiner Stimme einen humorvollen Klang zu verleihen. »Sie kennen ja die Qualität der Materialien, mit denen O'Brien arbeiten muß. Wahrscheinlich hat sich nur irgendwo eine Verbindung gelockert. Vielleicht genügt das hier.« Er nahm sich ein Beispiel am Chefingenieur, ballte die Faust und schlug damit auf die Konsole.

Nichts geschah – sah man einmal von dem Schmerz ab, der von Bashirs Fingerknöcheln ausging. Nur mit Mühe gelang es ihm, keine Miene zu verziehen.

»Sehr beeindruckend«, kommentierte Kira. »Vielleicht sollten wir jetzt versuchen, den Schaden zu reparieren, damit wir den Transit durchs Wurmloch fortsetzen und beenden können. Wenn wir in der Lage wären, von hier aus einen Kom-Kontakt mit Deep Space Nine herzustellen, so könnten wir O'Brien um Rat fragen. Aber da wir diese Möglichkeit *nicht* haben...« Die Bajoranerin stand auf. »Kommen Sie. Sehen wir uns das Triebwerk an.«

»Wozu brauchen Sie mich dabei?« Bashirs Aufmerksamkeit galt wieder den Sensoren.

»Ich benötige jemanden, der die Lampe für mich hält. Kommen Sie jetzt.« Kira ging an ihm vorbei.

Als sie kurze Zeit später die Zugangsluke öffneten, bemerkten sie sofort den Brandgeruch. Er stammte nicht von einem Feuer – in dem Fall hätte das automatische Alarmsystem reagiert –, sondern von überlasteten Schaltkreisen und verschmorenden Isolierungen.

Bashir spähte über Kiras Schulter. »Das scheint nicht sehr vielversprechend zu sein.«

»Danke für die Diagnose.« Sie kletterte die Leiter in den kleinen Raum hinab. »Hier unten sieht's noch schlimmer aus.«

Der Arzt folgte Kira nach unten, improvisierte mit der rechten Hand einen Filter vor Mund und Nase. »Was könnte passiert sein?« Er beobachtete, wie seine Begleiterin die Klappe eines großen Zylinders öffnete und die Selbsttest-Sequenz des Triebwerks aktivierte.

»Nun, mit dem Impulsantrieb ist soweit alles in Ordnung.« Zahlenkolonnen glitten über den Bildschirm. »Vielleicht liegt's an den energetischen Kanälen... Nein, es ist der Absorber.« Mit den Fingerkuppen strich Kira über den dicken, massiven Schild, der das Triebwerk umgab. Als sie anschließend ihre Hand betrachtete, sah sie Ruß. »Eine Überladung. Mit den Absorptionsalgorithmen stimmt irgend etwas nicht.«

»Was bedeutet das?«

Kira schloß die Klappe. »Der Absorber besteht aus einer programmierbaren Kristallmatrix und funktioniert wie ein intelligenter Kondensator. Er nimmt die Schubimpulse des Antriebs auf und moduliert sie zu einer Sinuswelle. An der Triebkraft ändert sich nichts, doch das ionische Feld im Wurmloch bleibt unbeeinträchtigt – deshalb kommt es zu keinen nachteiligen Folgen für die Entitäten. Aber hier ging etwas schief. Der Absorber scheint hundert Prozent Triebwerksenergie aufzunehmen, gibt jedoch nur neunzig Prozent weiter. Angesichts der zusätzlichen Masse der Substation fiel uns die Kapazitätsverringerung nicht auf, und dadurch hielt dieser Vorgang lange genug an, um das System durchbrennen zu lassen.«

»Also sitzen wir hier ohne Antrieb fest?« Bashir sah sich in der kleinen Kammer um, starrte zu den einzelnen Triebwerkskomponenten.

»Nein.« Kira schüttelte den Kopf. »Wir können ganz einfach eine Separation zwischen Absorber und Triebwerk herbeiführen – damit wäre die ursprüngliche Konfiguration wiederhergestellt. Die Frage ist jedoch: Was passiert, wenn wir das Impulstriebwerk ohne Absorber aktivieren, während wir uns nach wie vor im Wurmloch befinden?«

Eine gute Frage – das mußte Bashir zugeben. Transite durch den Dimensionstunnel fanden auf der Grundlage einer Vereinbarung statt, die Commander Sisko mit den rätselhaften immateriellen Wesen getroffen hatte. Und für jene Geschöpfe konnten die Emissionen eines nicht abgeschirmten Impulsantriebs tödlich wirken…

»Kehren wir in die Pilotenkanzel zurück.« Kira wandte sich der Leiter zu und kletterte nach oben. »Ich schätze, über diese Sache müssen wir gründlich nachdenken.«

Odo wartete und achtete darauf, keine Gegenstände in der dürftig eingerichteten Unterkunft zu berühren. Es wäre ihm leicht gefallen, den gesamten Besitz des Redemptoristen eingehend zu untersuchen – er bestand ohnehin nur aus einigen Kleidungsstücken und mikrotechnischen Werkzeugen –, ohne daß der Eigentümer etwas merkte. Außerdem hätte er sich als dünne, transparente Membran an der Zimmerdecke verbergen und das Geschehen im Quartier beobachten können. Doch in diesem Fall hielt der Constable eine direkte Vorgehensweise für angemessen.

Die Tür öffnete sich, und der Redemptorist namens Deyreth Elt trat ein. Er schien in Gedanken versunken oder müde zu sein, denn das Schott hinter ihm schloß sich wieder, bevor er Odo im Sessel vor dem Schreibtisch bemerkte.

»Was hat das zu bedeuten?« Deyreth reagierte sofort mit Feindseligkeit. »Was machen Sie hier?«

»Seien Sie unbesorgt«, erwiderte der Gestaltwandler ruhig. »Ich entschuldige für mich die Verletzung Ihrer Privatsphäre, aber ich dachte mir, unser Gespräch sollte so diskret wie möglich sein. Sie kennen mich, nicht wahr?«

Deyreth nickte langsam. »Sie leiten die hiesige Sicherheitsabteilung.« Er verharrte in unmittelbarer Nähe der Tür, als wollte er sich auf diese Weise einen Fluchtweg offenhalten.

»Sie und Ihre Kollegen sind sehr religiös«, stellte Odo fest. »Der Glaube spielt in Ihrem Leben eine wichtige – vielleicht die wichtigste – Rolle. Dennoch sind Sie erstaunlich gut über die innere Struktur von Deep Space Nine informiert: Sie wissen, wer für was zuständig ist und so weiter. Man könnte fast meinen, daß Sie Erkundigungen eingezogen, sich informiert haben. Diesen Eindruck gewann ich bei den Gesprächen mit Ihren Gefährten.«

»Bei den Gesprächen mit meinen Gefährten?« Deyreth kniff argwöhnisch die Augen zusammen. »Warum haben Sie mit ihnen geredet?«

Odo nahm den Wandel im Gesichtsausdruck des Redemptoristen mit Zufriedenheit zur Kenntnis. Es war immer nützlich, die Saat des Mißtrauens und des Zweifels zu säen, um Verschwörungen von innen her aufzubrechen. »Darin besteht meine Pflicht, nicht wahr? Zu ermitteln, Nachforschungen anzustellen, mit Leuten zu sprechen. Eigentlich sollten Sie meine diesbezüglichen Aktivitäten begrüßen. Immerhin bemühe ich mich, den Mörder des getöteten Redemptoristen zu finden.«

Deyreths Züge verhärteten sich noch etwas mehr. »Arten war ein Narr.«

»Ach? Und Narren verdienen den Tod?«

»Das ... das weiß ich nicht.« Ganz offensichtlich bedauerte Elt seine voreiligen Worte. »Wie dem auch sei: Als Arten hierherkam ... Er pflegte schlechten Umgang, unterhielt Kontakte zu den Ungläubigen. Wir hätten ihn nicht mitnehmen sollen. Er war zu jung. Ihm fehlte der Schild eines gefestigten Glaubens, um ihn vor den eigenen Fehlern zu schützen.«

»Ich verstehe. Und woraus bestanden seine Fehler?«

»Das geht Sie nichts an. Stellen Sie ruhig Ermittlungen an, wenn Sie unbedingt müssen – aber erwarten Sie dabei keine Hilfe von mir. Wie dem auch sei: Religiöse Angelegenheiten fallen wohl kaum in Ihren Zuständigkeitsbereich.«

»Na schön.« Odo beugte sich vor. »Sprechen wir über den Tod Ihres Gefährten. Ich finde Ihren Hinweis auf schlechten Umgang ... *interessant*. Mir sind alle Personen an Bord von Deep Space Nine bekannt, auf die eine solche Beschreibung paßt, und daher weiß ich: Niemand von ihnen unterhielt irgendwelche Kontakte zu Arten. Er führte hier ein ebenso zurückgezogenes Leben wie Sie und die übrigen Redemptoristen.«

Deyreth zuckte mit den Schultern. »Für seine Lebensweise trage ich keine Verantwortung.«

Odos Blick wanderte durchs Quartier. »Mögen Sie Musik irgendeiner Art?« Er sah wieder zu Elt.

Die Frage schien den Bajoraner zu verwirren. »Musik lenkt die Seele von wichtigeren Dingen ab ...«

»Ich dachte mir schon, eine solche Antwort von Ihnen zu bekommen. Deshalb überrascht es mich auch nicht, daß sich kein Abspielgerät in Ihrer Unterkunft befindet. Ebensowenig wie in Artens Kabine. Aber seltsamerweise habe ich bei seiner Leiche zwei Speicherchips gefunden. Nun ... Sie dienen auch noch anderen Zwecken als nur dem Aufzeichnen von Musik.«

Deyreth schwieg, versteifte sich jedoch.

»Was würden *Sie* damit anfangen?«

»Ich weiß überhaupt nicht, wovon Sie reden.«

»Unter anderen Umständen wäre ich bereit zu glauben, daß diese Worte der Wahrheit entsprechen.« Aufmerksam beobachtete Odo, wie sich der Gesichtsausdruck des Bajoraners nach und nach veränderte. »Aber jetzt nicht mehr. Grund dafür sind die speziellen Dienste eines gewissen Ferengi. Quark gehört zweifellos zu den durchtriebensten und hinterlistigsten Bewohnern von Deep Space Nine, was ihn jedoch nicht daran hindert, mir den einen oder anderen Gefallen zu erweisen. Auf diese Weise hofft er, mein Wohlwollen zu erringen – bis zu seinem nächsten Vergehen.«

Die Lippen des Redemptoristen deuteten ein humorloses, verächtliches Lächeln an. »Was habe ich mit einer solchen ... Person zu tun?«

»Quark hat die Angewohnheit, heimliche Videoaufzeichnungen von den Geschehnissen in seinem Etablissement und im größten Teil der Promenade anzufertigen. Er hat den Eingang seines Spielkasinos mit gut getarnten Erfassungslinsen und Sensoren ausgestattet. Vermutlich sucht er dauernd nach der Möglichkeit, irgendwelche Leute zu erpressen.«

»Einen solchen Ort habe ich nie besucht.«

»Nein. Aber vor einigen Schichten – kurz nachdem Sie und die anderen bajoranischen Mikrotechniker hierhergekommen sind – suchten Sie den Laden eines rhaessianischen Händlers in der Promenade auf. Quarks Video zeigt Sie ganz deutlich. Sie kauften zwei Schachteln Speicherchips und bezahlten mit Interimsgeld der provisorischen Regierung von Bajor. Übrigens: Der Rhaessianer betrog Sie beim Tausch – er legte einen für Sie nachteiligen Wechselkurs zugrunde. Nun, die von Ihnen gekauften Chips sind mit der ID-Kennung des gleichen Herstellers markiert wie die beiden Aufzeichnungseinheiten, die ich beim ermordeten Arten entdeckte. Diesem Punkt kommt keine sehr große Bedeutung zu – immerhin könnten Sie die beiden Chips Ihrem Kollegen aus irgendeinem Grund gegeben haben, der mich wirklich nichts angeht.«

Deyreth wich zurück, stand jetzt dicht vor der Tür.

Odo fuhr fort: »Wichtiger ist folgendes. Die gleiche ID-Kennung tragen jene Chips, die man auf Bajor fand, als Sicherheitskräfte die zentrale Sendestation der Redemptoristen unter ihre Kontrolle brachten.«

Deyreth Elt streckte blitzartig die Hand aus, betätigte den Türöffner und sprang in den Korridor.

Odo hatte mit dieser Reaktion gerechnet und war vorbereitet. Seine Beinmuskeln zeichneten sich durch ein wesentlich höheres Glykogenniveau aus als sonst, und somit stand ihm mehr Energie zur Verfügung. Von einer Sekunde zur anderen sauste er los, wie von einem Katapult fortgeschleudert. Einige wenige Schritte genügten, um Deyreth einzuholen und ihn zu Boden zu stoßen.

»Bitte gehen Sie weiter«, wandte sich der Constable an einige verblüffte Passanten im Gang. Er preßte das Knie zwischen die Schulterblätter des Bajoraners, zog die Arme nach hinten und legte Handschellen an. »Hier gibt's nichts zu sehen.« Er zerrte Elt auf die Beine und trat mit ihm zum nächsten Turbolift.

»Wie sieht's aus?« Kira kniete, um zu sehen, welche Fortschritte der Arzt erzielte.

Bashir lag auf dem Rücken. Kopf und ein Teil des Oberkörpers steckten in einer schmalen Öffnung unter den Kontrollen des Piloten. »Einen Augenblick...« Er rutschte mit den Werkzeugen unter der Konsole hervor, setzte sich auf und lehnte den Rücken ans Pult. »Es könnte schlimmer sein. Aber es dauert trotzdem eine Weile.«

Der junge Doktor hatte die Bajoranerin überrascht, indem er eine Möglichkeit vorschlug, das Kom-System zu modifizieren – Kira war sicher gewesen, daß sich Bashir nur auf dem Gebiet der Medizin auskannte. In diesem Fall erwies es sich als Vorteil, daß er in seiner Freizeit antiquierte Audio-Geräte reparierte und restaurierte. Bei einer Analyse des elektromagnetischen Spektrums im Wurmloch hatte er ein schmales Frequenzband entdeckt, das Reflexionen am gewölbten Rand des Dimensionstunnels ermöglichte. Wenn sie es schafften, die Justierungen des Kommunikators so zu verändern, daß er nur solche Signale emittierte... Dann mochte es ihnen gelingen, einen Kontakt mit Deep Space Nine herzustellen. Zwar nahm die Sendeenergie exponentiell ab, aber ein Versuch konnte sicher nicht schaden.

»Legen Sie eine Pause ein.« Kira bedauerte nun ihre frühere Unfreundlichkeit dem Arzt gegenüber. »Wir müssen uns etwas einfallen lassen.«

Bashir folgte ihr zu den Sitzen. Während er die eigenen Fingerknöchel behandelte – sie waren bei der Arbeit unter der Konsole wund geworden –, schätzte Kira ihre Situation ein.

»Es handelt sich ganz offensichtlich um Sabotage.« Sie schlug mit der Faust auf die Armlehne des Sessels. »O'Brien hat den Absorber selbst installiert, und beim Test funktionierte alles einwandfrei – andernfalls hätten wir von ihm überhaupt kein grünes Licht für den Start bekommen. Woraus folgt: Jemand muß das verdammte Ding später manipuliert haben.« Kira erwähnte nicht, daß sie bereits jemanden in Verdacht hatte – für die notwendigen Veränderungen in den Schaltkreisen und elektronischen Subsystemen kamen nur Leute in Frage, die sich gut mit der Mikrotechnik auskannten.

»Vielleicht möchte jemand vermeiden, daß wir den Gamma-Quadranten erreichen.« Bashir schloß den Medo-Kasten. »Wenn Odo hier wäre... Sicher würde er die gute Gelegenheit nutzen, uns an folgende terranische Maxime zu erinnern: *Cui bono?* Wem nützt das etwas? Wer profitiert davon? Mir fallen da nur die Cardassianer ein.« Mit dem Daumen strich er über den Verband am Zeigefinger. »Aber Gul Tahgla und seine Crew waren längst fort, als das Impulstriebwerk dieses Shuttles mit einem Absorber ausgestattet wurde. Daraus ziehe ich den Schluß, daß sie irgendwelche Mittelsmänner oder Helfer an Bord von DS Nine zurückgelassen haben.«

Seine Überlegungen mochten logisch sein, aber trotzdem lag Bashir Kiras Meinung nach um Lichtjahre daneben. Das war ihr nur recht. »Derzeit spielt es keine Rolle, *wem* wir unsere Lage verdanken. Wir müssen nach einer Antwort auf folgende Frage suchen: Wie lösen wir das Problem? Wir sollten dabei auch den Zeitfaktor berücksichtigen. Die Substation muß *vor* den Cardassianern im Retransferbereich des Wurmlochs eintreffen – andernfalls können wir wohl kaum einen Souveränitätsanspruch erheben.«

»Ich weiß nicht...« Bashir schüttelte den Kopf. »Das Triebwerk ist noch immer in Ordnung, aber eigentlich können wir überhaupt nichts damit anfangen. Wenn wir den Impulsantrieb ohne Absorber in Betrieb nehmen, so schicken wir damit eine Schockwelle durchs ionische Feld des Wurmlochs. Wir haben keine Ahnung, auf welche Weise sich die Entitäten dagegen wehren. Es gibt nur einen Präzedenzfall, der Commander Sisko betrifft: Zu jenem Zeitpunkt unterbrachen die körperlosen Wesen alle Verbindungen zum Universum außerhalb ihrer eigenen Daseinssphäre – der Tunnel durch Zeit und Raum schien daraufhin überhaupt nicht mehr zu existieren. Wenn wir ein nicht abgeschirmtes Impulstriebwerk verwenden, so bekommen wir vielleicht nie wieder Gelegenheit, das Wurmloch zu verlassen.«

Kira teilte diese Besorgnis. Ganz deutlich erinnerte sie sich daran, wie das bunte Wogen in der Öffnung des Wurmlochs plötzlich verschwunden war – damals blieb Sisko in jenem anderen Kosmos gefangen, glücklicherweise nur vorübergehend, wie sich später herausstellte. *Uns könnte es ebenso ergehen,* dachte die Bajoranerin. *Und vielleicht hätten wir weniger Glück als er.* Sie schauderte innerlich, als sie daran dachte, den Rest ihres Lebens in diesem Dimensionstunnel zu verbringen ...

»Hinzu kommt der moralische Aspekt«, sagte Bashir. »Auch wenn wir mit Hilfe des nicht abgeschirmten Impulstriebwerks in der Lage wären, den Gamma-Quadranten zu erreichen, auch wenn es keine Vereinbarung zwischen Commander Sisko und den Bewohnern des Wurmlochs gäbe ... Wir wissen, daß die Impulsemissionen tödlich auf die Entitäten wirken können. Haben wir das Recht, ihnen Schmerzen zuzufügen, sie sogar in Lebensgefahr zu bringen?«

»Da spricht der Arzt aus Ihnen.«

»Früher oder später sind wir gezwungen, in dieser Hinsicht eine Entscheidung zu treffen.«

Dieser Feststellung mußte Kira zustimmen. Hinzu kamen praktische Erwägungen: Selbst wenn sie eine Möglichkeit fanden, die Substation in den Gamma-Quadranten zu bringen, nützte das kaum etwas, falls die Wesenheiten das Wurmloch einfach verschwinden ließen. Dann bezöge sich Bajors Souveränitätsanspruch auf leeren Raum.

Kira hob die Hand, rieb sich die Stirn und versuchte, den dahinter pochenden Schmerz zu vertreiben. Wenn sie mehr Zeit gehabt hätten, um gründlich nachzudenken ... Wenn die Cardassianer nicht unterwegs gewesen wären, um auf den Retransferbereich am anderen Ende des Wurmlochs Anspruch zu erheben ... Wenn sie sich mit Sisko an Bord von Deep Space Nine in Verbindung setzen könnten, um einen Plan zu erörtern ...

Die Zeit genügte nicht. Wie schwierig und kompliziert die Situation auch sein mochte – es galt, so schnell wie möglich etwas zu unternehmen.

»Na schön.« Kira holte tief Luft und nickte knapp. »Ich schlage folgendes vor ...«

»Sehr schlau von Ihnen.« Dem Redemptoristen war es gelungen, sich wieder zu fassen. Er hatte genug Unsicherheit abgestreift, um Odo zu verspotten, während sie zum Sicherheitsbüro schritten. »Ich schätze, Sie sind sehr stolz auf sich und Ihren Erfolg.«

»Nicht mehr als sonst auch.« Odo hielt den Mann auch weiterhin am Oberarm fest. Die Menge in der Promenade teilte sich vor ihnen, schuf eine Gasse. Die meisten Passanten beschränkten sich auf zurückhaltende Neugier – dieser Anblick war ihnen bereits vertraut. »Ich versichere Ihnen, daß es sich um reine Routine handelt.«

Deyreth drehte den Kopf und sah den Constable an. »Begnügen Sie sich mit Ihrem kleinen Erfolg, Heide.« Die Züge des Bajoraners brachten eine Mischung aus Wahnsinn und Triumph zum Ausdruck. »Was mit mir geschieht, hat überhaupt keine Bedeutung. Eine neue Ära dämmert nun herauf, und daran können Sie nichts ändern ...«

»Ja, ja, schon gut.« Religiöse Fanatiker fand Odo besonders lästig. Ihrem Selbst fehlte es an Komplexität; im betreffenden Bewußtsein brannte nur ein Feuer, das alles andere vereinnahmte. Solche Leute forderten die Intelligenz des Sicherheitsoffiziers kaum heraus – Deyreth Elt hatte den Mord praktisch schon gestanden. »Warum warten Sie nicht, bis ich Ihre Aussage zu Protokoll nehmen kann?«

»Ist das notwendig? Bestimmt sind Sie klug genug, um bereits alles herausgefunden zu haben.« Speichel bildete weiße Flecken an den Lippen des Redemptoristen. »Es stimmt: Ich habe die Speicherchips hier gekauft – damit meine ich jene Aufzeichnungseinheiten, die von den verdammten Regierungsschergen bei der Razzia gefunden wurden. Was schließen Sie daraus? Nun?«

»Ich schließe daraus, daß sich Hören Rygis irgendwo an Bord dieser Raumstation versteckt«, erwiderte Odo.

»Er hat seine Ansprachen hier in Deep Space Nine aufgezeichnet und ließ die entsprechenden Chips von seinen Vertrauten nach Bajor bringen.« Er stieß Deyreth mit sanftem Nachdruck in Richtung Sicherheitsbüro. »Darüber unterhalten wir uns gleich. Und nach dem Gespräch werden Sie mich zu Ihrem Anführer bringen.«

Elt lachte fast hysterisch, und in seinen Augen funkelte es. »Sie kommen zu spät! Hõren Rygis ist fort, und Sie haben nicht die geringste Möglichkeit, zu ihm zu gelangen!« Der Bajoraner drehte sich erneut, um Odo anzusehen. *»Sie können nicht verhindern, daß die Gerechtigkeit ihren Lauf nimmt ...«*

Sie standen nun vor dem Sicherheitsbüro, und der Constable mußte sich kurz abwenden, um den Öffnungscode einzugeben. Die wenigen Sekunden der Unaufmerksamkeit genügten. Odo hörte, wie die metallenen Handschellen zu Boden fielen, gefolgt von einem winzigen mikrotechnischen Werkzeug – Deyreth hatte es unbemerkt aus der Jackentasche gezogen und sich damit von den Fesseln befreit. Mit einem Ruck riß er sich los, gab Odo dabei einen Stoß, der ihn an die Wand taumeln ließ.

»Halt!« Der Gestaltwandler fand das Gleichgewicht wieder und sah, wie Elt sich einen Weg durch die Menge bahnte. Niemand versuchte, ihn an der Flucht zu hindern. »Macht Platz für mich ...«

Deyreth war so sehr bestrebt, dem Constable zu entkommen, daß er zuwenig auf seine unmittelbare Umgebung achtete. Er prallte gegen des Geländer am Rand des Oberdecks, und Benommenheit erfaßte ihn. Er wankte hin und her, beugte sich über die Metallstange...

Odo war noch einige Meter entfernt, gefangen im Gewühl der Passanten – ihm blieb nicht genug Zeit, um eine andere Gestalt anzunehmen, die es ihm erlaubt hätte, schneller zum Redemptoristen zu gelangen. Er beobachtete, wie Deyreth einen letzten Blick auf ihn richtete, bevor er der Leere jenseits des Geländers zum Opfer fiel.

Der Constable traf eine Sekunde später am Ort des Geschehens ein, aber er konnte den Bajoraner nicht festhalten. Die Gravitation packte Elt, bevor Odo Gelegenheit zum Zugreifen bekam.

Hinter dem Sicherheitsoffizier blieben die Leute stehen, während er in die Tiefe starrte, zu dem reglosen Leib weit unten. Blut rann aus mehreren Wunden im zerschmetterten Körper, tropfte durchs Gitter des Decks ins Gewirr der Rohrleitungen und Kabelstränge darunter.

Odo wandte sich um und schob sich an den Schaulustigen vorbei. Jemand anders sollte dafür sorgen, daß man die Leiche des Redemptoristen fortschaffte. Für den Constable gab es Wichtigeres zu tun: Er mußte die OPS aufsuchen und mit Commander Sisko sprechen.

KAPITEL 9

Kira wanderte durch die Dunkelheit, umhüllt von Stille. Rechts und links wölbten sich stählerne Wände; ihre Krümmungen erinnerten an die Krypten unter bajoranischen Tempeln. Reminiszenzen erwachten in ihr, als sie den Weg durchs Quarantänemodul fortsetzte, das nun als Substation diente und es ihrem Volk ermöglichen sollte, Souveränitätsanspruch aufs andere Ende des Wurmlochs zu erheben. Sie dachte daran, wie sie damals geholfen hatte, den Leichnam ihres Onkels zu tragen. Er war von den cardassianischen Wächtern des Lagers zu Tode geprügelt worden, und noch immer tropfte Blut aus zahllosen Wunden. Zusammen mit anderen Verwandten trug Kira die Leiche und legte sie zu den heiligen Knochen der Vorfahren. Damals hatte sie gerade erst den zehnten Geburtstag hinter sich, aber die Umstände zwangen sie, bereits an solchen Ritualen teilzunehmen – ihr Clan bestand nur noch aus wenigen Personen.

Die Bajoranerin verharrte kurz und stützte sich mit einer Hand an der Wand ab. Sie schloß die Augen und versuchte ganz bewußt, die schmerzhaften Reminiszenzen zu verdrängen. Aber es gelang ihr nicht: Sie glaubte noch einmal zu spüren, wie verblüffend leicht die sterblichen Reste ihres Onkels waren. Erst später erfuhr sie, daß er gehungert, seine Rationen mit ihr und den anderen Kindern geteilt hatte. Die Wächter zerbrachen ihn schließlich wie einen trockenen Zweig.

Denk nicht daran, forderte sich Kira auf. *Konzentrier dich auf das Hier und Heute.* Mit einem hohen Aufwand an Willenskraft schaffte sie es schließlich, die unerwünschten Erinnerungsbilder in einer mentalen Kammer tief in ihrem Ich einzusperren – in einer Kammer, die so groß war wie Bajor und gleichzeitig so klein wie die Träne eines Mädchens, das auf der schmutzigen Strohmatratze einer Baracke lag und leise weinte.

Matte Helligkeit verbannte die Finsternis aus dem Innern der Substation. Offenbar war es Bashir im Shuttle gelungen, die Reserveenergie zu kanalisieren. Weiter vorn wies der zentrale Korridor mehrere Abzweigungen auf; schmalere Passagen führten zu den übrigen Sektionen und Abteilungen des umfunktionierten Quarantänemoduls. Im trüben Glühen der Leuchtflächen – sie konnten erst dann ihr ganzes Beleuchtungspotential entfalten, wenn die autarke Energieversorgung der Substation aktiviert wurde – wirkte Kiras Umgebung weniger wie eine Gruft und mehr wie eine Starfleet-Krankenstation. Allerdings gab es hier nicht soviel Platz wie in Deep Space Nine oder an Bord eines Raumschiffs der *Enterprise*-Klasse. Die Passagen bildeten ein komplexes Labyrinth. Während der Umrüstung im Wartungshangar hatte sich Kira nur die wichtigsten Routen durch jene Bereiche eingeprägt, die während der Mission eine wichtige Rolle spielen mochten. Der Rest interessierte sie nicht.

»Major Kira...« Bashirs Stimme tönte aus einem Lautsprecher in der Decke. »Sind Sie im Kontrollraum?«

»Ich bin dorthin unterwegs.« Die Erinnerungen hatten sie abgelenkt, obwohl keine Zeit vergeudet werden durfte. Vielleicht lag es an den leeren Räumen auf beiden Seiten, an der Dunkelheit des Wurmlochs, die sich jenseits davon erstreckte. Vielleicht waren dadurch die schrecklichen Bilder in ihr erwacht, um sie erneut zu quälen. Unbehagen fraß sich in ihr fest, eine Beklommenheit, die der Bajoranerin eine Gänsehaut an Armen und Schultern bescherte. Sie trachtete danach, dieses

Empfinden abzuschütteln, setzte sich wieder in Bewegung und lenkte ihre Schritte zum Kontrollzentrum der Substation.

Hõren Rygis fragte sich, warum Kira stehengeblieben war. Stumm hockte er hinter der Tür einer Abstellkammer, der Frau so nahe, daß er nur die Arme auszustrecken brauchte, um sie zu erreichen, die Hände um den Hals zu schließen und zuzudrücken. Ahnte sie, daß sich jemand in unmittelbarer Nähe befand? Verharrte sie deshalb mit geschlossenen Augen, um zu lauschen, um den charakteristischen Geruch einer anderen Person wahrzunehmen?

Sie weiß Bescheid, dachte Hõren. Wenn das stimmte... In dem Fall mußte er seinen Plan modifizieren. Was allerdings nicht bedeutete, daß sich am Resultat etwas änderte: Kira starb, so oder so.

Wenn sie sich umgedreht und die Miniaturlinsen an der Tür gesehen hätte – die Diode der Betriebsanzeige funktionierte nicht mehr, aber einem aufmerksamen Beobachter konnten wohl kaum die Bewegungen der mechanisch-elektronischen Fokussierungslinse entgehen –, so wäre ihr sofortiger Tod erforderlich gewesen. Aber dazu kam es nicht. Kira hob die Lider, ohne sich umzudrehen, schritt wortlos fort.

Nach einigen Metern zögerte sie erneut und sah zur Decke hoch. Die Kuppe von Hõrens Zeigefinger strich über berührungsempfindliche Kontrollen, und daraufhin verschoben die Linsen ihren Erfassungswinkel. Kira beobachtete jetzt die Öffnung in der Korridordecke, durch die der Fanatiker ins Innere der Substation gelangt war. Am Rand der Luke zeigte sich nach wie vor die beiseite geschobene Verkleidungsplatte.

»Warum dauert es so lange?« Das zu den Miniaturlinsen gehörende Mikrofon war leistungsfähig genug, um die Stimme von Kiras Gefährten im Shuttle zu übertragen.

»Ich bewundere nur die konstruktionstechnische Qualität des Quarantänemoduls.« Die Frau schüttelte den Kopf und ging weiter.

Hõren entspannte sich. Jetzt bestand für ihn kein Zweifel mehr daran, daß Kira nichts von seiner Präsenz wußte. Sie würde versuchen, ihren klugen Plan in die Tat umzusetzen – Rygis kannte ihn, weil es in der Pilotenkanzel des Shuttles ein gut verstecktes Abhörgerät gab. Zwar loderte das Feuer des Hasses in ihm, aber es hinderte ihn nicht daran, Kiras Intelligenz zu bewundern – eine Intelligenz, die leider nicht in den Diensten der Gerechtigkeit stand.

Seine eigenen Absichten würden sich bald mit ihren kreuzen, und dann mußte sich Kira ihrem sündigen Selbst stellen, die Konsequenzen für ihre Verdorbenheit tragen. Wenn sie im letzten Augenblick verstand... Dann mochte ihr der Tod einen Teil der Schuld nehmen.

Hõren hielt das jedoch für unwahrscheinlich – seiner Ansicht nach war die Fäulnis in den Seelen der Ungläubigen viel zu groß. Er schaltete den kleinen Bildschirm aus und wandte sich ab, begann damit, die letzten Vorbereitungen zu treffen.

Sisko hörte sich den Bericht an und war alles andere als begeistert davon.

»Ich bedauere den Tod des Redemptoristen Deyreth Elt.« Odo stand vor dem Kommandanten, die Hände auf den Rücken gelegt. »Wenn auch nur deswegen, weil ich jetzt keine Informationen mehr von ihm bekommen kann. Aus seinen Bemerkungen habe ich gewisse Schlüsse gezogen, doch eine endgültige Bestätigung dafür fehlt.«

Commander Sisko stützte das Kinn auf die Faust und rechnete fast damit, eine zweite Stimme zu hören – Major Kira verzichtete bei solchen Gelegenheiten nie auf einen Kommentar. Manchmal sprach sie zu hastig, aber wenigstens brauchte man nie lange zu warten, um zu erfahren, was sie von einer bestimmten Sache hielt. Ohne sie schien sich die Stille zu dehnen.

Unglücklicherweise ging es bei dieser Angelegenheit um Kiras Leben. Und um das von Doktor Bashir. Nicht genug damit, daß die Raumfähre mitsamt der Substation im Wurmloch festzusitzen schien – die Schilderungen des Constable fügten der ohnehin schon angespannten Situation einen weiteren kritischen Faktor hinzu.

»Sind Sie sicher?« Sisko kannte die Antwort im voraus – Odo neigte nicht zu leichtfertigen Spekulationen –, aber er wollte jeden Zweifel ausschließen und außerdem etwas mehr Zeit bekommen, um darüber nachzudenken. »Können die Ausführungen des Redemptoristen nicht auf eine andere Art und Weise interpretiert werden?«

»Nein, Commander. Es existieren weitere Anhaltspunkte dafür, daß ich die gegenwärtige Lage richtig eingeschätzt habe. Andernfalls wäre ich vielleicht geneigt, Deyreth Elts Worte für das Gefasel eines Irren zu halten. Er erweckte den Eindruck, an einer ganz besonderen Form von Geistesgestörtheit zu leiden. Ob das schon früher der Fall war oder ob der zunehmende politisch-religiöse Fanatismus dazu führte ... Das läßt sich jetzt nicht mehr feststellen. Nun, ich konnte die anderen Redemptoristen noch keinem gründlichen Verhör unterziehen, doch ihren bisherigen Aussagen entnehme ich, daß sich Hõren Rygis an Bord der Substation befindet. Es ist mir gelungen, ein mutmaßliches Versteck der genannten Person zu finden. Die Belüftung ist dort nicht besonders gut, und deshalb hoffe ich, Schweißspuren zu entdecken. Damit wäre es möglich, die DNS-Struktur zu ermitteln und mit Hõrens aufgezeichneten Bio-Daten zu vergleichen.«

»Das dauert ziemlich lange, Constable. *Zu* lange.«

»Ja.« Odo nickte kurz. »Aus diesem Grund sollten

wir von der Annahme ausgehen, daß Hõren Rygis als blinder Passagier in der Substation weilt. Ich bin ganz sicher, daß sich Deyreth Elt darauf bezog. Außerdem: Wir haben die Sicherheitsmaßnahmen in Hinsicht auf alle Raumschiffe verschärft, die uns ansteuern beziehungsweise Deep Space Nine verlassen. Es ist also ausgeschlossen, daß uns der Redemptoristen-Anführer auf diese Weise entwischen kann. Das Frachtshuttle bietet ihm nicht genug Platz, um sich zu verstecken. Damit bleibt nur das umgerüstete Quarantänemodul.«

»Ich fürchte, Sie haben recht.« Sisko wandte sich an den Chefingenieur. »Welchen Zugang hatten die betreffenden Bajoraner zur Substation?«

O'Brien seufzte leise. »Praktisch unbeschränkten, Sir. Nie zuvor konnte ich auf die Dienste so guter Mikrotechniker zurückgreifen; ohne sie hätten wir das Quarantänemodul nicht rechtzeitig umbauen und für den Einsatz als Substation vorbereiten können.« Ein Schatten fiel auf seine Züge. »Ich frage mich, was sie sonst noch angestellt haben, während sie Gelegenheit dazu hatten.«

»Meine Besorgnis gilt insbesondere den Sprengladungen ...«

»Da können Sie ganz beruhigt sein, Commander. Die Dinger stellen überhaupt keine Gefahr da. Der Zündungscode ist auf molekularer Ebene programmiert, und nur Doktor Bashir kann eine Detonation veranlassen.« O'Brien überlegte und runzelte dabei die Stirn. »Wenn ich daran denke, was die Bajoraner alles manipuliert haben könnten ...« Er schauderte. »Die mikrotechnischen Überraschungen betreffen übrigens nicht nur die Substation. Kurz bevor wir den Kontakt zum Shuttle verloren, konnten wir den telemetrischen Daten entnehmen, daß der Impulskraft-Absorber nicht richtig funktionierte.«

»Na schön.« Sisko sah zu den übrigen Offizieren im Kontrollraum, der OPS von Deep Space Nine. »Treffen

Sie Startvorbereitungen für einen Flitzer.« Er wandte sich wieder an Odo und den Chefingenieur. »Wenn wir von hier aus nicht mit Kira und Bashir kommunizieren können, dann müssen wir eben zu ihnen. Mr. O'Brien, ich möchte, daß Sie mich begleiten. Vielleicht gelingt es Ihnen, den Absorber zu reparieren, damit das Impulstriebwerk reaktiviert und die Substation zum Einsatzort gebracht werden kann. Wir sollten nichts unversucht lassen, um einen Erfolg dieser Mission zu gewährleisten.«

»Ich brauche etwas Zeit, um die erforderlichen Geräte und Instrumente zu verladen«, sagte der Chefingenieur.

»Fangen Sie sofort damit an.« Sisko stand auf. »Constable ... Verhören Sie die übrigen Redemptoristen. Versuchen Sie, soviel wie möglich von ihnen in Erfahrung zu bringen. Je mehr wir wissen, desto besser.« Er schritt zur Tür. »Also los, meine Herren.«

»Sind Sie soweit?«

Bashirs Stimme drang aus dem Kom-Lautsprecher im Kontrollraum der Substation. Kira vergewisserte sich, daß die Gurte des Sicherheitsharnisches fest saßen. »Ja«, antwortete sie dann. Das eine Wort hallte dumpf von den Wänden wider, klang in der Stille unnatürlich laut.

Die Bajoranerin neigte den Kopf ans Polster zurück und stellte sich vor, wie Bashir im Shuttle die Kontrollen bediente. Sie hatten die Berechnungen gemeinsam überprüft, Geschwindigkeit, Schubwinkel und Flugvektor mehrmals kontrolliert. Einen Fehler konnten sie sich nicht leisten: Es mußte beim erstenmal klappen, denn eine zweite Chance bekamen sie nicht.

»Alles klar.« Die Stimme des jungen Doktors verriet Anspannung. »O'Brien hat mich gewarnt. Er meinte, der Andruck sei ebenso jäh wie stark ...«

»Und wenn schon.« Kira bemühte sich, in einem

scherzhaften Tonfall zu sprechen. »Gehören Sie etwa zu den Ärzten, die ihre Patienten darauf hinweisen, welche Schmerzen mit der Behandlung verbunden sind?«

Bashir lachte. »Nein. Meistens überrasche ich sie damit. Na schön, los geht's. Kupplungsarme werden gelöst. Separationssequenz beginnt. Gleich ist es soweit...«

Kira spürte eine Vibration, als die großen, C-förmigen Kupplungsarme das umgerüstete QM freigaben. Ihre Phantasie fügte diesem Vorgang ein leises Zischen hinzu, mit dem die automatischen Siegel reagierten. Eine Sekunde später zündeten die Treibsätze, und eine plötzliche Beschleunigung preßte die Bajoranerin tief in den Sessel. Ein schweres Gewicht schien sich auf sie herabzusenken, ihr die Luft aus den Lungen zu drükken. Schatten wogten heran, trübten das Licht der Lampen und verschluckten die Konturen der Umgebung. Sie verdichteten sich immer mehr, und Kira begriff: Sie lief Gefahr, das Bewußtsein zu verlieren.

Dann ließ der Andruck nach, und sie konnte wieder atmen. »Hat's geklappt, Bashir?«

Es verstrichen einige Sekunden, bevor der Arzt antwortete. »Ich glaube schon. Die Sensoren bestätigen, daß Sie auf dem richtigen Kurs sind. Zwar brechen Sie keine Geschwindigkeitsrekorde, aber zum Glück brauchen Sie nur eine relativ kurze Strecke zurückzulegen. Es dauert nicht mehr lange, bis Sie das Wurmloch verlassen und den Gamma-Quadranten erreichen.«

Kira seufzte und fühlte, wie eine unterbewußte Anspannung aus ihr wich. Offenbar funktionierte ihr Plan. Die Manövrierdüsen des Frachtshuttles benötigten keine Energie vom Impulstriebwerk, und deshalb konnten sie auch ohne funktionstüchtigen Absorber im Innern des Dimensionstunnels verwendet werden. Nach einer genauen Positionsbestimmung mußte man mit der Raumfähre exakt genug »zielen«: Das Shuttle verwandelte sich in eine Art Projektilwaffe, und das

Quarantänemodul diente als Kugel in – beziehungsweise *an* – ihr. Die in den Kupplungsmechanismus integrierten Treibsätze reichten aus, um Substation und Raumfähre voneinander zu trennen, ihnen ein gegensätzliches Bewegungsmoment zu verleihen: Das Shuttle glitt tiefer ins Innere des Wurmlochs, und das QM näherte sich dem Retransferbereich. Die Heimat der körperlosen Entitäten stellte ein lineares Universum dar, und deshalb genügte selbst eine geringe Geschwindigkeit, um das eine oder andere Ende zu erreichen. Man mußte jedoch darauf achten, daß die Substation durchs Zentrum des Wurmlochs flog, ohne ins Gravitationsfeld am Rand zu geraten und davon abgebremst zu werden.

Kira öffnete den Sicherheitsharnisch, und mit einem leisen Surren verschwanden die Gurte im Sessel. Gleichzeitig schien eine substanzlose Bürde von der Bajoranerin zu weichen. Zum erstenmal seit einer Weile glaubte sie, daß sich die Dinge ihren Wünschen gemäß entwickelten. Trotz der Verzögerung würde die Substation den Einsatzbereich vor Gul Tahglas umgerüstetem Schiff erreichen. Der Souveränitätsanspruch konnte rechtzeitig erhoben werden, zum Wohle der Föderation und insbesondere des Planeten Bajor. Die anderen Details, Grund und Umstände der Sabotage ... Das konnte warten, bis Kira nach Deep Space Nine zurückkehrte.

»Julian ...« Für gewöhnlich sprach sie den Arzt nicht mit dem Vornamen an. »Kommen Sie allein zurecht?«

»Machen Sie sich keine Sorgen um mich ...« Die Stimme verklang – und kehrte zurück, als der Sender angesichts einer größer werdenden Distanz die Signalstärke erhöhte. »Die Sensoren sind aktiviert und sammeln auch weiterhin Daten.« Die Bajoranerin stellte sich Bashirs Lächeln vor. »Es entspricht übrigens tatsächlich meinem Wunsch, mehr Zeit im Wurmloch zu verbringen – mit dieser Vermutung hatten Sie vollkommen recht. Allerdings weiß ich nicht, wie lange ich hier bleiben werde. Wenn Commander Sisko sofort einen Flitzer geschickt hat, als er den Kom-Kontakt zu uns verlor …«

»Ich wünsche Ihnen viel Spaß bei den Untersuchungen und Analysen.«

»Vielleicht können wir uns nach der Rückkehr einen gemeinsamen Drink bei Quark genehmigen …«

»Übertreiben Sie's nicht.« Kira streckte die Hand nach den Kom-Kontrollen aus und unterbrach die Verbindung.

Es war einen Versuch wert gewesen – das sagte sich Bashir bei jedem ›Korb‹, den er bekam. Commander Sisko benutzte in diesem Zusammenhang einen Baseball-Ausdruck und sprach von einem ›Aus‹. Am Resultat änderte sich dadurch nichts: Beide Bezeichnungen beschrieben einen Mißerfolg. Andererseits: Der Umstand, daß die Substation nun den Flug zum Gamma-Quadranten fortsetzte, wies in aller Deutlichkeit darauf hin, daß sich Beharrlichkeit auszeichnete. An dieser Erkenntnis klammerte sich der junge Arzt fest.

Bashir stand auf und streckte sich, um eine gewisse Steifheit zwischen den Schulterblättern zu vertreiben. Die Sensoren und der von ihnen gesammelte Datenberg konnten warten. Nach all der Arbeit wollte er etwas essen – falls ihm der Lebensmittelsynthetisierer Genießbares bot –, um anschließend ein Nickerchen zu machen.

Doch dazu kam er nicht. Bashir hatte sich gerade mit Hilfe des Scanners vergewissert, daß mit dem Kurs der Substation alles in Ordnung war – sie glitt auch weiterhin dem Retransferbereich entgegen –, als ihn eine plötzliche Erschütterung von den Beinen riß. Er fiel, landete auf Händen und Knien und fühlte ein Zittern im Deck.

Das Impulstriebwerk des Frachtshuttles entfaltete energetische Aktivität.

»Was zum ...« Bashir griff nach der Konsole, zog sich hoch. Kaum stand er auf den Beinen, als sich die Raumfähre regelrecht zu schütteln schien. Eine Schockwelle erfaßte das Shuttle, warf es hin und her. Bisher grüne Leuchtdioden auf den Pulten glühten in warnendem Rot, und rhythmisches Schrillen wies auf eine Überlastung der Sensoren hin, als sie zu intensive elektromagnetische Strahlung empfingen. Grelles Licht gleißte durch die Fenster.

Es sind die Entitäten, fuhr es Bashir durch den Sinn. Seine Gedanken rasten. *Sie haben die Impulsemissionen gespürt ...*

Der Arzt fiel erneut, und diesmal versuchte er gar nicht, wieder auf die Beine zu kommen. Auf allen vieren hastete er über den Boden, hielt sich hier und dort fest, während sich das Shuttle von einer Seite zur anderen neigte. Bashir kroch zum Zugang, der es ihm ermöglichte, in die anderen Sektionen der Raumfähre zu gelangen ...

Auf einmal übertönte ohrenbetäubendes Krachen das Heulen des Alarms, und Dunkelheit flutete heran.

»Julian!«

Kira rief den Namen des Arztes, als das Raum-Zeit-Gefüge splitterte. Direkt voraus befand sich das Ende des Wurmlochs, und dahinter leuchteten die Sterne des Gamma-Quadranten. Die Bajoranerin glaubte, nur die Hand ausstrecken zu müssen, um ihr Ziel zu erreichen ...

Dann griff die Schockwelle nach der Substation, und das Wurmloch schien sich in ein lebendiges Etwas zu verwandeln. Das ehemalige Quarantänemodul schlingerte; destabile Gravitation schleuderte Kira zuerst an die Wand und dann zur Decke empor. Als sie auf den Boden zurückkehrte, bekam sie die zentrale Konsole zu fassen, hielt sich mit der einen Hand daran fest und tastete mit der anderen nach den Kom-Kontrollen.

»Julian...«, brachte sie hervor. »Was ist geschehen?« Kira wartete vergeblich auf eine Antwort. Nach einer Weile ließen die Vibrationen nach, und daraufhin kontrollierte sie die Frequenzen – es wurden keine Signale übermittelt.

Erste Kontrollampen leuchteten wieder auf den Schaltpulten, als der Computer die Anweisungen eines Autodiagnoseprogramms ausführte und seinen zentralen Funktionskomplex wiederherstellte. Kira fühlte, wie ihr Blut über die Schläfe rann, aber sie ignorierte die Verletzung und begann mit einer visuellen Sondierung.

Hinter der Substation verwehrten die wogenden Energien des Wurmlochs den Blick auf ferne Welten. Einen ähnlichen Anblick bot der Dimensionstunnel von Deep Space Nine aus gesehen: Er präsentierte sich als ein Strudel im All, als eine Öffnung im Nichts, die sich durch sonderbare, faszinierende Schönheit auszeichnete und mit namenlosen Geheimnissen lockte. Er kam einem Donnern gleich, das nicht aus Geräuschen bestand, sondern aus den bebenden Fasern im Ich des Betrachters, aus Atomen, die zu Sonnen metamorphierten...

Jetzt schrie das Wurmloch.

Kira hörte es nicht, sondern fühlte es als eine Schwingung, die auch ihr Rückgrat erfaßte. Das Wurmloch lebte tatsächlich, und es litt nun, empfand heftigen Schmerz. Ein Echo davon bekam die Bajoranerin zu spüren.

Kein Licht – der Tunnel durch Zeit und Raum faltete sich zusammen, saugte Dunkelheit an.

Kira beugte sich über den Bildschirm, und ein Tropfen Blut fiel aufs Glas.

Er ist dort drin. Dieser eine Gedanke überlagerte alle anderen. *Bashir ist irgendwo dort drin...*

Sie sahen es beide. Und dann sahen sie nichts mehr.

Zunächst reagierten Commander Sisko und Chefingenieur O'Brien mit sprachloser Verblüffung. Während sich ihr Flitzer dem Wurmloch näherte, strahlte ihnen Licht entgegen, doch dieser Glanz unterschied sich vom früheren Glühen. Er blendete, wirkte fast zornig. Und seltsamerweise konnte man sich kaum davor schützen. Sie hoben die Arme, aber das Gleißen brannte trotzdem an den Sehnerven entlang, trug Feuer in den mentalen Kosmos.

Und dann ...

»Es ist fort.« O'Brien starrte auf die Anzeigen der Instrumente. »Das Wurmloch ... ist kollabiert.« Er wandte sich an den Commander. *»Es existiert nicht mehr!«*

Sisko sah zu den ruhig und gleichmäßig leuchtenden Sternen. Tief in seinem Innern krampfte sich etwas zusammen.

»Möge Gott ihnen helfen.« Langsam schüttelte er den Kopf. »Wir sind nicht mehr dazu in der Lage.«

Bashir zerrte mit wachsender Verzweiflung an den Schaltkreiskarten. Um ihn herum schien das Summen des Impulstriebwerks immer lauter zu werden: Es ließ nicht nur die Trommelfelle erzittern, sondern auch die Knochen im Leib des Arztes – er hatte das Gefühl, ganz langsam in Stücke gerissen zu werden. Zwischen seinen Fingern baumelten Drähte, die so dünn waren wie ein menschliches Haar, und Mikrokomponenten schnitten ihm mit scharfen Kanten in die Haut. Immer wieder erbebte das Shuttle. Heftige Erschütterungen lösten andere Teile aus den elektronischen Eingeweiden und warfen sie Bashir entgegen – er verglich sie mit wütenden Hornissen, die versuchten, ihm ihre Stachel ins Fleisch zu bohren.

Aus dem Impulstriebwerk tönte ein Geräusch, das wie lautes Ächzen klang, und unmittelbar im Anschluß daran endete die energetische Aktivitätsphase. Eine Zeitlang saß Bashir an die Wand gelehnt und schnaufte – bis er schließlich merkte, daß abgesehen vom eigenen Atmen keine anderen Geräusche ertönten.

Das Wurmloch außerhalb des Shuttles schwieg nach seinen qualvollen Schreien.

Stille.

Und dann hörte Kira etwas.

Sie hörte es in den leeren Passagen und Korridoren der Substation, in den versiegelten Zimmern und Kammern. Nichts bewegte sich ...

Abgesehen vom Puls der Bajoranerin: Aus dem gleichmäßigen Pochen des Herzens wurde ein rasendes Hämmern. Das Blut rauschte in Kiras Ohren, während sie sich langsam von der zentralen Konsole abwandte und lauschte.

Eine Stimme ...

Eine Stimme, die sie schon einmal gehört hatte, vor langer Zeit, in einer anderen Welt, von der sie mehr trennte als nur eine viele Lichtjahre weite Distanz. Damals waren Leben und Umstände völlig anders beschaffen gewesen. Damals hatte die Wirklichkeit aus Alpträumen bestanden.

Die Stimme flüsterte ihren Namen.

»Kira ...«

Plötzlich wußte sie Bescheid.

Es befand sich noch jemand in der Substation. Jemand, der ihr nach dem Leben trachtete ...

Zweiter Teil

KAPITEL 10

Es spielte keine Rolle, ob sie träumte oder nicht. Nur auf die in ihren Händen konzentrierte Feuerkraft kam es an.

Kira spürte es deutlicher als jemals zuvor. Wenn sie die Augen schloß, glaubte sie zu fühlen, wie das Gewicht der Waffe sie nach Bajor zog, zum Zentrum des Planeten – als stünde es ihr zu, dort das Herz der Welt in Empfang zu nehmen. Das Metall schwitzte zwischen ihren Fingern, stellte ein lebendes Ding mit eigenen Wünschen dar. Mit Wünschen, die Kiras Sehnsüchten und Absichten entsprachen. Der Todesbringer hatte das Feuer in ihrer Seele wahrgenommen, jenen Teil von ihr, der Rache verlangte, der ebenfalls Leid verursachen wollte. Das Feuer befand sich nun in der Waffe – sie brauchte nur den Zeigefinger zu krümmen, um es freizugeben.

»Bist du sicher, daß du damit zurechtkommst?« Das älteste Mitglied der Angriffsgruppe – ein grauhaariger Veteran, der an vielen anticardassianischen Einsätzen teilgenommen hatte – musterte Kira. Er lehnte mit dem Rücken an der einen Seite des Entwässerungsgrabens, das Gesicht und die Kleidung so schmutzig, daß er sich kaum von der aus Schlamm und nassen Steinen bestehenden Umgebung unterschied. Die junge Frau wußte: Er hatte schon gegen die Besatzungstruppen gekämpft, als sie noch ein dürres Mädchen in den Flüchtlingslagern gewesen war. *Eigentlich ist das gar nicht so lange her,* dachte sie. »Wir könnten dich auch mit etwas ausrüsten, das… besser zu dir paßt.« Er drehte den Kopf und atmete die Luft des frühen Morgens tief ein – wie ein Tier, das Witterung aufzunehmen versuchte.

»Ich werde damit fertig.« Kira wußte, daß man sie auf die Probe stellte – in der Angriffsgruppe gab es keinen Platz für Schwächlinge. Sie hatte das große Projektilkatapult mitsamt den Geschossen kilometerweit getragen, und eine bleierne Schwere in den Beinen deutete auf ihre Erschöpfung hin. Dumpfer Schmerz im verlängerten Rücken erinnerte deutlich an ein Stützbein der Waffe. Es handelte sich um alte, schwere und laute militärische Technik, und an ihr klebte das gleiche schmutzige Schmierfett, das auch an den übrigen Ausrüstungsgegenständen der bajoranischen Widerstandskämpfer eine dicke Patina bildete. Die Cardassianer verfügten über weitaus modernere Waffensysteme. Andererseits: Wenn man gut zielte, konnte das Katapult großen und sehr zufriedenstellenden Schaden anrichten. Es gab nicht genug Geschosse für Zielübungen, und deshalb hatte Kira das mobile Geschütz nur ein einziges Mal abgefeuert. Mit Erfolg: Ein von den Cardassianern eingerichteter Energieverteiler für den größten Tagebau-Komplex auf dem ganzen Planeten verwandelte sich dadurch in einen großen Schutthaufen.

»Ich habe es bis hierher geschafft.« Kira rückte die Waffe zurecht, verlagerte dadurch ihr Gewicht und vergewisserte sich, daß die empfindliche Peiloptik vor Kondensfeuchtigkeit und Schmutz geschützt war.

»Da kommen sie.« Der Späher duckte sich wieder in den Graben, sah nicht mehr über den Rand hinweg. »Es sind insgesamt sechs.«

Kira sah, wie sich der ältere Bajoraner – der De-facto-Anführer ihrer Gruppe – versteifte. »Man hat uns fünf angekündigt.«

»Zähl sie selbst, wenn du mir nicht glaubst.« Der Späher reichte dem Veteranen seinen Feldstecher. Cardassianische Scharfschützen hatten das vierte Mitglied der Gruppe außer Gefecht gesetzt, und die Überlebenden waren nervös.

Der Anführer kroch an der einen Seite des Grabens hoch, stellte die Erfassungsreichweite des elektronisch verstärkten Fernglases ein und hielt Ausschau. Ein grüner Widerschein glühte an den hohen Wangenknochen des Mannes, während er in die beiden Displays starrte. Nach einigen Sekunden kehrte er zurück.

»Es sind tatsächlich sechs. Fünf kenne ich von anderen Einsätzen her. Der sechste Bursche ist mir unbekannt, aber er scheint nicht bewaffnet zu sein.«

»Ein Bajoraner?« Kira sah an der Seite des Grabens hoch. »Vielleicht ein Gefangener?« Die Cardassianer hatten viele Möglichkeiten, um Willensschwache zur Zusammenarbeit zu zwingen. In manchen Fällen brauchten sie nicht einmal besonderen Druck auszuüben.

Der Anführer schüttelte den Kopf. »Ich glaube nicht. Warten wir's ab.«

Als sich die zweite und größere Gruppe bis auf einige Meter genähert hatte, benutzte der Späher eine fokussierte Lampe, um ihr ein Zeichen zu geben. Eine Minute später befanden sich die Neuankömmlinge ebenfalls im Graben.

»Wer ist das?« fragte Kira und deutete auf den sechsten Mann.

»Ein Polit-Offizier.« Der Leiter des zweiten Teams lehnte sein Gewehr an die Steine. »Vom Hauptquartier zu uns geschickt.«

»So ein Typ hat uns hier gerade gefehlt.« Der Anführer richtete einen verächtlichen Blick auf den Fremden.

»Vielleicht ist das tatsächlich der Fall.« Der politische Offizier sprach ruhig und leise, aber trotzdem haftete seinen Worten eine sonderbare, finster anmutende Intensität an. Ernst musterte er den Veteranen. »Es gibt Berichte über ... Uneinigkeit bei jenen, die das Joch der Unterdrücker abzustreifen versuchen. Von Meinungsverschiedenheiten ist die Rede. Brüder, so etwas kommt Wunden gleich, aus denen Bajor blutet. Bald beginnt der Tag, an dem Hochmut und Arroganz der Cardassianer in den Dreck getreten werden. Wir müssen uns darauf vorbereiten, indem wir unsere Herzen läutern, in ihnen Platz schaffen für Licht und Reinheit – auf daß wir würdig sind, den Lohn der Freiheit zu empfangen.«

Schöne Worte … Kira ging in die Hocke und widerstand der Versuchung, das große Projektilkatapult beiseite zu legen. Die Ausdrucksweise des Fremden erschien ihr viel zu dramatisch. Während sie ihm zuhörte, kam sie sich wie ein Kind vor, das den endlosen Debatten der Älteren lauschte, den theologischen Diskussionen in den Lagerbaracken: alte Männer, die Haarspalterei betrieben und politische Pläne schmiedeten, die nie verwirklicht werden konnten. Das war einer der Gründe dafür, warum sie beschlossen hatte, am aktiven Kampf teilzunehmen, zur Waffe zu greifen. Die gelungene Flucht verdankte sie eigentlich dem Hunger: Dadurch war sie dünn genug, um unter dem letzten Stacheldraht am Rand des Lagers hinwegzukriechen. Die metallenen Dorne zerrissen ihr das Hemd und hinterließen blutige Striemen am Rücken – die Kira wie ein Ehrenmal trug, bis sie schließlich verheilten und verschwanden.

Worte … Und gleichzeitig mehr. Die Stimme des Mannes verlieh den einzelnen Silben zusätzliche Bedeutung. Jener Teil von Kira, der am Spott dem Polit-Offizier gegenüber festhielt, wich immer mehr in den mentalen Hintergrund. Es dauerte nicht lange, bis sich die junge Frau vorbeugte, bis sie mit der gleichen, alles andere ausschließenden Aufmerksamkeit zuhörte wie ihre Gefährten.

Nur der Veteran ließ sich nicht von der allgemeinen Hingerissenheit anstecken. Er sah die anderen Männer der Reihe nach an, und dann glitt sein Blick wieder zu dem Fremden. »Spar dir deine kleine Inquisition für später. Eine Aufgabe wartet auf uns. Wenn du nicht zu einer Belastung werden willst, solltest du vermeiden, uns in irgendeiner Form abzulenken.«

»Wie du meinst.« Der politische Offizier war einen Kopf größer als der Anführer und hatte breitere Schultern. Er nickte kurz. »Möge euer Glaube ein Schild sein, der euch schützt, während ihr für das Gerechte kämpft.«

Der Veteran brummte etwas Unverständliches und wandte sich ab. »Also gut. Brechen wir auf.«

Kira hob das Projektilkatapult...

Und für eine Sekunde, die sich bis zum Horizont der Nacht erstreckte, waren ihre Hände leer. Sie blinzelte verwirrt und fragte sich, ob sie eine Art Wachtraum erlebte. Allem Anschein nach stand sie nicht mehr in einem schlammigen Graben, über dem die vertrauten Sterne von Bajor leuchteten; statt dessen hockte sie in einer kleinen Kammer mit metallenen Wänden und niedriger Decke. Und sie selbst hatte sich ebenfalls verändert: Sie war nun kein dürrer Teenager mehr, dessen kurzes, stoppeliges Haar an den Aufenthalt im Lager erinnerte; sie trug nicht mehr den schmutzigen Tarnanzug einer Widerstandskämpferin, sondern eine Uniform mit vertraut anmutenden Insignien.

Das Träumen – oder das Erwachen, was auch immer – verflüchtigte sich. Kira kletterte aus dem Graben und spürte, wie das Gewicht des Projektilkatapults an ihr zerrte. Sie beeilte sich, um zu den anderen aufzuschließen.

Und dann ging etwas schief...

Es sind Erinnerungen, dachte die andere, ältere Kira. Sie preßte die Hände ans kühle Metall, als wollte sie sich auf diese Weise der Flut aus Reminiszenzen entgegenstemmen. *Es sind Erinnerungen, die eine Verbindung zwischen Vergangenheit und Gegenwart darstellen...*

Das metallurgische Werk metamorphierte zu einem

gewaltigen Feuerball, der zwischen den Ruinen rußgeschwärzter Türme wuchs, um mit der noch nicht aufgegangenen Sonne zu wetteifern. Es hatte eine der größten cardassianischen Werften auf Bajor beliefert: spezielle Legierungen, Grundgerüste, Rumpfsegmente und andere Dinge, um aus ihnen Kampfschiffe und Transporter zu bauen – Frachter, die den Rest des bajoranischen Reichtums fortbrachten. Die chemischen Abfallstoffe des Werks verseuchten nicht nur das Grundwasser, sondern auch die Luft, gerieten in die Lungen jener Bajoraner, die dort Zwangsarbeit leisten mußten – was einer Todesstrafe gleichkam, die nach höchstens fünf Jahren vollzogen wurde. Zu sehen, wie Flammen ein derartiges Krebsgeschwür aus dem Boden der Heimatwelt brannten… Die Glut vereinnahmte nicht nur das Werk, sondern füllte auch Kiras Herz. Voller Genugtuung wandte sie den Blick von der Erfassungsoptik des Katapults ab. Während ihr die Gefährten Feuerschutz gegeben hatten, war es ihr gelungen, das Ziel mit zwei Geschossen zu treffen. Sie bohrten sich in den Reaktor der Anlage, und die Explosion des energetischen Zentrums löste weitere Detonationen aus.

Bis dahin lief alles nach Plan – die Toten konnten sich damit trösten, die Mission erfolgreich durchgeführt zu haben.

Es war von Anfang an ein Himmelfahrtskommando gewesen – Kira hatte das sofort gewußt und trotzdem nicht gezögert, an dem Einsatz teilzunehmen. Doch die abrupte Veränderung überraschte sie: jetzt das herrliche Gefühl des Triumphes – und dann jähe Furcht, die einen Adrenalinschub auslöste, einen animalischen Überlebensinstinkt weckte.

»Sie sind hinter uns…«

Kira wußte nicht mehr, von welchem Mitglied der Angriffsgruppe dieser Hinweis stammte. Sie drehte den Kopf und sah die dunklen Silhouetten auf der Hügelkuppe, erkannte sie als cardassianische Soldaten – der

Gegner hatte die bajoranischen Freiheitskämpfer umzingelt.

Der heiße Lauf des Projektilkatapults verbrannte Kira die Hand, als sie versuchte, ihn herumzuschwingen und zu zielen. Doch sie bekam keine Gelegenheit, von der Waffe Gebrauch zu machen.

Es krachte, und eine Druckwelle riß die junge Frau von den Beinen, schleuderte sie fort. Ein direkter Treffer hätte sie in blutige Fetzen gerissen, ebenso wie die Kameraden auf der einen Seite.

Sie hatte noch mehr Glück, landete auf weichem Boden, der unter ihr nachgab, die Wucht des Aufpralls milderte. Benommen rutschte sie in eine mehrere Meter tiefe Klamm. Wasser erwartete sie dort; hier und dort ragten Baumwurzeln aus der Nässe. Kira sank in den Schlamm, der erst ihren Oberkörper bedeckte und dann auch das Gesicht. Sie bewegte die Hände, um Mund und Nase von der zähflüssigen Masse zu befreien, doch dazu fehlte ihr die Kraft.

Als sie aufgrund des Sauerstoffmangels das Bewußtsein zu verlieren drohte, griff jemand nach ihrem Arm. Die Gestalt – sie sah nur einen Schemen, der sich vor den Sternen abzeichnete – zog die junge Frau hoch und hielt sie fest.

»Kira ...« Der politische Offizier schlang ihr den Arm um die Schultern und verhinderte, daß sie in den Schlamm zurücksank. Sie fragte sich nicht, woher er ihren Namen kannte. Später erfuhr sie, daß so etwas zu seinen Pflichten gehörte. »Kannst du gehen?«

Sie nickte und erlitt einen Hustenanfall. Die Stimme des Fremden war kaum mehr als ein Flüstern, aber trotzdem vermittelte sie Kraft, erfüllte Kira mit erneuertem Überlebenswillen. Wie aus weiter Ferne hörte sie das Brummen von Motoren, als die Cardassianer vorrückten. Kurz darauf sah sie die ersten Soldaten auf der nächsten Anhöhe, und dieser Anblick sorgte dafür, daß ihr Herz wieder Adrenalin durch die Adern pumpte.

Der Polit-Offizier wich mit ihr in die Schatten zurück. »Der Feind hat mit der Suche begonnen.« Er musterte seine Begleiterin. »Wir haben eine bessere Chance, wenn wir uns trennen. Dann sollte zumindest einer von uns imstande sein, den Cardis zu entkommen.« Er deutete durch die Klamm. »Nach Norden. In den Tormah-Bergen gibt es einen Stützpunkt der Widerstandsbewegung.«

Kira eilte los und duckte sich dabei, um nicht gesehen zu werden. Einige geraunte Worte folgten ihr, erinnerten sie daran, daß der Glaube ein Schild sein konnte, der Schutz gewährte. Nach einigen Metern blickte sie noch einmal zurück und sah, wie der große Mann auf eine Chance wartete. Als er sie gekommen glaubte ... Ganz plötzlich lief er los und verschwand in der Dunkelheit. Kira zögerte nicht länger, setzte den Weg fort und rechnete fast damit, daß es erneut krachte, daß eine weitere Explosion sie zu ihren Gefährten ins Jenseits schickte.

Den politischen Offizier sah sie nie wieder. Aber sie hörte von ihm, und bald war sie in der Lage, einen Namen mit der eindrucksvollen Stimme in Verbindung zu bringen. Einige Jahre später lauschte sie den ersten gesendeten Ansprachen jenes Mannes, der den redemptoristischen Teil der Widerstandsbewegung leitete.

Die Stimme hatte Kiras Namen schon einmal genannt, in einer mit Regenwasser und Blut gefüllten Klamm. Und sie wiederholte ihn später, als Zeit und Erfahrung für Veränderungen sorgten, sowohl bei dem Mann als auch bei ihr selbst. Die gleiche Stimme formulierte ihn heute voller Zorn, verlangte mit heiliger Wut Vergeltung.

Und dann hier, an Bord der Substation ...

Aus dem zornigen Donnern wurde ein Flüstern.

Kira ...

Ein Wispern, das Tod versprach.

Kira öffnete die Augen und wußte sofort, wo sie sich befand.

Sie träumte nicht, verlor sich auch nicht mehr in Erinnerungen. Ihre Hände berührten noch immer kühle Barrieren aus Metall – die Wände der winzigen Kammer, in der sie sich versteckte, tief im Innern des Labyrinths aus Korridoren und Räumen. Jenseits des Stahls wußte sie die Leere des Gamma-Quadranten, eine Ewigkeit von allem entfernt, das die Bezeichnung Heimat verdiente.

Nur *er* leistete ihr im umgerüsteten Quarantänemodul Gesellschaft. Jener Mann, der ihren Namen geflüstert hatte ... Kira drehte den Kopf von einer Seite zur anderen, lauschte in der Stille nach Schritten, nach dem leisen Zischen eines fremden Atems.

Nichts. Und doch ... Kira spürte seine Präsenz.

Sie war aus dem Kontrollraum geflohen und durch die Substation gelaufen, auf der von Panik geprägten Suche nach einem Ort, der Sicherheit versprach. Ihr Wunsch bestand nur darin, sich irgendwo zu verbergen, lange genug, um gründlich über alles nachzudenken. Um zu planen. Um eine Möglichkeit zu finden, die Gefahr zu neutralisieren und zu überleben.

Sie fiel der Erschöpfung schneller zum Opfer als irgendeiner Waffe in der Hand von Hõren Rygis. Sie kroch in eine kleine Lagerungsnische, schloß den Zugang und kauerte in der Finsternis. Wenn sie sich auch nur ein wenig aufrichtete, spürte sie die Decke am Rücken, und dann glaubte sie, ein enorm schweres Gewicht tragen zu müssen. Die Bürde der Erinnerungen gesellte sich hinzu.

Diesem doppelten Druck war sie nicht gewachsen. Es blieb ihr gar nichts anderes übrig, als sich den Bildern hinzugeben.

Vergiß endlich, forderte sich Kira auf, obwohl sie genau wußte, daß sie die Vergangenheit nicht einfach ausradieren konnte. Trotzdem versuchte sie es auch weiterhin. *Vergiß endlich …*

Kira holte tief Luft und fühlte, wie die Anspannung in ihren Muskeln wuchs. Diesmal kam darin Bereitschaft zum Ausdruck. *Vergiß wenigstens vorübergehend.* Sie zwang die finsteren Gedanken in das geistige Gewölbe zurück, aus dem sie stammten. *Heute wie damals kommt es nur darauf an, am Leben zu bleiben.*

Sie streckte die Hand auf, öffnete die Tür, beugte sich vor und spähte in die wartenden Schatten.

KAPITEL 11

Sisko beugte sich über den Schreibtisch und sah die Senior-Offiziere von Deep Space Nine an. Sie waren im Kontrollraum der Raumstation zusammengekommen, um sich anschließend ins Büro des Kommandanten zurückzuziehen.

»Na schön«, brummte Sisko nun. »Statusbericht in Hinsicht auf den Einsatz der Substation.«

»Es gibt nichts Neues zu berichten.« Jadzia Dax, wissenschaftlicher Offizier von DS Nine, hatte einige Pflichten übernommen, die normalerweise in den Zuständigkeitsbereich des Ersten Offiziers Major Kira fielen. »Die von den automatischen Sensoren übermittelten Daten deuten darauf hin, daß die Substation das Wurmloch verlassen hat. Sie ist dem Zielgebiet jetzt recht nahe.«

»Kann ein Kom-Kontakt hergestellt werden?«

Dax schüttelte den Kopf. »Negativ. Die Analyse der telemetrischen Informationen läßt folgenden Schluß zu: Das Kom-System der Substation wurde entweder beim alles andere als normalen Retransfer beschädigt – immerhin fand er während des Wurmlochkollapses statt –, oder die Funktionsstörungen gehen auf technische Manipulationen zurück. Ich denke dabei an eine Art von Verzögerungsschaltung, um einer sofortigen Entdeckung der Sabotage vorzubeugen.«

»Und das Frachtshuttle? Irgendeine Spur davon?«

»Damit stellen Sie eine noch schwierigere Frage, Commander.« Dax zögerte kurz. Wie so oft bei offiziellen Angelegenheiten verzichtete sie darauf, den Kommandanten zu duzen – obgleich der Trill-Symbiont in ihr Sisko seit vielen Jahren kannte und mit ihm befreundet war. »Allem Anschein nach wechselte das Wurmloch vom üblichen zweipoligen Stadium zu einem einpoligen – die Verankerung mit unserem Raum-Zeit-Gefüge beschränkt sich nun auf den Gamma-Quadranten. In gewisser Weise existiert der uns bekannte Dimensionstunnel überhaupt nicht mehr. Wir haben es nun mit einer ganz neuen Anomalie zu tun. Wenn sich das Frachtshuttle noch immer darin befindet – in einer kosmischen Sackgasse –, so haben wir derzeit keine Möglichkeit, über den betreffenden Status Aufschluß zu gewinnen. Es tut mir leid.«

Sisko sah den Chefingenieur an. »Was meinen Sie? Hält sich noch jemand an Bord des Shuttles auf?«

»Das halte ich für sehr wahrscheinlich, Commander«, erwiderte O'Brien ernst. »Die Substation konnte das Wurmloch nur durch eine Zündung der Treibsätze im Kupplungsmechanismus verlassen – es gab keine andere Möglichkeit, für das notwendige Bewegungsmoment zu sorgen. Ich habe mich schon gefragt, ob Kira und Bashir diese Möglichkeit in Betracht ziehen würden. Ganz offensichtlich ist jemand von ihnen auf die Idee gekommen – aber um sie in die Tat umzusetzen, mußte jemand im Shuttle bleiben, um von dort aus die Zündungssequenz einzuleiten. Ich tippe dabei auf Dr. Bashir.«

»Ja.« Sisko nickte. »Immerhin ist es Kiras Mission – ich kann mir nicht vorstellen, daß sie die kritische Phase des Einsatzes jemand anders überlassen möchte. Außerdem wußte sie zum Zeitpunkt der Separation nicht, was später mit dem Wurmloch geschehen würde.«

»Vielleicht ist Bashir noch am Leben«, sagte Dax leise. »Bevor das hiesige Ende des Wurmlochs kollabierte, registrierten die Sensoren charakteristische energetische Emissionen: Im Tunnel wurde ein Impulstriebwerk aktiv – und zwar *ohne* Absorber. Das dürfte erklären, warum es zu so ausgeprägten Veränderungen der Anomalie kam: Der jähe Strukturwandel ist eine defensive Reaktion der Entitäten, die sich von den Impulskraft-Emissionen unmittelbar bedroht sahen. Wenn Bashir den Antrieb rechtzeitig desaktivieren konnte … In dem Fall wäre es durchaus möglich, daß die Raumfähre nach wie vor existiert. Allerdings: Gewißheit gibt es nicht.«

»Hm.« Für einige Sekunden wanderte Siskos Blick fort von den Offizieren. In seinem Innern sah er Bilder, die miteinander verschmolzen – ein Kaleidoskop aus Erinnerungen. Er wußte mehr über die Bewohner des Wurmlochs als sonst jemand; trotzdem blieben sie in die Aura des Rätselhaften und Geheimnisvollen gehüllt. Durch die Masken seiner eigenen Vergangenheit hatten sie mit ihm gesprochen, sich ihm mit den Gesichtern der Toten präsentiert. Sogar in der Gestalt seiner verstorbenen Frau waren sie ihm erschienen, rissen damit eine kaum verheilte Wunde auf. Was hatten die körperlosen Wesen durch die Untersuchung des menschlichen Bewußtseins erfahren? Nun, sie wußten jetzt: Außerhalb ihres vergleichsweise kleinen Universums existierten Gewalt und Kummer. *Ich wünschte, ein Heiliger wäre hierhergekommen …* Sisko wiederholte diesen Gedanken, mit dem er sich damals selbst verspottet hatte. Ein Heiliger wäre sicher klug genug gewesen, nur Dinge zu versprechen, die tatsächlich gehalten werden konnten. *Mir unterlief ein Fehler, und vielleicht muß Bashir nun dafür büßen.*

»Es ist keineswegs ausgeschlossen, daß der Impulsantrieb wirklich rechtzeitig desaktiviert wurde …« Dax' Stimme weckte Sisko aus seinen Grübeleien und holte sein Ich in die Gegenwart zurück. »Wie ich eben schon sagte: Es gibt Anzeichen dafür, daß der Dimensionstunnel in seiner veränderten Struktur nach wie vor im Gamma-Quadranten existiert. Unsere dort stationierten

Sensorsonden empfangen Strahlungsmuster, wie wir sie vom Wurmloch her kennen. Möglicherweise treibt das Shuttle – mit Bashir an Bord – im Innern der nunmehr einpoligen Anomalie.«

»Hoffen wir, daß der Arzt noch lebt.« Sisko zögerte nie, sich einer bitteren Erkenntnis zu stellen – seiner Ansicht nach mußte man immer auf alles vorbereitet sein. Er wandte sich an den Sicherheitsoffizier. »Was haben Sie von den anderen Redemptoristen erfahren?«

»Nicht viel.« Odo schüttelte den Kopf. »Wir haben genug gegen sie in der Hand, um sie für unbegrenzte Zeit unter Arrest zu stellen, wegen Komplizenschaft in Hinsicht auf die Sabotage der Substation und Beihilfe zum Mord – damit meine ich Artens Tod. Hinzu kommt, daß sie dabei geholfen haben, einen von der bajoranischen Polizei gesuchten Terroristen an Bord von Deep Space Nine zu verstecken. Wenn dieser Fall oberste Priorität für mich hätte... Zweifellos wäre ich in der Lage, noch mehr belastendes Material zu finden, um beim Prozeß eine Verurteilung der betreffenden Personen zu garantieren. Aber wenn es um Informationen geht, mit denen wir Dr. Bashir und Major Kira helfen könnten...« Der Constable hob und senkte die Schultern. »Die Burschen wollen nichts verraten. Sie sind Fanatiker, und ihre Ideologie ist vor allem religiöser Natur. Die Politik kommt erst an zweiter Stelle. Sie würden kaum zögern, sich für ihre Überzeugungen und Ideale zu opfern.« Eine gewisse Selbstgefälligkeit erklang in Odos Stimme, als er hinzufügte: »Ich habe gleich darauf hingewiesen, daß es ein Fehler war, derartige Elemente an Bord dieser Station zu dulden.«

»Es hat jetzt keinen Sinn, irgendwelche Dinge zu bereuen«, brummte Sisko. »Können wir ganz sicher sein, daß sich Hõren Rygis in der Substation aufhält?«

Odo nickte. »In diesem Zusammenhang halten die Redemptoristen kein Schweigen für notwendig. Ganz im Gegenteil: Sie rühmen sich damit.«

»Üben Sie auch weiterhin angemessenen Druck aus. Wir benötigen Informationen, die einen ganz konkreten Wert für uns haben ...«

»Darf ich Sie daran erinnern, daß bei den Verhören auch noch andere Aspekte zu berücksichtigen sind, Commander? Inzwischen weiß man überall in Deep Space Nine, daß die Redemptoristen bei mir in Haft sind – früher oder später erreichen entsprechende Neuigkeiten auch den Planeten Bajor. Vielleicht ist das bereits geschehen. Zweifellos kennen Sie die prekäre Situation der provisorischen Regierung. Wenn der legitime politische Flügel der Redemptoristen erfährt, daß hier bei uns einige Gesinnungsgenossen unter Arrest stehen... Dann wird sicher eine Erklärung verlangt, vielleicht auch die sofortige Freilassung der Verhafteten.«

»Mit solchen Sorgen brauchen Sie sich nicht zu belasten, Constable.« Sisko sprach nun mit subtiler Schärfe. »Um die politische Situation auf Bajor kümmere *ich* mich. Sie sind für die Sicherheit von DS Nine zuständig – die derzeit davon abhängt, ob Kira und Bashir beim Einsatz der Substation den angestrebten Erfolg erzielen. Deshalb müssen Sie soviel wie möglich aus den Redemptoristen herausholen.«

Odos Gesicht blieb ausdruckslos. »Wie Sie meinen, Commander.«

Sisko hob die rechte Hand und rieb sich die Stirn; dumpfer Schmerz pochte dahinter. »Na schön. Wir setzen die Versuche fort, einen Kom-Kontakt mit Major Kira herzustellen. Ich schätze, es ist jetzt nicht mehr nötig, sie vor Hõren zu warnen – bestimmt weiß sie inzwischen von seiner Präsenz. Aber vielleicht können wir ihr trotzdem irgendwie helfen.« Er schob den Sessel zurück und stand auf. »Falls Sie Neuigkeiten für mich haben... Ich bleibe mit Ihnen in Verbindung.«

Dax wölbte eine Braue. »Wohin gehen Sie, Commander?« Sie blieb beim förmlichen »Sie«.

»Ich fliege nach Bajor.« Sisko trat an Jadzia Dax und den anderen Offizieren vorbei zur Tür. »Dort muß ich mit jemandem reden.«

»Wir werden uns jetzt unterhalten«, verkündete Odo. Seine Worte hallten von den kahlen Metallwänden wider. Die anderen Zellen rechts und links vom Korridor waren leer. »Sie haben mir viel zu erzählen, und bestimmt finde ich alles sehr interessant.«

Auf der anderen Seite des Tisches saßen die vier bajoranischen Mikrotechniker – einst waren es sechs gewesen – und fühlten sich nicht ganz wohl in ihrer Haut. Odo hatte die Zelle betreten, ohne einen Schlüssel zu benutzen. Er war einfach durch die recht schmalen Lücken zwischen den Gitterstäben geflossen, um seinen Körper auf der anderen Seite zu restrukturieren. Vermutlich wußten die Redemptoristen von seinen Fähigkeiten als Gestaltwandler, aber praktische Demonstrationen dieser besonderen Eigenschaften wirkten immer sehr eindrucksvoll. Manchmal veranlaßten sie die Beobachter, an der wahren Natur der Objekte in ihrer Umgebung zu zweifeln und sich zu fragen, ob der Stuhl, auf dem sie saßen, jedes gesprochene Wort belauschte. Desorientierung und Hilflosigkeit mochten die Folge sein.

Wenn Odo bei seinen Ermittlungen erfolgreich war – seine größte Freude –, dann erlaubte er es sich gelegentlich, die eigene Effizienz zu bewundern. In einer anderen Zeit und an einem anderen Ort mußte die Polizei bei Verhören auf Tricks zurückgreifen – hier der ›böse‹ Untersuchungsbeamte, dazu bereit, das Mittel physischer Gewalt zu verwenden; dort der ›gute‹, der Verständnis zeigte. Der Constable von Deep Space Nine konnte beides zugleich sein, wenn er geschickt genug vorging.

»Wir haben Ihnen nichts mitzuteilen.« Einer der Redemptoristen verschränkte die Arme. »Lassen Sie uns in Ruhe.«

Das ist also der neue Anführer, dachte Odo. Er hatte beobachtet, wie die anderen Bajoraner aus den Augenwinkeln zu dem Mann in der Mitte sahen und darauf warteten, daß er antwortete. Nun, das neue Oberhaupt der kleinen Gruppe teilte nicht das intellektuelle Niveau des verstorbenen Deyreth Elt, der zumindest eine deutlich spürbare Intensität ausgestrahlt und durchaus zum Anführer getaugt hatte, wenn auch nicht annähernd im gleichen Maß wie Hõren Rygis. Die überlebenden Redemptoristen zeichneten sich durch eine Art trotzige Halsstarrigkeit aus: Sie schienen den größten Teil ihres mentalen Potentials in die komplizierte mikrotechnische Arbeit investiert zu haben; die ehernen Regeln ihres Glaubens füllten dabei die Lücken in der jeweiligen Persönlichkeit, bildeten das Fundament, auf dem die Selbststruktur basierte. Odo wußte aus Erfahrung, daß bei solchen Leuten der innere Widerstand schwerer zu überwinden war als bei wesentlich intelligenteren Leuten. Wenn man sie zu sehr in die Enge trieb, suchten sie Zuflucht bei einem defensiven Schweigen – Genies hingegen nutzten jede Chance, um zu beweisen, daß sie viel klüger waren als der Ermittler. Eins stand fest: Wenn sie auch weiterhin sprachen, war es nur eine Frage der Zeit, bis Odo Antworten auf alle seine Fragen fand.

»Was halten Sie davon, wenn wir über Hõren Rygis sprechen?« Für einen Gestaltwandler boten alle sitzenden Positionen das gleiche Maß an Bequemlichkeit, doch seine jetzige Haltung vermittelte eine deutliche Botschaft: Die Bajoraner sollten nicht das geringste Anzeichen von Anspannung bei ihm bemerken, ganz im Gegenteil: Sie sollten glauben, daß er völlig entspannt und gelöst war. »Dabei dürfte es sich um ein Thema handeln, das Sie gern erörtern, oder?«

Der neue Anführer verzog die Lippen zu einem dünnen Lächeln. »Haben Sie nicht schon genug von ihm gehört? Sie wissen, wo er sich aufhält.«

»Ja, natürlich. Und ich frage mich, was er dort draußen macht, so weit von seinen treuen Anhängern entfernt.«

»Er ...« Das hochmütige Lächeln löste sich langsam auf, wich vorsichtiger Zurückhaltung. »Er nimmt eine Pflicht wahr, die ihm unser Glaube aufbürdet.«

Die Worte kamen dem Mann zu glatt von der Zunge. »Ich verstehe«, erwiderte Odo. »Sie meinen Mord.«

Die Redemptoristen starrten ihn mürrisch an. »Solche Taten haben nichts mit Mord zu tun«, behauptete das neue Oberhaupt der Gruppe. »Sie bringen Gerechtigkeit.«

»Oh. Vermutlich war es auch gerecht, daß Ihr Gefährte Arten sterben mußte.«

Stille.

»Ihr Problem besteht darin, daß Sie wegen Begünstigung jener ›Gerechtigkeit‹ vor Gericht gestellt werden«, sagte Odo. »Ich fürchte, der Richter ist nicht bereit, Ihre spezielle Perspektive zu teilen. Er könnte Mord auch weiterhin für Mord halten.«

»Und wenn schon.« Der Anführer zuckte mit den Schultern. »Jede Gläubige ist bereit, zu einem Märtyrer zu werden.«

»Das freut mich für Sie. Immerhin deutet alles darauf hin, daß Hõren genau so etwas für Sie vorgesehen hat.« Odo legte eine kurze Pause ein, bevor er hinzufügte: »Wenn es wirklich Hõren Rygis war ...«

Der Anführer versteifte sich, und die anderen Redemptoristen warfen ihm nervöse Blicke zu. »Was soll das heißen?«

Odo wußte, daß er in diesem Fall mit einem einfachen Täuschungsmanöver nichts erreichte. Diese Männer hatten über Jahre hinweg engen Kontakt zueinander und auch mit Hõren Rygis unterhalten. Sie bildeten eine Einheit – die Gerüche von Blut und Schweiß der Kameraden waren tief im Gedächtnis verankert. Es gab mindestens tausend Einzelheiten, die Odo nicht richtig nachahmen konnte. Wenn er Hõrens Gestalt angenommen und die Gefangenen aufgefordert hätte, alles zu gestehen... Er wäre sofort von den Bajoranern durchschaut und von ihnen verachtet worden.

Aber die Verwandlung direkt vor ihnen stattfinden zu lassen, damit sie alles so deutlich sahen wie bei der Passage durchs Gitter... Ein solches Erlebnis erschütterte die Grundfeste ihres Ichs, raubte ihnen die letzten Reste von Selbstsicherheit.

Der Körper an sich stellte kein Problem dar. Odo hatte sich mit Hõrens Fotografien und Video-Aufzeichnungen beschäftigt, sich die individuellen Merkmale der Gestalt eingeprägt. Er hielt es auch für möglich, das Gesicht auf eine überzeugende Weise darzustellen, zumindest für einige Sekunden – vorausgesetzt, hinter ihm erstrahlte Licht und leuchtete den Redemptoristen direkt in die Augen.

Die Stimme bereitete mehr Schwierigkeiten. Odo hatte in seinem privaten Quartier geübt, um die richtige Dicke der Stimmbänder herauszufinden, um festzustellen, wie groß die Nasennebenhöhlen sein mußten, um die richtige Resonanz zu gewährleisten. Aber selbst wenn er bei all diesen Details einen Erfolg erzielte: Es blieben einige Elemente, die sich seiner Kontrolle entzogen, denen er keine materielle Struktur geben konnte.

Trotzdem: Das Ebenbild wies genug Ähnlichkeit mit dem echten Hõren Rygis auf.

Die bajoranischen Mikrotechniker sahen nun, wie sich der Sicherheitsoffizier in einen Mann verwandelte, den sie alle kannten und verehrten. Hõren beugte sich zu ihnen vor, lächelte und sprach.

»Euer Glaube soll ein Schild sein, der euch schützt, während ihr das Verderben aus der Seele unserer Heimat tilgt.«

Die Redemptoristen wahrten ein schockiertes Schweigen, während der vermeintliche Hõren Rygis wieder zum Constable wurde. Odo wußte, daß er den Bajoranern keine Gelegenheit geben durfte, über die gerade beobachteten Ereignisse nachzudenken.

Er wählte einen sanften Tonfall, als er sagte: »Sie wissen nicht, wieviel *ich* weiß, meine Herren. Sie sollten sich fragen, was Sie nicht etwa Ihrem glorreichen Anführer gesagt haben, sondern … mir.«

Der Sicherheitsoffizier erhob sich ruckartig. Ihm war natürlich klar, daß es seinen Worten an Logik fehlte, aber das mochte sogar ein Vorteil sein. Dadurch gab es für die Redemptoristen noch mehr, über das sie sich den Kopf zerbrechen konnten. Es kam nur darauf an, daß genug Zweifel und Argwohn existierten.

»Ich lasse Sie jetzt allein.« Odo stand mit dem Rükken an den Gitterstangen – eine Sekunde später befand er sich auf der anderen Seite. Die Bajoraner schienen noch etwas blasser zu werden. »Ich nehme an, Sie möchten jetzt miteinander reden; bestimmt haben Sie eine Menge zu besprechen.« Er drehte sich um und schritt durch den Korridor, vorbei an den leeren Zellen. Im großen und ganzen war er mit seiner Arbeit zufrieden.

Julian Bashir wünschte sich jemandem, mit dem er sprechen konnte. Menschen waren von Natur aus gesellige Wesen, und für ihn galt das in einem besonderen Maße. Andernfalls hätte er kaum beschlossen, Arzt zu werden.

Ein Teil von ihm gab sich solchen Gedanken hin, während er weiterhin versuchte, das Triebwerk des Shuttles zu reparieren. Insbesondere trachtete er danach, jene Schäden zu beseitigen, die er selbst angerichtet hatte, und zwar während seines Bemühens, den nicht mehr abgeschirmten Impulsantrieb abzuschalten.

»Verdammt!« Ein weiteres spitzes Metallstück bohrte sich ihm in die Hand. Die einzelnen Komponenten der vielen Schaltkreissysteme saßen dicht beieinander, und außerdem fehlten Bashir die richtigen Werkzeuge. Es wäre leichter gewesen, ein Brotmesser zu verwenden, um einem thallasinitischen Patienten erst das externe Skelett zu öffnen und ihn anschließend am Herzen zu operieren. Er saugte das Blut vom Finger und beugte sich vor, um die Prozessorkarten aus unmittelbarer Nähe zu betrachten. Abgesehen von der Möglichkeit verbaler Kommunikation... Kiras Präsenz wäre ihm willkommen gewesen, weil *er* jetzt jemanden brauchte, der eine Lampe hielt.

Zum Glück gehörte eine modulare Reparaturausrüstung zur Ausstattung des Shuttles, und Chefingenieur O'Brien hatte sie erst vor kurzer Zeit auf den neuesten Stand gebracht. Das bedeutete: Für alle wichtigen Komponenten gab es Duplikate. Ein kleines Display informierte über die Schaltschemata, und hinzu kam eine miniaturisierte Sondierungseinheit, die selbständig beschädigte Stellen lokalisieren konnte. Auf diese Weise gelang es dem Arzt, alle Teile zu entdecken, die ausgetauscht werden mußten.

Darüber hinaus fand er Dinge, die überhaupt nicht hierhergehörten. Er löste sie von ihren Verbindungen und begann dann mit einer genaueren Untersuchung. Bei einigen von ihnen erahnte er die Funktion und schloß daraus, daß sie für die plötzliche Aktivitätsphase des Impulstriebwerks verantwortlich waren. Es handelte sich um Prioritätsmodule, Fernauslöser mit mittlerer Reichweite und Verzögerungsschalter. Für O'Brien gab es nicht den geringsten Grund, so etwas zu installieren, und daraus folgte: Jemand anders hatte sie eingebaut, und zwar auf Deep Space Nine. Wahrscheinlich steckten die bajoranischen Mikrotechniker dahinter. Andererseits... Das Initialisierungssignal konnte nicht von DS Nine stammen; dafür kam nur die Substation in Frage. Die Programmierung des Verzögerungsschalters sah gerade genug Zeit vor, um die Separationssequenz zu beenden und dem modifizierten Quarantänemodul Gelegenheit zu geben, das andere Ende des Wurmlochs zu erreichen, bevor das Impulstriebwerk des Shuttles energetische Aktivität entfaltete. Der Saboteur – Hōren Rygis; wer sonst? – konnte wohl kaum damit gerechnet haben, daß man eine Möglichkeit fand, die Substation in den Gamma-Quadranten zu bringen. Vermutlich entsprach es dem Plan der Redemptoristen, den Dimensionstunnel nur auf der einen Seite kollabieren zu lassen, um zu verhindern, daß Deep Space Nine Hilfe schickte. Nach dem Senden des Initialisierungsimpulses sollte die Verzögerungskomponente Hōren Gelegenheit geben, sein Versteck in der Substation aufzusuchen. Der Zufall wollte es, daß sein Plan noch besser funktionierte, daß Kira ihm Gesellschaft leistete, während Bashir an Bord des Shuttles festsaß.

Immer wieder kehrte die Phantasie des Arztes zu diesem Punkt zurück. Er stellte sich eine Kira vor, die an Bord der Substation im Gamma-Quadranten weilte, in Begleitung eines Mannes, der ihr gegenüber denkbar schlechte Absichten hegte. Derartige Überlegungen veranlaßten Bashir, nicht auf Müdigkeit und Erschöpfung zu achten, die Arbeit selbst dann fortzusetzen, als die Augen brannten. Bevor er Fernauslöser und Verzögerungsschalter fand, wollte er nur dafür sorgen, daß der Impulsantrieb wieder voll und ganz den üblichen Kontrollen gehorchte. Jetzt ging es ihm auch um eine Wiederherstellung der Manövrierfähigkeit. Mit einer Rejustierung des Kom-Systems mochte es ihm gelingen, sich mit Kira in Verbindung zu setzen und sie zu warnen – die Entfernung zum Retransferbereich des Wurmlochs war nicht besonders groß, und deshalb genügte eine relativ geringe Signalstärke, um einen Kontakt herzustellen. Aber vielleicht brauchte Kira mehr als nur einige Worte; vielleicht benötigte sie konkrete Hilfe.

Bashir streckte den steifen Rücken und wischte sich

Schweiß von der Stirn. Dieser Teil des Impulstriebwerks war jetzt wieder in Ordnung, doch der Arzt bezweifelte, ob die Reparaturausrüstung auch genug Schaltkreiskarten für den anderen enthielt. Aber fünfzig Prozent Schubkapazität sollten eigentlich genügen, um das Wurmloch zu verlassen und zur Substation zu gelangen. Natürlich mußte Julian seine Instandsetzungsarbeiten erst von einem Diagnoseprogramm überprüfen lassen, um anschließend irgendwelche Fehler zu korrigieren. Nun, es genügte, die Luke zu schließen und einige Tasten zu drücken...

»Gut gemacht, Doktor«, sagte er laut. Seine Stimme hallte dumpf in der kleinen Kammer wider. Ein alter medizinischer Scherz fiel ihm ein, den er während der Ausbildung oft gehört hatte: *Operation geglückt, Patient tot.* Plötzlich begriff er, daß er gar nicht wußte, was es jetzt zu unternehmen galt.

Wenn es ihm tatsächlich gelungen war, das defekte Impulstriebwerk zu reparieren und einen Teil der Antriebskapazität wiederherzustellen... Was nützte es ihm? Nach wie vor spielte der Romantiker in ihm mit dem Gedanken, Kira zu Hilfe zu eilen. Aber wenn er das Triebwerk aktivierte und den gesamten zur Verfügung stehenden Schub einsetzte – wie groß war dann die Chance, das Shuttle in einem Stück aus dem Wurmloch zu steuern? Und selbst wenn er das schaffte... Es bestand die Möglichkeit, daß der Dimensionstunnel hinter ihm vollständig kollabierte. Wie sollte er dann zurückkehren? Ohne die Abkürzung durchs Wurmloch brauchte man selbst mit maximaler Warpgeschwindigkeit sechzig Jahre, um vom Gamma-Quadranten aus die nächsten bewohnten Welten der Föderation zu erreichen. Sechs Jahrzehnte... Zeit genug für Bashir und Kira, sich gut kennenzulernen.

Falls sie überhaupt noch lebte.

Bashir schloß die Zugangsklappe und startete das Diagnoseprogramm. Eine angenehme Überraschung erwartete ihn und verdrängte einen Teil der Düsternis, die sich in ihm verdichtet hatte: Die Buchstaben- und Zahlenkolonnen auf dem Display bestätigten die Existenz von siebzig Prozent Triebwerkskapazität.

Der Arzt schloß die Augen und beugte sich langsam nach vorn, bis die Stirn das kühle Metall der Konsole berührte. Die Versuchung, den Impulsantrieb zu aktivieren, wurde immer größer. Es ging nicht nur darum, Kira zu Hilfe zu eilen. Bashir fand es immer unerträglicher, im Wurmloch zu bleiben, getrennt vom vertrauten Universum, ganz allein …

»Ich sollte mit einem Beschleunigungsmanöver beginnen«, sagte er laut. »Andernfalls hätte die Reparatur des Triebwerks überhaupt keinen Sinn, oder?«

Entspricht das Ihrem Wunsch?

Bashir erkannte Kiras Stimme, und fast hätte er geantwortet. Doch dann begriff er …

Langsam drehte er den Kopf und sah über die Schulter. Die Bajoranerin stand auf der gegenüberliegenden Seite des Raums im Schatten.

Aber es war nicht Kira. Ihre Augen … Sie enthielten keine Pupillen, sondern schwarzes All und einige leuchtende Sterne.

KAPITEL 12

Wenn man von Metall und Energiefeldern umgeben ist, die dafür sorgen, daß eine künstliche Welt funktioniert und stabil bleibt... Dann fügt sich der Grundstruktur des eigenen Wesens eine unterschwellige Vibration hinzu, so subtil, als rieben zwei Moleküle aneinander. Sisko hatte das vergessen. An Bord von Raumschiffen oder einer Station wie Deep Space Nine gewöhnte man sich innerhalb kurzer Zeit daran und vergaß es – um sich erst auf einem Planeten wieder daran zu erinnern.

Die Geräusche in DS Nine – vom Scheppern von Metall in den Wartungshangars und Trockendocks bis hin zur Bewegung subatomarer Partikel in den Schaltkreisen der Computer – waren im wesentlichen artifizieller Natur. Mit anderen Worten: Sie stammten von Maschinen, von toten Dingen. Die Stille auf Bajor hingegen ging auf etwas Lebendiges zurück.

Sisko stand im zentralen Garten eines Tempels. Die hohen, von Vegetation umschmiegten Mauern schirmten diesen Bereich vom fernen Straßenlärm der bajoranischen Hauptstadt ab. Hier hörte man nur das leise Plätschern von Wasser, das Seufzen einer leichten Brise, die sanft über den kleinen Teich hinwegstrich.

»Besorgnis prägt Ihre Gedanken, Benjamin.«

Er drehte sich um und sah sie. Die Bediensteten wichen respektvoll zu den Kreuzgängen des Tempels zurück und ließen Kai Opaka mit dem Besucher allein. Sisko verglich die ruhige Gelassenheit der Bajoranerin mit der Oberfläche des Teichs: Darunter verbargen sich stille Tiefen, gefüllt mit Geheimnissen und Wahrheiten.

Er wölbte die Brauen. »Ist das so offensichtlich für Sie?«

Kai Opaka lächelte. »Ihre Sorgen wären für jeden offensichtlich.« Das Schmunzeln wuchs in die Breite. »Insbesondere für jemanden, der über die jüngsten Entwicklungen auf Bajor und an Bord Ihrer Raumstation Bescheid weiß.«

»Ich verstehe.« Nicht zum erstenmal wünschte sich Sisko, mehr Zeit zu haben. Für ihn unterschieden sich die Stunden kaum von Minuten; eine Krise folgte der anderen, und ständig mußte er wichtige Entscheidungen treffen. Im Innern dieses Tempels hingegen erstreckte sich eine endlose temporale Dimension. Er stellte sich vor, über beliebig viel Zeit zu verfügen und sie in Opakas Gesellschaft zu verbringen, um auch nur einen Bruchteil ihrer Weisheit in sich aufzunehmen...

Aber die Zeit drängte, wie immer. »Ich bedauere, daß ich nicht länger hierbleiben kann«, sagte er. »Ich bin gekommen, um Ihren Rat einzuholen.«

Die Kai setzte sich am Fliesenrand des Teichs nieder und faltete die Hände. »Ich weiß, warum Sie hier sind, Benjamin. Vielleicht weiß ich es sogar besser als Sie selbst. Sie irren sich, wenn Sie glauben, daß ich mich hier allein den Meditationen hingebe, ohne zu ahnen, was jenseits der Tempelmauern geschieht.«

Sisko nahm neben ihr Platz. »Vielleicht geht es in diesem Zusammenhang gar nicht darum, was ich glaube. Vielleicht bezieht sich Ihre Bemerkung auf etwas, das ich glauben *möchte*.« In einem Winkel seines Selbst leuchteten die Ziffern einer mentalen Digitaluhr: Eine Zahl folgte der anderen, schneller und immer schneller...

»Hüten Sie sich vor den Verlockungen des Mystizismus. Sie sind nicht wie andere Leute – jene Dinge, die Sie gesehen haben, führten in Ihnen zu Veränderungen, die noch nicht zu Ende sind, die nach wie vor andauern –, und doch bleiben Sie untrennbar mit dem physischen Universum verbunden. Nicht nur Ihr Sohn ist auf Sie angewiesen.« Kai Opaka berührte die Hand des Mannes an ihrer Seite. »Auch ich brauche Sie, Benjamin. Ich bin nicht töricht genug, um die Tatsache zu übersehen, daß Sie unserem Orden Schutz gewähren.«

Veränderungen … Sisko wußte, was die Bajoranerin meinte. Sie teilten etwas – geheimes Wissen. Einige Dinge hatten in seiner Erkenntniswelt Platz gefunden, während andere auf den Erfahrungskosmos der Kai beschränkt blieben. Die unendlich langsame Offenbarung der Wurmloch-Mysterien …

Die Zahlen der digitalen Uhr in Siskos Kopf rasten nun.

»Ich fürchte, wir müssen die Erörterung dieses Themas auf ein anderes Mal verschieben. Derzeit geht es mir vor allem darum, Gefahr von zwei Offizieren abzuwenden, die zu meiner Crew gehören.«

»Natürlich, Benjamin. Sie meinen Dr. Bashir und Major Kira. Meine Gedanken weilen ebenfalls bei ihnen.«

Sisko fragte sich einmal mehr, woher Kai Opaka so gut über die Ereignisse an Bord von Deep Space Nine Bescheid wußte. Gab es in der Raumstation Leute, die ihr regelmäßig Bericht erstatteten? Oder informierte sich diese Bajoranerin auf eine ganz andere Art und Weise? »Sind Sie mit der gegenwärtigen Situation vertraut?«

Kai Opaka vergeudete keine Zeit, indem sie ihm Dinge schilderte, die er bereits kannte. »Das Schicksal des Arztes kenne ich nicht. Oder vielleicht sollte ich besser sagen: In dieser Hinsicht kann ich keine Klarheit gewinnen. Die Bewohner jenes Phänomens, das Sie ›Wurmloch‹ nennen, mußten erneut leiden. Ob sie ihre Pein mit dem Fremden in ihrer Welt verbinden, mit dem Menschen an Bord des Shuttles … Nur sie selbst können diese Frage beantworten. Viel hängt von Bashirs Klugheit ab, davon, was er zu unternehmen gedenkt, um seine aktuellen Probleme zu lösen. Viel hängt auch von *Ihnen* ab, Benjamin, von Ihrer *Weisheit*.«

»Wie meinen Sie das?«

»Das Wissen der Entitäten in bezug auf den Kosmos jenseits ihres eigenen kleinen Universums und die ihnen fremden Lebensformen darin basiert auf den Erfahrungen mit Ihnen. *Sie* sind von den Wesen untersucht worden. *Ihr* Selbst dient als Maßstab – Ihr Bewußtsein, Ihre Seele. Um es anders auszudrücken: Sie standen für uns alle auf dem Prüfstand. Sie wurden gewissermaßen zu einem Fürsprecher für das hiesige Leben. Eine große Verantwortung – und sie kam einem Mann zu, der nicht darauf vorbereitet war.«

Sisko nickte langsam. »Ja ...«

»Jetzt urteilen die Entitäten nach dem, was sie in Ihrem Herzen fanden.«

Kai Opakas Worte schienen sich mit bleierner Schwere auf den Commander herabzusenken. In diesen Sekunden wäre er ohne weiteres bereit gewesen, mit Bashir zu tauschen. *Soll das Feuer mich verbrennen*. Zorn hatte ihn beim erstenmal ins Wurmloch begleitet, Zorn und ein Schmerz, der seine Seele verdunkelte. Und damit brachte er seinerseits Qual. Er trug Agonie in eine formlose Welt, deren Bewohner überhaupt keine Pein gekannt hatten, weil ihnen auch die Zeit unbekannt gewesen war.

Die Erinnerungen daran erfüllten Sisko mit profundem Kummer. Er hätte seine Überlegungen ebensogut in Worte fassen können – Kai Opaka verstand und legte ihm die Hand auf den Arm. »Denken Sie daran, daß Sie den Entitäten nicht nur Schmerz brachten, sondern auch Licht. Ein Licht, das nicht den Augen gilt, das den Geist erhellt. Sie haben es nur noch nicht gesehen, Benjamin.«

»Vielleicht erstrahlt es eines Tages für mich.« Sisko

atmete tief durch und straffte den Rücken. »Na schön. Was ist mit Kira?«

Kai Opaka wandte den Blick von ihm ab. »Mein Blick reicht bis zu ihr.« Die Bajoranerin sprach nun leiser. »Ich sehe sie deutlicher, als mir lieb ist. Dunkelheit umgibt Kira. Es gibt jemanden, der ihr Schicksal in der Faust hält, so als wollte er sie wie ein Insekt zerquetschen – obgleich das Leben eines Insekts mehr Bedeutung für ihn hätte.«

»Meinen Sie Hõren Rygis?«

»Ja. Seine Feindseligkeit Kira gegenüber ist allgemein bekannt.«

»Erzählen Sie mir von ihm. Ich brauche Informationen.«

Opakas Züge brachten eine gewisse Trauer zum Ausdruck. »Benjamin … Sie suchen dort nach Antworten, wo es keine gibt. Was soll ich Ihnen erzählen? *Hõren existiert nicht mehr*. Es gibt ein Etwas, das seine Gestalt hat, mit seiner Stimme spricht und das Feuer des Hasses in sich trägt, das er vor vielen Jahren entzündete. Doch der Rest ist Asche. Den Flammen des Zorns fiel er zum Opfer – sie haben ihn verbrannt. Ihnen wäre es fast ebenso ergangen, Benjamin. Als Sie hierherkamen … Sie riskierten, Schmerz und Kummer zum Opfer zu fallen.«

Sisko wußte, daß Opaka die Wahrheit sprach, wie immer. »Bitte sagen Sie mir, wie ich Kira helfen kann.«

»Das ist nicht möglich.« Eine seltsame Schärfe vibrierte in den Worten der Kai. »Das verstehen Sie. Und gleichzeitig verstehen Sie es nicht. Sie konnten damals nichts tun, als Sie eine Frau verloren, die Ihnen weitaus näher stand als Kira – und Ihnen sind auch jetzt die Hände gebunden. Aus diesem Grund hat ein Teil von Ihnen noch immer keinen Frieden geschlossen mit dem Rest des Universums und Ihrem eigenen Herzen – als wäre das eine mit dem anderen identisch und gleichermaßen schuldig.«

Sisko schwieg, ließ die Worte durch sein Ich fallen – wie Steine, die ins stille Wasser des Teichs sanken.

»Gerade das fällt Ihnen schwerer als alles andere – untätig zu bleiben.«

»Ja.«

Der Commander sah die Bajoranerin an und lächelte schief. »Wie Sie eben schon sagten: Ich bin mit der physischen Welt verbunden. Ich kann es mir noch nicht erlauben, so weise zu sein wie Sie.«

»Sie sind wohl kaum wegen Weisheit hier, Benjamin. Sie haben beschlossen, mich zu besuchen, weil Sie sich ein Wunder von mir erhofften. Glauben Sie, ich könnte Kira und den Arzt mit einem magischen Trick hierher zurückholen?« Kai Opaka schüttelte den Kopf. »Nein, so etwas ist nicht möglich. Zumindest nicht so, wie Sie es sich vorstellen.«

»Verzeihen Sie bitte.« Sisko stand auf. »Ich sollte jetzt besser zur Raumstation zurückkehren und dort... warten.«

»Oh, Sie begnügen sich bestimmt nicht damit, die Hände in den Schoß zu legen.« Opakas Lächeln kam freundlichem Spott gleich. »Das wissen wir beide.«

Die Kai winkte nicht, gab auch sonst kein sichtbares Zeichen. Trotzdem waren plötzlich die Bediensteten zur Stelle, um Sisko zum Ausgang des Tempels zu begleiten. »Bis zum nächsten Mal.« Die Uhr im geistigen Kosmos des Commanders verlangte erneut nach Aufmerksamkeit, drängte, ließ keine Ruhe.

»Es ist immer das gleiche Mal, Benjamin«, lautete die rätselhafte Antwort.

Sisko nickte, drehte sich um und ging.

Hõren war Kira so nahe, daß er glaubte, ihren Atem zu spüren, das Pochen ihres Herzens zu vernehmen. Er wurde ihr Schatten, drehte sich mit ihr, verharrte ebenfalls, wenn sie stehenblieb, um der Stille in dunklen Ecken zu lauschen. Er beobachtete sie, während in ihm

Zufriedenheit, Genugtuung und sogar Freude glühten – der Jäger sah, ohne selbst gesehen zu werden.

Er hockte neben einer Tür und betrachtete das Display des kleinen Info-Schirms. In der nahen Wand fehlte eine Verkleidungsplatte, und die Öffnung gestattete Zugang zu ganz bestimmten Schaltkreisen. Zwei dünne Drähte gingen von dem Gerät in Hõrens Händen aus und verbanden es mit den freigelegten Leitungssystemen. Ein winziger roter Punkt bewegte sich im Projektionsfeld, und eingeblendete Diagramme gaben Auskunft über die betreffenden Sektionen der Substation. Hõren Rygis' Gefährten hatten gute Arbeit geleistet, als sie das Sensor- und Kommunikationssystem des modifizierten Quarantänemoduls seinen Erfordernissen anpaßten. Das Ortungsgerät zeigte ihm nicht mehr als einen Fleck – den Rest fügte die Phantasie hinzu. Mentale Bildschirme präsentierten dem Oberhaupt der Redemptoristen eine Kira, die immer wieder furchterfüllte Blicke über die Schulter warf, die sich wie zum Sprung duckte, wenn sie ein neues Zimmer betrat, in dem Rache und Vergeltung lauern mochten.

Er schloß die Augen und genoß jene Visionen. Seit einer halben Ewigkeit wartete er auf diesen Moment. Seit damals, als seine Seele den ersten dunklen Keim aufnahm, als die Saat des Feuers in ihm zu gedeihen begann, während er beobachtete, wie Explosionen den Tempel zerrissen. Damals wußte er: Die Redemptoristen, seine Brüder und Kinder, starben in dem Chaos, und ihre verkohlten Leichen lagen vor den Füßen der Verräter. Es war ihm gelungen, die Toten zu vergessen – sie alle hatten gewußt, daß Bajors Läuterung viele Opfer forderte –, aber nicht Namen und Gesichter des Mörders. Eine Frau trug die Schuld, eine ehemalige Gefährtin, die er vor den Cardassianern und ihren Folterkammern gerettet hatte. Diese Erinnerung brachte Bitterkeit.

Wenn er damals so klug gewesen wäre wie heute, wenn er gewußt hätte, daß Verdorbenheit im Herzen von Kira Nerys heranreifte, daß die Sünde in ihr ebenso wuchs wie in ihm das Streben nach Gerechtigkeit ... In dem Fall wäre er bereit gewesen, sie in der Klamm sterben zu lassen, zu beobachten, wie sie im Schlamm jener Welt erstickte, die sie später verriet. Statt dessen wuchs die Saat ganz langsam in Hõren heran, dehnte sich aus, verdrängte das Weiche, Zarte und Nachsichtige, ersetzte es durch Strenge, durch den festen Willen, keine Kompromisse zuzulassen, sich für eine Reinigung einzusetzen, die keine Flecken hinterließ. Immer heißer brannte das Feuer des Gerechten in ihm, loderte unauslöschlich und verwandelte seinen Willen in Stahl. Jeder Redemptorist war von dem festen Metall in seinem Ich berührt worden, und dadurch gewann die Bewegung an Kraft. Entschlossenheit verbannte alles Schwache, und das Blut der wahrhaft Gläubigen gewann sakrale Reinheit.

Jetzt schickte sich die Saat an, Früchte zu tragen, ihre Bestimmung zu erfüllen. Wenn Hõren das eigene Leben opfern mußte, um Kiras Existenz auszulöschen ... Er hätte nicht eine Sekunde lang gezögert. Alle seine Bemühungen – und auch die der anderen Redemptoristen – steuerten auf diesen Augenblick hin. Jetzt gab es nur noch Kira und ihn selbst. Niemand konnte ihr helfen, wenn er die Klinge hob; niemand konnte sie schützen und verhindern, daß ihr Gerechtigkeit widerfuhr. Genau darin bestand der Sinn jener kleiner Vorrichtungen, die von den bajoranischen Mikrotechnikern in den technischen Systemen der Substation untergebracht worden waren. Die geschickten Manipulationen sollten Kira von ihrem Kollegen trennen und das Shuttle im Wurmloch lassen, damit es nicht eingreifen konnte. Alles hatte bestens geklappt.

Hõren hob die Lider und sammelte die in ihm brodelnde Kraft. Kiras Tod war nur ein Aspekt der Situation. Es wurde nicht nur der Gerechtigkeit Genüge getan, sondern noch viel mehr erreicht. Er dachte an die Verbannung der Fremden: Bald blieb den verlogenen Repräsentanten der Föderation und ihren Schergen nichts anderes übrig, als Bajor und das bajoranische Sonnensystem zu verlassen. Dem Kommandanten von Deep Space Nine und seinen Freunden ging es nur um den Reichtum, den sie durch eine Schändung des sogenannten Wurmlochs zu erringen hofften, des heiligen Phänomens, das Bajor die kostbarsten Mysterien beschert hatte. Hinzu kamen die verräterischen Fraktionen in der bajoranischen Regierung: Sie wahrten ihr Bündnis, um sich auch weiterhin zu erniedrigen, indem sie einige wenige Brocken Wohlstand aufsammelten, die ihnen ihre Herren von Außenwelt vor die Füße warfen. Das alles würde sich bald ändern. Vielleicht *war* bereits eine entsprechende Veränderung erfolgt. Er erinnerte sich an die Schockwelle im Innern des Wurmlochs, ausgelöst von der energetischen Aktivität eines nicht abgeschirmten Impulstriebwerks. Fernauslöser und Verzögerungsschalter, von Deyreth Elt extra für diesen Zweck konstruiert, hatten wie geplant funktioniert. Hõren bedauerte es, daß ihn die Umstände zwangen, den rätselhaften Bewohnern der Anomalie – vielleicht Diener des Heiligen – Pein zu bescheren, aber er sah keine andere Möglichkeit, Bajor aus dem Würgegriff der Föderation zu befreien. Wenn sich die Gläubigen mit ihrer gerechten Sache durchsetzten, wenn Bajor in die Reinheit der Isolation zurückkehrte... Dann mochte sich das Wurmloch wieder für die auserwählte Welt öffnen und ihr das kristalline Geschenk der Erhabenheit zuteil werden lassen...

Er wußte nicht, ob er diesen Tag erleben würde. Aber das spielte auch keine große Rolle. Es genügte ihm zu wissen, daß er einen wichtigen Beitrag dafür leistete, die neue Ära zu ermöglichen.

Der rote Punkt auf dem Display bewegte sich. Hõren starrte auf den kleinen Bildschirm hinab, und nach wenigen Sekunden gelangte er zu folgendem Schluß: Kira kehrte zum Kontrollzentrum zurück, aus dem sie zuvor geflohen war.

Seine Lippen deuteten ein Lächeln an.

Er freute sich darauf, erneut zu Kira Nerys zu sprechen. Darauf freute er sich fast so sehr wie auf das, was danach kam.

Die Gestalt kam näher und blieb vor Bashir stehen.

»Kira ...« Er streckte die Hand aus, zögerte jedoch, als schreckte er davor zurück, die vermeintliche Frau zu berühren.

Die Erscheinung richtete ihren Sternenblick auf ihn. »Wer sind Sie?« Die Stimme klang flach und hohl, versuchte nicht, menschliche Gefühle zum Ausdruck zu bringen. »Sie sind nicht der gleiche. Sie sind nicht mit dem anderen Besucher identisch ...« Die Stimme wurde leiser und verklang – das Wesen schien nach den richtigen Worten zu suchen, nach einem angemessenen Konzept.

»Sie meinen den Menschen, der vor mir hier bei Ihnen war«, erklärte der Arzt. Er wußte, daß ein Bewohner des Wurmlochs vor ihm stand, vielleicht auch mehrere, in einem Pseudokörper vereint. Auf diese Weise hatte Sisko die geheimnisvollen Geschöpfe beschrieben: Sie nahmen die Gestalt von Personen an, denen die Erinnerungen des Besuchers erhebliche Bedeutung zuwiesen. Ein Beispiel drängte sich Bashir auf: Er dachte an jemanden, der in einen fremden Schrank griff, ein Kleidungsstück daraus hervorholte und es überstreifte. »Dabei handelte es sich um eine andere Person.«

»›Handelte‹?« wiederholte die Kira-Entität. Sterne leuchteten nicht nur in ihren Augen, sondern auch im Mund. Ohne Substanz hing die Erscheinung vor Bashir in der Luft, und er merkte erst jetzt, daß sie keinen Schatten warf. »Es ist die Sprache der Zeit. In dieser Hinsicht sind Sie gleich.«

»Ja.« Bashir nickte langsam. Seine Fassung kehrte zurück, und mit ihr die wissenschaftliche Hoffnung, die in ihm den Wunsch geweckt hatte, an dem Einsatz teilzunehmen. Er fühlte sich nun wie ein wagemutiger Forscher, der in einer unbekannten Welt dem ersten Exemplar einer fremden Spezies begegnete. Er fürchtete plötzlich, einen dummen Fehler zu machen und die Entität dadurch zu erschrecken. »In dieser Hinsicht sind wir gleich. Aber ansonsten unterscheiden wir uns.«

»Wie ist das möglich?« Der Tonfall veränderte sich auf eine fast unmerkliche Weise, vermittelte einen Hauch Feindseligkeit. »Die *Zeit* bewirkt Wandel bei Ihnen. In der *Zeit* sind Sie immer anders, bleiben nie gleich. Aber Sie unterscheiden sich selbst in der gleichen *Zeit*. Bitte erklären Sie das.«

Bashir wußte: Das war unmöglich. Die Bewohner des Wurmlochs gehörten zu einer ganz anderen Existenzsphäre. Ihr – relativ – kleiner Kosmos war eingebettet in ein wesentlich größeres vierdimensionales Universum, doch in Vergangenheit, Gegenwart und Zukunft reichte es weit über die Grenzen des sogenannten ›Normalraums‹ hinaus. Vielleicht konnte nur ein Metaphysiker die Frage beantworten, ob das Universum mit all seinen Galaxien sich im Innern des Wurmlochs befand, soweit es die *Zeit* betraf.

Unter anderen Umständen wäre Bashir fasziniert genug gewesen, um eingehend über diese Dinge nachzudenken. Der Arzt in ihm hätte vielleicht über ein temporales Kontinuum spekuliert, wo Beginn, Entwicklung, Diagnose und Behandlung einer Krankheit gleichzeitig erfolgten, wo Tod und Geburt nicht voneinander getrennt werden konnten.

Aber jetzt durfte er sich nicht mit irgendwelchen Hypothesen aufhalten. Immerhin stand Kiras Leben auf dem Spiel – und auch sein eigenes.

»Der frühere Besucher namens Benjamin Sisko … Er ist ein Mensch wie ich, aber nicht das gleiche Individuum.« Bashir versuchte, sich so verständlich wie möglich auszudrücken. Er beobachtete das Geschöpf, das sich ihm noch immer in Kiras Gestalt darbot. »Wir gehören zur gleichen Spezies, sind jedoch unterschiedliche Personen.«

Die Kira-Entität runzelte die Stirn. »Ihre Gattung spricht in Rätseln, genau wie ... *vorher*. Sie verändern sich von Punkt zu Punkt in der *Zeit*, und doch behaupten Sie, dabei das gleiche Individuum zu bleiben. Wie ist so etwas möglich?«

»Nun ...« Beginnende Verzweiflung kratzte an Bashirs Selbstsicherheit. »Ein Teil von uns wird von den Aufzeichnungen der erfolgten Veränderungen bestimmt.« Das klang richtig. Der Arzt beschloß, dem Verlauf dieses verbalen Weges zu folgen. »Man könnte uns – damit meine ich Wesen wie mich – als Summe solcher Veränderungen definieren.«

»Wären Sie imstande, sich in die Person namens Sisko zu verwandeln, wenn genügend Veränderungen erfolgen, wenn die *Zeit* reicht?«

»Das bezweifle ich.«

Das Gesicht der schemenhaften Kira gewann einen nachdenklichen Ausdruck. »Wir *verändern* uns nicht. Wir sind ... ewig. So lautet die bei Ihnen gebräuchliche Bezeichnung.«

Bashir sah eine Chance, mehr in Erfahrung zu bringen. »Das Universum außerhalb dieses kleinen Raumschiffs, der Kosmos, den wir Menschen ›Wurmloch‹ nennen ... Ist er ein integraler Bestandteil Ihrer Existenz?«

»Ja.« Die Kira-Entität nickte. »Unsere Art und das Wurmloch ... Wir sind eins.« Sie schloß die Augen, und das leere All mit den Sternen blieb einige Sekunden lang hinter den Lidern verborgen. »Sie würden sagen: Wir sind das gleiche *Fleisch*.«

»Vielleicht wäre hier das Wort ›Substanz‹ angebrachter. Aber darauf kommt es eigentlich gar nicht an.« Bashir wollte näher an die Gestalt herantreten und ihre Hand berühren, um festzustellen, aus welcher Art von Energie sie bestand. Doch irgend etwas hielt ihn zurück. »Das Wurmloch hat sich verändert, nicht wahr? Und zwar aufgrund des jüngsten Zwischenfalls …«

Die Lider neigten sich wieder nach oben, und die Sterne dahinter gleißten nun. Bashir kniff geblendet die Augen zusammen.

»Ja!« donnerte die Entität. »Der Schmerz! Die Pein! So wie *vorher*, als der andere kam. Der andere Mensch namens Sisko … Er hat uns etwas versprochen. Er sprach von der *Zeit* als eine Sache, die er in den Händen hielt, die seiner Kontrolle unterworfen ist. *Nie*, sagte er. Der Schmerz sollte sich *nie* wiederholen. *Nie* wieder sollte jemand von uns leiden …«

Kiras Erscheinungsbild schien vor Zorn anzuschwellen und die physischen Dimensionen des kleinen Maschinenraums im Frachtshuttle zu absorbieren. Bashir starrte in eine Mischung aus Schwärze und grellem Leuchten. Reiner Instinkt veranlaßte ihn, nach den metallenen Sprossen der Leiter zu tasten.

»*Nie* ist etwas in der Zeit – das hat *er* uns gesagt!« Die Stimme wurde lauter. »Und *Sie* bestätigen es. Ja, Sie behaupten es ebenfalls. Aber in Wirklichkeit gibt es gar kein *Nie*. Sie kommen hierher und fügen uns erneut *Schmerz* zu. Und *immer* …«

Von einem Augenblick zum anderen verlor Bashir den Mut, und er handelte aus einem Reflex heraus, als er sich umdrehte und über die Leiter floh. Oben schloß er die Luke und ließ sich aufs Deck sinken.

Sie wartete bereits auf ihn. Ein oder zwei Sekunden lang dachte er, daß tatsächlich Kira neben ihm kniete. Doch als er sich erschöpft herumrollte, sah er wieder die Schwärze in den Augen, das All mit den Sternen.

Das Wesen sprach jetzt wieder mit einer sanften Stimme, die jedoch ohne Emotionen blieb. »Sie brauchen nicht zu versuchen, sich zu rechtfertigen. Wir kennen die Natur Ihrer Spezies. Wir haben mit jemandem gesprochen und sind im Selbst eines Mannes gewesen, der so ist wie Sie und sich gleichzeitig von Ihnen unterscheidet. Ganz gleich, welche Entscheidung wir treffen – sie basiert nicht auf Ihren Worten.«

Die Panik in Bashir löste sich auf, und er sah wieder die Konturen des zuvor beschrittenen Diskussionspfads. »›Entscheidung‹ …« Er setzte sich auf und lehnte den Rücken an die Wand. »Verstehen Sie denn nicht? Das Wort beschreibt einen Vorgang in der Zeit. Sie *entscheiden,* und anschließend sind die Dinge anders als vorher.«

Die Kira-Entität nickte und wirkte fast traurig. »Ja. Wir haben uns bereits verändert – durch die *Zeit,* die Sie uns brachten. *Wir sind nicht mehr so, wie wir waren.* So zu existieren wie Ihre Spezies … Wir wissen noch nicht, ob das gut ist. Wenn wir in Sie hineinsehen, so erkennen wir, daß Sie ein *Arzt* sind, im Gegensatz zu dem anderen, der als *Commander* kam. So hören Sie dies, Dr. Bashir: *Zeit* und *Veränderung* sind vielleicht nur Teile einer besonderen Existenz, die mit Krankheit verglichen werden kann. Mit einer Krankheit, für die Sie kein Heilmittel haben.«

»Möglicherweise.« Ein Vorstellungsbild formte sich von ganz allein in seinem Innern.

Die vermeintliche Kira kam etwas näher, und ihr Blick durchdrang ihn, reichte bis in die fernsten Winkel seines Ichs. »Das stimmt, Doktor. Wir pflichten Ihrer inneren Stimme bei: *Das Heilmittel für die Zeit ist der Tod.*«

»Ein solches Heilmittel kann meine Spezies nicht akzeptieren.«

»Wie schade.« Das Kira-Wesen musterte den Arzt mit unverändertem Gesichtsausdruck. »Dadurch bescheren Sie viel Leid und Schmerz.«

Bashir ärgerte sich plötzlich darüber, daß ihn die körperlosen Entitäten nicht verstanden, daß es ihm nicht gelang, sich ihnen verständlich zu machen. »Sie haben die Gestalt eines Individuums angenommen, das ebenfalls zu meinem Volk gehört...«

»Ja. Diese Person spielte in Ihrem Denken und Empfinden eine zentrale Rolle.«

»Sie ist in Gefahr. Ich muß unbedingt mit ihr sprechen.«

Das Kira-Geschöpf runzelte wie verwirrt die Stirn. »Jenem Individuum droht keine Gefahr von uns. Es befindet sich gar nicht mehr hier.«

»Trotzdem...« Bashir versuchte, sich unter Kontrolle zu halten. »Es existiert woanders.«

Die Gestalt zuckte mit den Schultern. »Sprechen Sie mit der anderen Person.«

»Das kann ich nicht. Die elektromagnetische Strahlung... Gewisse Aspekte Ihrer Natur hindern mich daran, einen Kontakt herzustellen.«

Das Wesen schloß die Augen und schwieg – vielleicht beriet es sich mit den anderen Entitäten. Schließlich hob es die Lider und sah Bashir an. »Die externen Bedingungen sind *geändert* worden, wie man bei Ihnen sagen würde.« Ein Arm deutete durch den schmalen Gang in Richtung Pilotenkanzel. »Gehen Sie zu dem materiellen Objekt, das es Ihnen erlaubt, mit Nichtexistierenden zu sprechen. Sie werden feststellen, daß es Ihren Erwartungen gemäß funktioniert.«

Bashir erhob sich, und die Gestalt vor ihm löste sich langsam auf. Streifen aus Dunkelheit fraßen sich durch die Pseudosubstanz des Körpers. Kiras Gesicht blieb ihm zugewandt, und nach wie vor glitzerten Sterne in den Augen.

»Wir setzen unser Gespräch fort. Um eine Ihrer Redewendungen zu gebrauchen: Es ist nur eine Frage der *Zeit*.«

Die Lippen deuteten ein Lächeln an, und dann verschwand die Kira-Entität. Bashir war wieder allein, drehte sich um und eilte zur Pilotenkanzel.

KAPITEL 13

Die Bajoranerin hörte das Flüstern, während sie wachsam durch den Korridor schlich.

»Kira ... bitte antworten Sie ...«

Statik untermalte die Worte, Hintergrundgeräusche einer schlechten Kom-Verbindung. In gewisser Weise war die Quelle der Signale nicht weit entfernt – obgleich sie sich in einem anderen Universum befand. Wie auch immer: Der Klang dieser besonderen Stimme war so willkommen wie ein Rettungsring für einen Ertrinkenden.

»Kira ...« Das Zischen und Knistern täuschte nicht über Bashirs Besorgnis hinweg. »Hören Sie mich?«

Noch etwa zwanzig Meter trennten Kira vom Kontrollraum, und sie fühlte die Versuchung, sich von der Wand abzustoßen und zu laufen. Doch sie widerstand diesem Verlangen. Bisher hatte sie große Vorsicht walten lassen, und an diesem Prinzip wollte sie festhalten. Nun schloß sich der Kreis, der begonnen hatte, als eine andere Stimme zu ihr sprach, die Stimme von Hõren Rygis. Sie kam aus einem Lautsprecher des internen Kom-Systems, und ihr Ursprung ließ sich unmöglich feststellen. Eine instinktive Reaktion hatte Kira veranlaßt, aus dem Kontrollzentrum der Substation zu fliehen, so als könnte die Stimme Gestalt annehmen, direkt hinter ihr zum bewaffneten Hõren werden. Wie dumm von ihr, der Furcht nachzugeben! Vielleicht war sie ihm entgegengelaufen, anstatt sich von ihm zu entfernen. Jene kleine Kammer, die ihr als Versteck diente ... Vielleicht hatten sie dort nur wenige Zentimeter Stahl von Hõrens Klinge getrennt.

Sie erinnerte sich an die Kindheit in den Flüchtlingslagern, an die Jahre in der bajoranischen Widerstandsbewegung. Damals hatte sie nicht überlebt, indem sie der Panik nachgab. Erfahrung und militärische Ausbildung sollten es ihr eigentlich ermöglichen, auch in kritischen Situationen die Beherrschung zu wahren. Die einzige Erklärung lautete: Im Gamma-Quadranten war sie weiter als jemals zuvor von ihrer Heimat und allem Vertrauten entfernt. Von der Raumstation Deep Space Nine aus konnte man Bajor als einen Lichtpunkt in der Schwärze sehen, doch hier blieb der Planet selbst dann unsichtbar, wenn man leistungsstarke Teleskope einsetzte. Kira glaubte zu spüren, daß ein metaphorischer Faden gerissen war, daß eine Verbindung, die ihr Kraft gegeben hatte, nicht mehr existierte ...

»Antworten Sie, Major.« Bashirs Stimme unterbrach Kiras Überlegungen. »Ich weiß, daß Sie mich hören. Sie *hören* mich doch, oder?«

Sie mußte den Kontrollraum erreichen und den Empfang der Signale bestätigen, bevor der Arzt aufgab. Gleichzeitig wußte sie: Hõren hatte ihre Präsenz in diesem Bereich schon einmal festgestellt und ging sicher von der Annahme aus, daß sie hierher zurückkehren würde. Die Zentrale befand sich am einen Ende der beiden Substation-Sektionen und bildete daher das Ende einer Sackgasse – eine perfekte Falle. Wenn Hõren dort auf sie wartete, blieb ihr kaum eine Chance.

Kira duckte sich und spähte um die nächste Ecke. Die rechte Hand bewegte sich wie ein eigenständiges Wesen und tastete nach einer nicht existierenden Waffe an ihrem Gürtel – zum hundertsten Mal, seit Hõrens Stimme erklungen war. Der Strahler befand sich in ihrem Quartier an Bord von DS Nine, und zwar aus gutem Grund: Die Substation sollte den Beginn einer friedlichen Besiedlung des Gamma-Quadranten symbolisieren und durfte nicht mit einem militärischen Stützpunkt verwechselt werden. Wenn die Cardassianer Einspruch einlegten, wenn der Fall vor einem interstellaren Gerichtshof verhandelt wurde… Die Station im Retransferbereich des Wurmlochs sowie ihre Besatzung mußten unbewaffnet sein, um Bajors Souveränitätsanspruch besser zu vertreten. Mit Angriffen rechnete ohnehin niemand. Die einzigen konkreten Feindseligkeiten konnten von Gul Tahgla ausgehen, und er war bestimmt intelligent genug, um zu wissen, daß er mit einem Angriff auf die Substation alle cardassianischen Hoheitsansprüche aufs andere Ende des Dimensionstunnels verwirkte.

Es mochte absurd erscheinen, aber manchmal war Wehrlosigkeit die beste Strategie. Unglücklicherweise galt das nicht für die derzeitige Situation. Kira wünschte sich nichts sehnlicher als einen voll geladenen Phaser in der rechten Hand.

Das Schott des Kontrollraums war geöffnet. Die Bajoranerin erinnerte sich nicht, ob sie es bei der überstürzten Flucht geschlossen hatte. Sie suchte in ihrem Gedächtnis, lauschte vergeblich nach einem memorialen hydraulischen Zischen…

Die Leuchtkörper in der Decke glühten, und ihr Licht fiel in den Korridor. Kira blieb dicht an der Wand, als sie sich langsam näher schob. Sie sah in die Zentrale, und ihr Blick fiel auf Konsolen, auf zwei leere Sessel…

Nirgends rührte sich etwas. Der Kontrollraum schien leer zu sein.

Einige Minuten waren verstrichen, seit Kira zum letztenmal Bashirs Stimme gehört hatte. Sie hoffte inständig, daß die Kom-Verbindung nach wie vor bestand, daß der Arzt noch immer an den Kontrollen des Shuttles saß und auf eine Antwort wartete.

Du hast es mit heiler Haut bis hierher geschafft, dachte die Bajoranerin. *Jetzt mußt du es darauf ankommen lassen.* Sie stieß sich ab und sprintete zur Tür.

Wenige Sekunden später sprang sie durch den Zugang, rollte sich auf dem Boden ab, kam sofort wieder auf die Beine und nahm eine verteidigungsbereite Haltung ein. Ihr Blick huschte durch den Raum – leer; niemand in der Nähe. Sie berührte die Kontrolleinheit neben der Tür und entspannte sich ein wenig, als das Schott zuglitt. Im Grunde genommen fühlte sie sich nicht sicherer als vorher, aber sie hatte zumindest einen Teil ihrer Selbstsicherheit zurückgewonnen.

»Bashir …« Sie eilte zur Kom-Konsole und betätigte tasten. »Hier spricht Kira …«

»Na endlich!« tönte es aus dem Lautsprecher der externen Kommunikation. »Ich wollte schon die Hoffnung aufgeben. Ist alles in Ordnung mit Ihnen?«

»Im Augenblick ja.« Kira blickte über die Schulter und behielt den Eingang im Auge.

»Ich habe befürchtet, daß Sie zu sehr durchgeschüttelt wurden, als das Wurmloch verrückt spielte.«

»Nein. Beim Retransfer ergaben sich keine Probleme.« Sie hielt sich nicht damit auf, Bashir zu fragen, wie es ihm ging. Es war ihm gelungen, einen Kom-Kontakt herzustellen – also mußte er voll einsatzfähig sein. »Hören Sie gut zu. Ich brauche …«

»Ich habe eine wichtige Mitteilung für Sie, Kira«, sagte Bashir hastig. »Sie sind nicht allein an Bord der Substation. Jemand ist bei Ihnen …«

»Ja, ich weiß. Die betreffende Person hat sich mir bereits zu erkennen gegeben. Es handelt sich um Hõren Rygis.«

»Das Oberhaupt der Redemptoristen«, erwiderte Bashir. »Ich habe es mir gedacht.«

»Monatelang betonte er in seinen Ansprachen immer wieder, daß ich den Tod verdiene. Vermutlich ist er nicht gekommen, um mit mir über Politik zu reden.«

Bashir nickte – Kira bestätigte seine eigenen Annahmen. »Mit einem Fernauslöser zündete er das Impulstriebwerk des Shuttles. Seine Komplizen – die bajoranischen Mikrotechniker – installierten eine entsprechende Vorrichtung im Schaltkreissystem des Antriebs…«

»Wie ist Ihre gegenwärtige Situation?« Kira drehte sich ganz um, kehrte der Kom-Konsole den Rücken zu und beobachtete die Tür. »Stehen Sie mit Deep Space Nine in Verbindung?«

»Nein. Eine derartige Möglichkeit besteht nicht, und ich schätze, in absehbarer Zeit wird sich kaum etwas daran ändern. Als das Impulstriebwerk ohne Absorber aktiv wurde, kam es im Wurmloch zu umfassenden Veränderungen. Einen Teil davon haben Sie selbst gespürt, in Form von Vibrationen und heftigen Erschütterungen. Die Entitäten haben das gegenüberliegende Ende des Dimensionstunnels kollabieren lassen, um sich zu schützen – um zu verhindern, daß weitere störende, Schmerz verursachende Elemente in ihren Kosmos eindringen. Unglücklicherweise muß es dadurch für DS Nine den Anschein haben, als existiere das Wurmloch nicht mehr. Ob ich darin festsitze oder nicht, spielt dabei überhaupt keine Rolle.«

»Unterhalten Sie Kontakte mit den Entitäten?«

»Ja, aber die Resultate sind nicht besonders erfreulich.« Bashir klang verärgert. »Sie erlaubten mir, mit Ihnen zu sprechen. Und das ist auch schon alles.«

Kira dachte kurz nach. »Versuchen Sie, auch weiterhin mit jenen Wesen zu sprechen. Bringen Sie sie irgendwie dazu, das Wurmloch wieder zu öffnen. Das hiesige Kom-System ist entweder beschädigt oder manipuliert – es gelingt mir nicht, Deep Space Nine eine Nachricht zu schicken. Und selbst wenn ich dazu in der Lage wäre: Ohne den Tunnel ist Sisko überhaupt nicht imstande, mir Hilfe zu schicken.«

»Es gibt noch eine andere Möglichkeit«, sagte Bashir, und jetzt gewann seine Stimme einen aufgeregten Klang. »Ihnen zu helfen, meine ich. Eins der beiden Triebwerksmodule des Shuttles befindet sich inzwischen wieder in funktionsfähigem Zustand. Ich könnte den Impulsantrieb aktivieren und Sie innerhalb kurzer Zeit erreichen. Wenn Sie an einer Schleuse warten, und an Bord der Raumfähre kommen, sobald ich ein Rendezvousmanöver durchgeführt habe... Hõren Rygis bliebe in der Substation zurück, allein mit seinem Haß.«

»Sind Sie übergeschnappt?« Kira wandte den Blick von der Tür ab und starrte auf die Kom-Kontrollen. »Wir verdanken unsere gegenwärtigen Schwierigkeiten vor allem dem Umstand, daß der Impulsantrieb ohne Absorber energetische Aktivität entfaltete. Wenn Sie das Ding erneut einschalten... Wer weiß, was die Entitäten dann unternehmen.«

»Vielleicht bleibt uns gar nichts anderes übrig, als ein solches Risiko einzugehen. Wenn ich das volle Schubpotential einsetze... Möglicherweise kann ich das Wurmloch verlassen, bevor seine Bewohner defensive Maßnahmen ergreifen. Denkbar wäre auch, daß sie so reagieren wie ein Immunsystem und das Shuttle einfach ausstoßen...«

»Oder sie zermalmen es vorher, um die Trümmer hierher in den Gamma-Quadranten zu spucken. Oder sie verwandeln es in subatomare Partikel. Wir wissen nicht, wozu sie fähig sind.« Kira schüttelte den Kopf und stützte sich mit den Händen am Pult ab. »Und selbst wenn Ihr Plan Erfolg hätte, wenn es Ihnen wirklich gelänge, die Substation zu erreichen... Die Entitäten haben das andere Ende des Wurmlochs geschlossen – warum nicht auch dieses? Stellen Sie sich vor, nicht mehr im Dimensionstunnel festzusitzen, sondern *hier* – sogar mit maximaler Warpgeschwindigkeit wären *sechzig Jahre* nötig, um den nächsten Föderationsplaneten zu erreichen. Und wer würde uns hier Gesellschaft leisten? Nur einige wütende Cardassianer. Hõren Rygis brauchte mich gar nicht umzubringen. Er könnte zusehen, wie ich an Langeweile oder Altersschwäche sterbe.«

Eine weitere Konsequenz ließ sie unerwähnt: Wenn das Wurmloch verschwand, so setzten sich die redemptoristischen Pläne für Bajor durch. Dann hatte Kiras Heimat keinen Wert mehr für den interstellaren Völkerbund, was eine weitgehende Isolation zur Folge haben würde. Wenn sie sterben mußte, um Hõren und seinen Anhängern einen Strich durch die Rechnung zu machen... Die Bajoranerin war bereit, sich zu opfern.

Bashir ließ nicht locker. »Auf welche Weise soll ich sonst aktiv werden? Ein Wahnsinniger an Bord der Substation bedroht Ihr Leben. Erwarten Sie etwa von mir, daß ich hier die Hände in den Schoß lege?«

»Ja, genau das erwarte ich von Ihnen. Mehr noch: Ich befehle Ihnen hiermit, untätig zu bleiben. Bei dieser Mission bin ich der kommandierende Offizier, und ihr Erfolg ist wichtiger als wir beide. Ich sehe die Sache folgendermaßen: Meine Präsenz in diesem Sektor ermöglicht es der Föderation, Souveränitätsanspruch auf...«

»Ein solcher Anspruch läßt sich kaum durchsetzen, wenn Sie tot sind.«

»Darüber muß ein interstellares Gericht befinden. Hören Sie, Doktor: Ich weiß, daß Sie recht haben. Wenn die Cardassianer hier eintreffen und in der Substation nur einen ermordeten Starfleet-Offizier sowie einen irren Mörder finden... Dann sind sie zweifellos in einer sehr starken Position. Sie könnten das umgerüstete Quarantänemodul vernichten, selbst Souveränitätsanspruch erheben und alles mit besonderen Umständen erklären. Vielleicht kämen sie damit durch. Vielleicht auch nicht. Aber das spielt überhaupt keine Rolle, *weil so etwas nicht geschehen wird.*« Kira beugte sich noch etwas weiter über die Konsole vor. »Ich werde mit Hõren fertig. Ich kenne ihn, und er hat bereits das Überraschungsmoment verloren. Wenn er beabsichtigte, sich unbemerkt anzuschleichen, so muß er seine Pläne nun revidieren. Im Gegensatz zu mir sind Sie nicht mit einer derartigen Situation vertraut: Jahrelang habe ich in der Widerstandsbewegung gegen die cardassianische Besatzungsmacht gekämpft, und dabei bin ich in viel schlimmere Situationen geraten. Ich weiß, worauf es ankommt, um zu überleben. Außerdem bin ich im Vorteil – das ist der Verteidiger immer. *Und* ich brauche nur auszuhalten, bis Hilfe eintrifft.«

Es klang alles recht gut, und Kira hoffte, daß Bashir darauf hereinfiel. Allerdings: Sie hätte sich von einem solchen Gerede nicht überzeugen lassen. Ihre Lage an Bord der Substation war viel schlechter: Immerhin wußte sie nicht, welche Fallen Hõren und die bajoranischen Mikrotechniker vorbereitet hatten. Darüber hinaus ergab sich die Frage, über welche Ausrüstung der Gegner verfügte. Kira brauchte eine Waffe, um nicht völlig hilflos zu sein, und nur die medizinischen Vorräte an Bord gaben ihr die Möglichkeit, etwas zu improvisieren. Falls ihr Hõren genug Zeit ließ, die entsprechenden Lagerkammern zu erreichen und etwas zusammenzubasteln. Es ging hier nicht um eine besondere Verteidigungsstrategie. Kira hatte eher das Gefühl, nackt durch einen Dschungel aus Messern gehen zu müssen.

»Ich weiß nicht...« Bashir klang skeptisch. »Die Sache erscheint mir sehr riskant.«

Das eigentliche Risiko lag Kiras Ansicht nach im emotionalen, impulsiven Wesen des Arztes. Sie beschloß, den letzten Trumpf auszuspielen. »Wir müssen noch einen anderen Punkt berücksichtigen, Doktor. Sie haben ihn selbst angesprochen, bevor wir die Raumstation verließen. *Wir dürfen nicht zulassen, daß die Bewohner des Wurmlochs irgendwie zu Schaden kommen.* Durch die von Hõren ausgelöste Aktivitätsphase des Impulstriebwerks wurde ihnen bereits Schmerz zugefügt, und es muß unter allen Umständen vermieden werden, daß sich so etwas wiederholt. Wir haben nicht das Recht, die Entitäten in Gefahr zu bringen.«

Bashir antwortete nicht sofort. Sein Schweigen deutete darauf hin, daß Kiras Worte ins Schwarze getroffen hatten.

»Na schön«, brummte Bashir schließlich. »Wenn Sie darauf bestehen... Aber es gefällt mir nicht, einfach nur Däumchen zu drehen.«

Die Bajoranerin wollte betonen, daß ihr die Situation noch weitaus weniger gefiel, aber sie verzichtete auf eine solche Bemerkung. Sie hatte schon zuviel Zeit damit vergeudet, Bashir von der Notwendigkeit der Inaktivität zu überzeugen.

»Ich bleibe mit Ihnen in Verbindung«, sagte sie. »Solange ich kann. Keine Sorge, Julian – ich habe hier alles unter Kontrolle.«

Kira schloß den Kom-Kanal, bevor Bashir antworten konnte. Die Stimme des Arztes hatte ihr vorübergehend das Gefühl gegeben, nicht allein zu sein, doch nun kroch wieder die Stille in der Substation heran.

Bashir lehnte sich im Sessel zurück und sah auf die Kom-Konsole des Shuttles. Ein blinkendes Licht teilte ihm mit, daß kein Kommunikationskontakt mehr mit der Substation bestand.

»Großartig«, sagte er. Nach einigen Sekunden hob er die Hände hinter den Kopf und versuchte, die verkrampften Schultermuskeln zu entspannen. Er litt noch immer an den Folgen seines mehrere Stunden langen Bemühens, zumindest den einen Teil des Triebwerks zu reparieren, um die Raumfähre wieder manövrierfähig zu machen. Was ihm nun herzlich wenig nützte. Er war jetzt durchaus imstande, das Wurmloch zu verlassen und Kira zu Hilfe zu eilen – daran lag ihm viel, aus mehreren Gründen –, aber er verfügte nicht über genug Autorität, um den Antrieb zu aktivieren. Voller Verärgerung ballte er die Hände zu Fäusten.

Besonders schlimm fand er folgendes: Die logischen und rationalen Aspekte seines Selbst mußten zugeben, daß Kira mit ziemlicher Sicherheit recht hatte. Er bewunderte den Umstand, daß sie trotz ihrer schwierigen Situation gelassen genug blieb, um ihm eine Liste vernünftiger Gründe zu nennen – während irgendwo in der Substation ein Irrer lauerte, der ihr nach dem Leben trachtete. In Deep Space Nine erweckte sie immer den Eindruck, auf das ganze Universum zornig zu sein, doch hinter dieser Maske verbarg sich ein messerscharfer, disziplinierter Verstand. Kira vergaß auch nicht, das menschliche Element in ihr Kalkül einzubeziehen: Mit dem Hinweis darauf, daß die Bewohner des Wurmlochs nicht zu Schaden kommen durften, erzielte sie bei Bashir genau die gewünschte Wirkung.

Sie hätte Ärztin werden sollen, fuhr es ihm durch den Sinn. Dem Umgang mit Patienten – gemeint war in diesem Zusammenhang psychologische Beeinflussung, die Furcht beseitigen und damit die Rekonvaleszenz begünstigen konnten – kam in der medizinischen Ausbildung seit vielen hundert Jahren große Bedeutung zu. Außerdem erfüllte Kira eine weitere wichtige Voraussetzung: Sie hätte gewiß nicht gezögert, ein Skalpell zu verwenden, falls das notwendig werden sollte.

Eine Zeitlang saß Bashir mit gesenktem Kopf. Schließlich sah er auf, blickte über die Schulter hinweg zu einer anderen Instrumententafel in der Pilotenkanzel. Die Anzeigen teilten ihm mit, daß die externen Sensoren des Frachtshuttles nach wie vor mit voller Leistung arbeiteten und ständig Daten empfingen, die jetzt vor allem Fluktuationen in den komplexen elektromagnetischen Strahlungsmustern des Wurmlochs betrafen. Nach der Rückkehr des Shuttles zur Raumstation konnte Jadzia Dax mit einigen sehr interessanten Analysen beginnen. Die gesammelten Informationen wären selbst dann wichtig gewesen, wenn nur ein routinemäßiger Transfer durch den Dimensionstunnel stattgefunden hätte. Aber jetzt befand sich die Anomalie in einem wahrhaft einzigartigen Zustand: erst die energetischen Konvulsionen, hervorgerufen von der

Aktivität eines nicht abgeschirmten Impulstriebwerks; dann das Erscheinen der Entitäten im Innern des Shuttles; und schließlich die Veränderungen in der allgemeinen Emissionsstruktur, wodurch ein Kom-Kontakt mit der Substation im Gamma-Quadranten möglich wurde. Eine gründliche, umfassende Auswertung des gespeicherten Datenmaterials brachte sicher nicht nur neue Aufschlüsse in bezug auf das Wurmloch an sich, sondern öffnete vielleicht die Tür für eine *Definition* des Phänomens, für eine Erklärung aller physikalischen Hintergründe. Bashir dachte daran, daß in den Speichermodulen eine Fahrkarte zu den höchsten wissenschaftlichen Auszeichnungen in der Föderation stecken mochte.

Er mußte zugeben, daß die Versuchung existierte, alles andere zu vergessen, bestehende Probleme – darunter Kiras wenig beneidenswerte Lage – zu verdrängen und sich ganz auf den Sensor-Input zu konzentrieren. Zum Beispiel konnte er den Datenstrom kontrollieren, um sicherzustellen, daß bei der Aufzeichnung keine Pannen passierten. Der kommandierende Offizier bei dieser Mission hatte ihm praktisch eine entsprechende Anweisung erteilt, und niemand konnte Vorwürfe gegen ihn erheben, wenn er sich daran hielt.

Niemand – abgesehen von ihm selbst.

»Es kommt noch schlimmer«, sagte Bashir und nickte langsam. »Ich habe begonnen, Selbstgespräche zu führen.« Der Umstand, in einem fremden Kosmos isoliert zu sein, fernab von allem Vertrauten, wirkte sich zweifellos auf seine geistige Verfassung aus – zu dieser Erkenntnis verhalf ihm eine kritische Selbstdiagnose. Einen Besuch der Entitäten hätte er jetzt zu schätzen gewußt, denn er brauchte jemandem, mit dem er sprechen konnte. Ob sich die Bewohner des Wurmlochs in Kiras Gestalt manifestierten oder nicht – das war ihm gleich.

»Hallo?« Er hob die Stimme und drehte den Sessel,

ließ den Blick durch die Pilotenkanzel schweifen. »Hört mich jemand?«

Stille. Vielleicht hörten ihn die körperlosen Wesen tatsächlich – und lachten. Falls sie überhaupt lachen konnten; das mußte sich erst noch herausstellen. Bashir beglückwünschte sich reumütig dazu, einen weiteren physiologischen Aspekt immaterieller Wesen gefunden zu haben, der eine Untersuchung lohnte.

Erneut sah er zum Pult, dessen Anzeigen auf die Aktivität der externen Sensoren hinwiesen. *Darum solltest du dich kümmern – um die wissenschaftlichen Daten.*

Doch der Arzt blieb sitzen, das Kinn auf zwei Fäuste gestützt. Seine Gedanken verließen das Wurmloch, sprengten alle Fesseln und glitten zum Gamma-Quadranten.

Kira wußte nicht, was Hören dachte. Genau dort lag ihr Problem.

Die Struktur der Substation wurde ihr immer vertrauter – immerhin war sie bereits mehr als einmal in ihr unterwegs gewesen. Sie bedauerte es nun, sich die vielen schmalen Gänge und Korridore nicht fest eingeprägt zu haben, bevor sie Deep Space Nine verließ. Zu jenem Zeitpunkt hatte sie angenommen, daß sie nur die zentralen Bereiche des modifizierten Quarantänemoduls kennen mußte. Jetzt sah die Sache ganz anders aus. Kiras Unterbewußtsein sammelte Informationen, merkte sich Details, die als Orientierungshilfen dienten, zeichnete eine mentale Karte jener Passagen, in denen eine subtile Spur aus Schweiß auf ihre von Panik bestimmte Flucht hindeutete.

Sie kauerte nun an einer dunklen Abzweigung vom Hauptkorridor und horchte. Das Problem mit der Karte in ihrem Innern bestand darin, daß sie ihr nicht den Aufenthaltsort von Hören Rygis zeigte. Die selbstsicheren Worte Bashir gegenüber dienten nur dazu, den Arzt zu beruhigen – in Wirklichkeit hatte sie keine Ahnung, was hinter Hõrens Stirn vorging. Aufgrund ihrer Erfahrungen mit dem Oberhaupt der Redemptoristen und den Schilderungen anderer Personen konnte sie sich einige Dinge vorstellen, aber eine wichtige emotionale Komponente blieb dabei unberücksichtigt. Es wäre ein Fehler gewesen, Hõren Rygis schlicht und einfach als wahnsinnig zu beschreiben, ganz gleich, wie verrückt seine gesendeten Tiraden gegen die »Sünderin und Verräterin« Kira klangen. Ebensowenig durfte man ihn für jemanden halten, der seine Überlegungen allein von rationalen Gesichtspunkten bestimmen ließ. Er war besessen, kein Zweifel. Aber um was für eine Art von Besessenheit handelte es sich?

Kira hockte auch weiterhin in der Dunkelheit und atmete mehrmals tief durch, während sie die aktuelle Situation zu analysieren versuchte. Die wichtigste Frage lautete: Aus welcher Perspektive sah Hõren die Möglichkeit des eigenen Todes? In seinen Ansprachen wies er immer wieder auf die Notwendigkeit hin, Opfer zu bringen, um Bajor zu läutern. Die Mischung aus politischem und religiösem Fanatismus brachte immer solche Verpflichtungen mit sich, und angeblich galten sie auch für den Anführer der betreffenden Bewegung. Historische Beispiele zeigten jedoch, daß die Wirklichkeit häufig anders aussah. In der Vergangenheit vieler Welten gab es zahllose heilige Männer, die ihre Anhänger in die Schlacht schickten, während sie in der Sicherheit des Tempels verweilten. Kira vermutete eine andere Einstellung bei Hõren – sein Aufenthalt in der Substation bewies, daß er keine Risiken scheute.

Aber wenn Hõren bereit war zu sterben... Strebte er einen ruhmvollen Tod an? Er hatte sich zu erkennen gegeben, indem er durchs Kom-System ihren Namen flüsterte, doch anschließend schien er sich geradezu in Luft aufgelöst zu haben. Vielleicht genoß er die Vorfreude darauf, sie umzubringen. Oder er bereitete eine weitere Überraschung vor, eine Falle. Einmal mehr dachte Kira an die Sprengsätze in der Substation – dieser Umstand bereitete ihr erhebliche Sorgen. Bashir und Chefingenieur O'Brien hatten ihr versichert, daß nur der richtige Code die Zündung bewirken konnte. Andererseits: Die bajoranischen Mikrotechniker waren bei den Manipulationen der technischen Systeme sehr geschickt gewesen. Hatten sie vielleicht eine Möglichkeit entdeckt, den normalen Aktivierungspfad zu umgehen und die Sprengkörper ohne den speziellen Code zu zünden? In dem Fall konnte Hõren seinen eigenen Tod mit dem der verhaßten Kira verbinden und in einem feurigen Kataklysmus sterben, den man – zumindest in symbolischer Form – bis hin nach Bajor spürte.

Diese Vorstellung belastete Kira ebenso wie der Verdacht, daß es Hõren nur darum ging, sich unbemerkt heranzuschleichen, um ihr sein Messer in den Leib zu stoßen, um ihr *Blut* fließen zu lassen. Tief in ihrem Innern wußte sie, daß die aufgezeichneten Reden nicht nur aus leeren Worten bestanden; das verbale Getöse beschränkte sich nicht allein auf Rhetorik, sondern verkündete stählerne Entschlossenheit. Eine Art physische Sehnsucht kam darin zum Ausdruck, der Wunsch nach einer Erfüllung, die mehr verlangte als reinigendes Feuer. Ein Körper mußte sich dem anderen hingeben, wie bei einer sexuellen Vereinigung. Hõren wollte, daß ihm Kiras Blut über die Hände floß, zu ihren Füßen eine größer werdende Lache bildete – bis er sie schließlich freigab, bis er ihren Leichnam zu Boden sinken ließ.

Hör auf damit! erklang eine warnende Stimme im Innern der Bajoranerin. Wenn sie sich auch weiterhin solchen Gedanken hingab, verletzte sie alle Regeln des Überlebens. Wer die Ohren der eigenen Furcht öffnete, ermöglichte es dem Raunen der Angst, immer lauter zu werden, bis es schließlich alles andere übertönte. Auf diese Weise besiegelte man die eigene Niederlage. Hõren Rygis war ein Mensch wie sie selbst, trotz der

Stimme des zornigen Gottes, mit der er zu den Gläubigen sprach. Er konnte besiegt und auch getötet werden, wenn es sein mußte.

Nichts bewegte sich im zentralen Korridor. Kira trat aus den Schatten und schob sich vorsichtig an der Wand entlang. Nach einigen Schritten ging sie schneller, ohne dabei ein Geräusch zu verursachen.

Was auch immer Hõren plante: Sie mußte die Initiative ergreifen, durfte sich nicht auf die Defensive beschränken. Ganz offensichtlich fand er Gefallen daran, sich Zeit zu nehmen, seine vermeintliche Überlegenheit dem Opfer gegenüber zu genießen. Nun, das würde sich schnell ändern, wenn Bashir an Bord des Frachtshuttles einen Weg fand, die Entitäten zu bewegen, das kollabierte Ende des Wurmlochs wieder zu öffnen. Wenn das geschah, schickte Sisko sofort einen bewaffneten Flitzer durch den Dimensionstunnel zum Gamma-Quadranten – wodurch Hõren ins Hintertreffen geriet. In einem solchen Fall blieb ihm nichts anderes übrig, als schnell etwas zu unternehmen, um seine Absichten zu verwirklichen. Wenn er die Möglichkeit hatte, die Selbstzerstörungssequenz zu initiieren, so zögerte er bestimmt nicht, den entsprechenden Knopf zu drücken. Wenn es ihm hingegen ›nur‹ darum ging, Kira ein Messer ins Herz zu stoßen ... Sobald er merkte, daß die Zeit dafür knapp wurde, gab er zweifellos das sadistische Vorspiel auf und agierte, bevor jemand von außen eingreifen konnte.

Für Kira bedeutete das: Sie mußte Hõren lokalisieren und ihn ›außer Gefecht setzen‹ – diesen Ausdruck verwendeten die Redemptoristen für alle Aktionen, bei denen sie das Mittel der Gewalt verwendeten; manchmal war damit schlicht und einfach Mord gemeint –, bevor er Gelegenheit bekam, seine Pläne auszuführen.

Plötzlich bewegte sich etwas vor Kira. Sie zuckte zurück und preßte sich mit dem Rücken an die Wand. Aus einem Reflex heraus hielt sie den Atem an und lauschte nach den leisesten Geräuschen. Hinter ihr, in Reichweite, befand sich eine geschlossene Tür. Sie streckte die Hand nach der Kontrolleinheit daneben aus, um das Schott falls nötig mit einem Tastendruck zu öffnen und anschließend in den Raum zu springen.

Alles blieb still. Nach einer Weile beugte sich die Bajoranerin langsam vor, weit genug, um einige Meter durch den Hauptkorridor zu sehen. Die Silhouette ihres Kopfes glitt über den Boden, gefolgt von den Schultern. Das matte Glühen eines Leuchtkörpers in der Decke hatte ihren Schatten nach vorn projiziert – es gab keinen Feind in unmittelbarer Nähe. Kira erlaubte sich einen leisen Seufzer, bevor sie den Weg wachsam fortsetzte.

Es existierte noch ein anderer Grund, der sie zwang, aktiv zu werden. Sie konnte Bashir befehlen, im Wurmloch zu bleiben und zu warten, aber sie selbst wäre nicht imstande gewesen, untätig zu bleiben. Es mochte besser sein, sich in einen Bereich der Substation zurückzuziehen, der sich gut verteidigen ließ – um dort auszuharren, bis Hilfe kam. Doch sie fürchtete, den Verstand zu verlieren, wenn sie passiv auf Hõrens Angriff wartete. Nein, sie zog es vor, ihn zu suchen, ihn mit irgendeiner improvisierten Waffe anzugreifen, ganz gleich, wie gering die Aussichten waren, den Sieg zu erringen.

Ein solches Gefühl brannte in Kira, und sie konnte es kaum unter Kontrolle halten. Für ihre Vorgehensweise brauchte sie eine logische, präzise Methode; sie durfte nicht ziellos umherwandern. Ihre Gedanken wandten sich wieder der mentalen Karte vom modifizierten Quarantänemodul zu. Die Bajoranerin stellte sich nun vor, nacheinander die einzelnen Abteilungen zu durchstreifen, den Jäger in einen Gejagten zu verwandeln, ihn immer mehr in die Enge zu treiben.

Diffuse Erinnerungen zeigten ihr ein vages Bild. Als sie aus dem Chaos der Panik erwachte, sich in der kleinen Kammer wiederfand ... Memoriale Szenen präsentierten ihr einen bestimmten Gegenstand in einer dunklen Ecke. Ein Laserbrenner hatte dort gelegen, kompakt genug, um ihn zu tragen, den Riemen über die Schulter geschlungen. Vielleicht gehörte das Gerät zu den Werkzeugen von O'Briens Technikern; oder es war Teil der hiesigen Notausrüstung. Wie dem auch sei: Mit dem Brenner konnte Kira die Zugänge zu den bereits durchsuchten Sektoren versiegeln und Hõrens Bewegungsspielraum immer mehr einengen. Es genügte, wenn sie einige der Routen blockierte, die in seinen Plänen eine wichtige Rolle spielten – dadurch verlor er einen großen Vorteil.

Kira nickte zufrieden – jetzt funktionierte ihr Gehirn so, wie es die Umstände erforderten. Sie glaubte bereits zu sehen, wie sich alles ihren Wünschen gemäß entwickelte. Ihrem analytischen Blick bot sich ein methodischer Prozeß dar, in dessen Verlauf Hõren in seine eigene Falle geriet. Am besten wäre es, ihn lebend zu fassen, ihn zu isolieren, an einem Ort, wo er keinen Schaden anrichten konnte. Wenn ihr das gelang ... Dann hätte sie sich gern damit begnügt, einfach abzuwarten, bis Hilfe eintraf. Für die Redemptoristen auf Bajor mußte es ein schwerer Schlag sein, wenn ihr Anführer als gedemütigter Gefangener heimkehrte, überwältigt von jener Frau, gegen die er eine Art heiligen Krieg entfesselt hatte. Kira sah es ganz deutlich vor sich ... Und in ihrem Herzen wohnte genug Bosheit, um an dieser Vision Gefallen zu finden.

Doch das alles lag noch in der Zukunft. Der Erfolg, den Kira zu erzielen hoffte, war wie ein prächtiger Schleier, der ihr fast den Blick in die andere Passage verwehrte – sie führte zu der kleinen Kammer, in der sie sich nach der Flucht aus dem Kontrollraum versteckt hatte. Die Bajoranerin senkte den Kopf und eilte der Tür entgegen, hinter der sie den Laserbrenner wußte.

Die Zukunft beanspruchte einen Teil der Aufmerksamkeit, die eigentlich der Gegenwart gelten sollte. Kira gab sich nur kurz dem Empfinden hin, letztendlich über den Gegner zu triumphieren, doch die wenigen Sekunden genügten. Sie ließ in ihrer Wachsamkeit nach …

Was sich als Fehler erwies.

Kira fühlte eine Veränderung im Luftdruck, bevor sie etwas hörte. Etwas fiel auf sie herab. Ruckartig drehte sie sich um, hob den einen Arm, um das Gesicht zu schützen …

Zu spät. Ein heftiger Stoß schleuderte sie zu Boden.

Zwei Knie übten schmerzhaft starken Druck gegen ihren Bauch aus, preßten die Bajoranerin ans Deck. Eine Hand griff nach dem Kragen ihrer Uniform und zog den Kopf hoch. Benommen spürte sie einen kalten, spitzen Gegenstand an der Kehle.

»Kira …«

Die Stimme wiederholte ihren Namen. Es war nur ein Flüstern, das sich fast in der Stille verlor, aber diesmal blieb es nicht ohne Substanz. Diesmal sah Kira den Mann. Hõren Rygis hielt ihr das Messer an die Kehle und lächelte.

KAPITEL 14

Sisko mußte unbedingt über den aktuellen Stand der Situation Bescheid wissen. Aus diesem Grund hatte er die Offiziere in sein Büro gerufen.

Kai Opaka nahm noch immer einen zentralen Platz in seinem Denken und Empfinden ein. Es lag nicht nur am letzten Besuch in ihrem Tempel; die Kontakte mit ihr zeichneten sich vielmehr durch eine kumulative Wirkung aus. Eigentlich wußte er nicht, was ihn mehr veränderte: die phantastische Begegnung mit den Entitäten im Wurmloch – oder Kai Opakas Einfluß, der sich langsamer und, oberflächlich betrachtet, weniger dramatisch entfaltete. Das eine kam einem Blitz gleich, der jäh herabzuckte und einen Stein spaltete, um sein verborgenes Inneres zu zeigen. Das andere erzielte den gleichen langfristigen Effekt, indem es kleine Wassertropfen in einem beständigen Rhythmus auf den Stein hinabfallen ließ.

»Ich brauche die neuesten Informationen«, sagte Sisko, drehte den Sessel und sah die Offiziere von Deep Space Nine an. Fast hätte er den Kopf geschüttelt, um sich auf diese Weise von einem mentalen Ballast zu befreien, der seine Konzentration beeinträchtigte. Aber er wußte natürlich, daß entsprechende Bemühungen erfolglos bleiben mußten. Kai Opakas Präsenz beschränkte sich nicht nur auf die bewußten Schichten seines Selbst. Sie befand sich auch darunter, im Unterbewußtsein, in der Seele.

Sisko richtete den Blick auf Sicherheitsoffizier Odo.

»Ist es Ihnen gelungen, von den Redemptoristen mehr in Erfahrung zu bringen?«

»Ja.« Der Constable zuckte kurz mit den Schultern. »Ich habe einen psychologischen Trick angewendet, der sich schon mehrmals als nützlich erwiesen hat. In diesem Fall führte er zu einigen... *interessanten* Resultaten.«

»Können wir etwas damit anfangen?«

»Das ist immer die Frage, Commander. Eins steht fest: Inzwischen kenne ich Hõren Rygis' Hintergrund besser als vorher. Wenn es möglich ist, ihn hierher zurückzubringen... Dann müssen wir entscheiden, welche Maßnahmen es gegen ihn zu ergreifen gilt. Entweder stellen wir ihn wegen zahlloser Verbrechen vor Gericht, oder wir überantworten ihn einer psychiatrischen Behandlung.« Odo sah kurz zur Decke. »Nun, Sie wissen sicher, was ich bevorzuge. Wenn die Verteidigung auf angebliche Unzurechnungsfähigkeit des Angeklagten hinweist und versucht, ihn dadurch vor den Konsequenzen seiner Straftaten zu schützen... Dann kann meiner Ansicht nach von *Gerechtigkeit* kaum mehr die Rede sein. Ich vertrete einen Standpunkt, der sich mit einem alten Polizei-Ausdruck beschreiben läßt: ›Nageln wir den Mistkerl fest.‹«

»Ich bin geneigt, Ihnen diesmal zuzustimmen, Constable«, erwiderte Sisko. »Unglücklicherweise muß es derzeit bei rein *theoretischen* Überlegungen bleiben; wir haben leider keine Möglichkeit, derartige Prinzipien sofort in die Praxis umzusetzen. Wenn Sie etwas herausgefunden haben, das uns in Hinsicht auf Hõren Rygis einen Ansatzpunkt bietet...«

»Wenn wir genug Zeit hätten, könnten wir Rygis in absentia einer gründlichen Psychoanalyse unterziehen, um jeden Aspekt seiner zweifellos sehr komplexen Persönlichkeit zu enträtseln. Uns stehen die Aufzeichnungen der bajoranischen Sicherheitskräfte zur Verfügung, und Major Kira fügte mit ihren Schilderungen weitere

Informationen hinzu. Daher kennen wir die grundlegenden Ursachen für Hõrens mörderische Besessenheit. Die von mir verhörten Redemptoristen erweiterten das allgemeine Bild um einige zusätzliche Details. Offenbar gab es einen früheren Kontakt zwischen Hõren und Kira, einige Jahre vor dem Einsatz gegen den Geiselnehmer. Bestimmt verraten mir die Verhafteten noch mehr, vielleicht schon sehr bald. Wenn erste Risse in ihren geistigen Barrieren entstehen... Dann dauert es nicht lange, bis ihr innerer Widerstand völlig zerbröckelt. Diese Erfahrung habe ich immer wieder gemacht.« Odo musterte den Kommandanten auf der anderen Seite des Schreibtischs. »Wir müssen uns über folgendes klarwerden, Commander: Was nützen uns weitere Informationen von den Redemptoristen, wenn wir sie nicht verwenden können, um auf ihrer Grundlage zu handeln, wenn wir nicht einmal fähig sind, sie Kira zu übermitteln?«

Sisko wußte, daß der Sicherheitsoffizier recht hatte. Er wandte sich an den Chefingenieur. »Sind Sie irgendwie imstande, eine Kom-Verbindung mit Bashir oder Kira herzustellen?«

»Negativ, Sir.« O'Brien schüttelte den Kopf und nickte dem wissenschaftlichen Offizier zu. »Dax und ich arbeiten schon seit einer ganzen Weile daran, aber...«

»Wir sind in diesem Zusammenhang mit einigen großen Problemen konfrontiert«, sagte Jadzia Dax. »Die intermittierenden Krümmungsphasen in der Subraum-Matrix scheinen durch den einpoligen Zustand der Anomalie noch verstärkt worden zu sein. Solange sich daran nichts ändert, wird der Transit von Kom-Signalen zum und vom Gamma-Quadranten sogar beschleunigt. Allerdings gibt es nur an Bord des Shuttles ein voll funktionstüchtiges Subraum-Kommunikationssystem. Für uns bleibt das Wurmloch unzugänglich. Bis es sich hier wieder öffnet, können wir niemandem Signale übermitteln.«

»Das ist nur bedingt richtig.« O'Brien schnitt eine Grimasse. »Ich habe schon einmal darüber nachgedacht, aber ... Nun, ich fürchte, die Idee wird Ihnen kaum gefallen, Commander.«

»Inzwischen bin ich fest entschlossen, *alles* in Erwägung zu ziehen.« Sisko beugte sich vor. »Heraus damit.«

»Nun, die Substation ist dort draußen nicht völlig allein. Jemand anders nähert sich dem Gamma-Quadranten – Gul Tahgla.« O'Brien zögerte kurz. »An Bord des cardassianischen Schiffes fehlt sicher kein Subraum-Kommunikator.«

Sisko starrte den Chefingenieur verblüfft an. Er fühlte sich versucht, ihn zu fragen, ob er den Verstand verloren hatte.

»Wir könnten Gul Tahgla bitten, eine codierte Nachricht von uns an die Substation weiterzuleiten«, erklärte Dax. »Es existieren Präzedenzfälle, und sie betreffen Parteien, die nicht offiziell im Krieg sind. Gegenseitige Vertraulichkeit ist seit Jahrhunderten ein wichtiges Element der diplomatischen Beziehungen.«

»Ich bin nicht sicher, ob Gul Tahgla bereit ist, solche diplomatischen Pflichten wahrzunehmen.« Sisko rieb sich die Schläfe. »Ich bezweifle es sehr. Er weiß, daß sich eine von uns ausgeschickte Substation im Retransferbereich des Wurmlochs befindet, und ihm dürfte auch klar sein, daß wir mit ihr dem cardassianischen Reich zuvorkommen und selbst einen Souveränitätsanspruch erheben wollen. Warum sollte er uns dabei helfen, ihm eine Niederlage beizubringen? Hinzu kommt: Indem wir ihn bitten, eine Nachricht für uns weiterzuleiten, geben wir praktisch zu, daß bei der Mission nicht alles geklappt hat, daß die Substation nicht so funktioniert, wie es eigentlich der Fall sein sollte.«

»Eine von Chief O'Brien und mir durchgeführte Analyse bestätigt diese Einschätzung, Commander.« Auch diesmal sprach Dax in einem sehr förmlichen Tonfall.

»Allerdings gibt es keine Garantie dafür, daß Gul Tahgla zu den gleichen Schlüssen gelangen würde. Vielleicht nimmt er an, daß wir bereits offiziell Hoheitsanspruch erhoben haben. Er hat uns ganz bewußt getäuscht und belogen, als es darum ging, sein Schiff mit einem Impulskraft-Absorber auszustatten. Möglicherweise nimmt er diesen Umstand zum Anlaß, auf weitere Herausforderungen uns gegenüber zu verzichten. Außerdem könnten wir ihn an folgendes erinnern: Er ist nur dann imstande, hierher zurückzukehren, wenn es Deep Space Nine irgendwie gelingt, das hiesige Ende des Wurmlochs wieder zu öffnen.«

»Wenn sich die Cardassianer von Vernunft leiten ließen, hätte es vielleicht einen Sinn, ihnen mit solchen Argumenten zu begegnen.« Siskos Finger klopften auf den Schreibtisch. »Leider wird das cardassianische Wesen kaum von Rationalität bestimmt.«

»In der Tat. Wenn wir zu einer derartigen Taktik greifen, sind unsere Erfolgsaussichten nicht besonders groß. Aber wir sollten auch bedenken, daß keine Alternativen zur Auswahl stehen.«

O'Brien verzog einmal mehr das Gesicht. »Die Vorstellung, einen Cardassianer um Hilfe zu bitten, gefällt mir nicht sonderlich.«

»Sie gefällt Ihnen ebensowenig wie mir. Doch offenbar bleibt uns nichts anderes übrig.« Sisko holte tief Luft. »Versuchen wir's. Weisen Sie den Kommunikationsoffizier an, einen Kontakt mit Gul Tahglas Schiff herzustellen.« Der Blick des Kommandanten wanderte zum Constable. »Bereiten Sie einen Bericht vor, der die Aussagen der Redemptoristen aufs Wesentliche zusammenfaßt. Berücksichtigen Sie dabei vor allem jene Informationen, die für Kira wichtig sind.«

Sie verließen das Büro und betraten den großen Kontrollraum von Deep Space Nine. Sisko nahm dort im Sessel vor der Kommandokonsole Platz, die Offiziere standen hinter ihm. »Schirm an.«

Ein Cardassianer erschien im Projektionsfeld. Angesichts der großen Entfernung machten sich Interferenzen in Form von veränderlichen Streifenmustern bemerkbar – die Signale überbrückten Tausende von Lichtjahren, wurden von verschiedenen Relaisstationen und Kom-Baken weitergeleitet. Dadurch kam es zu einer Übertragungsverzögerung von mehreren Sekunden. Gul Tahglas Miene wirkte zunächst wie erstarrt, und dann nickte er zufrieden.

»Ah, Commander Sisko. Es ist mir immer ein Vergnügen, mit Ihnen zu sprechen. Ich hätte nicht gedacht, daß wir schon so bald erneut Gelegenheit bekommen, miteinander zu plaudern.«

Siskos Hände ruhten auf den Armlehnen des Sessels. »Normalerweise hätte ich Sie nicht belästigt, aber es geht um eine wichtige Angelegenheit.« Er befürchtete fast, sich an den viel zu freundlichen Worten zu verschlucken. Es fiel ihm alles andere als leicht, sich auf diese Weise auszudrücken, noch dazu einem Cardassianer gegenüber. »Zweifellos müssen Sie der gegenwärtigen Mission Ihre volle Aufmerksamkeit widmen, doch erlauben Sie mir, trotzdem ein Anliegen an Sie heranzutragen. Ich darf Ihnen versichern, daß Starfleet im allgemeinen und ich im besonderen Ihre Hilfe sehr zu schätzen wissen.«

Interesse leuchtete in Gul Tahglas Augen. »Fahren Sie fort, Commander Sisko. Ich stehe ... zu Ihren Diensten.«

»Wir haben Probleme in Hinsicht auf die Kommunikation mit unserer Substation im Gamma-Quadranten – sie befindet sich im Retransferbereich des Wurmlochs. Von Ihrem Schiff aus sollte es nicht weiter schwer sein, einen Kontakt herzustellen. Wir möchten Sie bitten, eine verschlüsselte Mitteilung weiterzuleiten.«

»Eine verschlüsselte Mitteilung?« Der Cardassianer gab sich überrascht. »Warum halten Sie eine Codierung für notwendig?«

Sisko breitete die Arme aus, vollführte eine Geste der Unschuld. »Grund dafür ist keineswegs Mißtrauen Ihnen gegenüber. Es handelt sich um … reine Routine. Sicher verwenden Sie ähnliche Maßnahmen, soweit es die Kommunikation zwischen Ihren Schiffen betrifft.«

»Ich verstehe.« Gul Tahgla beugte sich vor – sein Abbild im Projektionsfeld schwoll an. Das Lächeln verschwand aus dem Gesicht, wie eine plötzlich abgelegte Maske. »Sie beweisen ein erstaunliches Maß an Dreistigkeit, Commander. Mich um so etwas zu bitten …« Der Blick wurde kühl und durchdringend. »Vielleicht möchten Sie auch, daß ich mir einen Dolch ins eigene Herz stoße.«

»Ich weiß überhaupt nicht, wovon Sie reden«, behauptete Sisko.

Das Lächeln kehrte zurück, aber es wirkte jetzt weitaus grimmiger. »Ich habe mehrmals gehört, wie unser gemeinsamer Freund Quark bei bestimmten Gelegenheiten den Ausdruck *Chuzpe* verwendete – er eignet sich auch für die derzeitige Situation. Aus reiner Unverschämtheit tragen Sie das Gebackene fort, wie es bei den Ferengi heißt.«

Sisko versteifte sich. »Sie scheinen über bemerkenswerte linguistische Talente zu verfügen.«

»Ich befasse mich gern mit exotischen Sprachen, Commander. Entsprechende Kenntnisse sind mir bestimmt von großem Nutzen, wenn ich den Retransfer von Raumschiffen aus dem Wurmloch kontrolliere – dann bekomme ich es mit den Gesandten von vielen verschiedenen Völkern zu tun. Darüber hinaus habe ich eine Menge Zeit für entsprechende Studien: Eine gemütliche Reise bringt meine Crew und mich zum Dimensionstunnel zurück. Wo uns nichts daran hindern wird, im Namen des cardassianischen Reiches Souveränitätsanspruch auf jenen Raumsektor zu erheben. Wenn ich Ihnen einen Rat geben darf: Vergeuden Sie Ihre Zeit nicht mit irgendwelchen Tricks.«

»Gul Tahgla, Sie irren sich, wenn Sie glauben...«

»Sie können mich nicht täuschen, Sisko.« Das Lächeln verwandelte sich in ein spöttisches Grinsen. »Ich bin mir durchaus klar, warum Sie die sogenannte Substation zum Retransferbereich geschickt haben. Nun, ich bedauere nur, daß Sie meine Absichten schnell genug durchschaut haben, um diesen armseligen Versuch zu unternehmen, mir zuvorzukommen. Alles deutet darauf hin, daß Sie Ihrer eigenen Hast zum Opfer gefallen sind. Und jetzt erwarten Sie allen Ernstes von mir, daß ich Ihnen helfe, Ihre Fehler zu korrigieren? Halten Sie mich für so dumm, Commander?«

»Ich versichere Ihnen...«

»Oh, Versicherungen von einem Starfleet-Offizier.« Statische Störungen verzerrten das Bild auf dem Hauptschirm. Streifen zerfransten die Darstellung des Cardassianers, verschwanden dann wieder. »Ich überlasse es Ihnen, sich vorzustellen, was solche *Versicherungen* für mich bedeuten – immerhin haben Sie mir auch *versichert,* daß niemand an Bord meines Schiffes herumschnüffelt, während es sich im Trockendock von Deep Space Nine befindet. Ganz offensichtlich waren das nur leere Worte – nur durch eine gründliche Untersuchung können Sie herausgefunden haben, was es mit meinem Schiff auf sich hatte.«

Ärger erwachte im Kommandanten von DS Nine. Gul Tahglas Hinweisen mangelte es nicht an Logik, obgleich er damit eine eigene Lüge bestätigte: Er hatte ganz offen zugegeben, daß sein Schiff kein Forschungskreuzer war. Ein Teil des Ärgers galt Sisko selbst. *Eigentlich unterscheidet sich mein Verhalten nicht von dem der Cardassianer,* dachte er. *Auch ich verwende die Werkzeuge namens Hinterlist und Schläue.*

Er beschloß, noch einen letzten Versuch zu unternehmen. »An Bord der Substation ist das Leben von Personen bedroht.«

»Das glaube ich kaum, Commander. Wir haben

schon versucht, einen Kom-Kontakt herzustellen, *und niemand hat auf unsere Signale reagiert.* Ich gebe hiermit meine aufrichtige Anteilnahme am Tod jener Besatzungsmitglieder zum Ausdruck, die Sie dummerweise damit beauftragten, die legitimen Ansprüche des cardassianischen Reiches zu sabotieren. Nun, solche Bürden muß man als Kommandant tragen, nicht wahr?« Gul Tahglas Miene zeigte geheucheltes Mitgefühl. »Im Retransferbereich werden wir versuchen, eventuelle Leichen an Bord Ihrer Substation zu bergen und sie nach Deep Space Nine zu schicken, damit angemessene religiöse Rituale stattfinden können. Vorausgesetzt natürlich, daß damit keine Risiken für meine Leute verbunden sind. Sie haben häufig auf die schlechte Qualität der Materialien hingewiesen, aus denen Ihre – von uns konstruierte – Raumstation besteht. Also kann kaum jemand Vorwürfe gegen uns erheben, wenn wir ein hierher geschicktes Stück von DS Nine … *eliminieren.* Schließlich treibt es in einem Raumsektor, in dem bald starker interstellarer Verkehr herrschen wird. Wir erweisen den zukünftigen Reisenden einen wichtigen Dienst, indem wir eine Gefahr für die Navigation beseitigen.«

Sisko sah eine Chance. »Ihre Bemerkungen lassen den Schluß zu, daß Sie sich von der Substation nicht bedroht fühlen. In dem Fall erheben Sie sicher keine Einwände dagegen, ihr eine codierte Nachricht zu übermitteln.«

»Das muß sich erst noch herausstellen, Commander. Senden Sie uns die Mitteilung ruhig. Wenn meine kryptographischen Analytiker die Mitteilung entschlüsselt haben und wir ganz sicher sein können, daß der Inhalt keine cardassianischen Interessen beeinträchtigt … Dann bin ich *vielleicht* bereit, Ihre Botschaft weiterzuleiten.«

»Gul Tahgla … Sie kennen sicher die Komplexität von Starfleet-Codes. Ihre Computer würden Jahre brauchen, um die Nachricht zu decodieren.«

Der Cardassianer zuckte mit den Schultern. »Machen Sie es einfacher für uns, indem Sie eine nicht verschlüsselte Mitteilung schicken.«

»Das ist völlig ausgeschlossen.«

»Dachte ich mir. Nun, falls die Besatzungsmitglieder der Substation noch leben… Ich hoffe, Ihre für sie bestimmte Nachricht ist nicht zu wichtig. Ich weigere mich hiermit, irgendwelche codierten Mitteilungen weiterzuleiten. Gul Tahgla Ende.«

Sisko sah zum leeren Schirm. »Ich schätze, es hätte auch besser laufen können«, sagte er.

Kira blickte in das Gesicht des Mannes. Das Messer war inzwischen einige Zentimeter weit zurückgewichen, doch die kühle Spitze ruhte noch immer an der Kehle, verursachte bei jedem Atemzug warnenden Schmerz. Die Bajoranerin versuchte, das Herz langsamer pochen zu lassen, und gleichzeitig blieben ihre Muskeln gespannt, um jede Möglichkeit zur Flucht nutzen zu können.

»Wie viele Jahre sind vergangen, Kira?« Das matte Licht der Leuchtkörper spiegelte sich nicht nur an der Klinge wider, sondern auch in Hõren Rygis' Augen. »Wie viele Jahre sind seit unserer letzten Begegnung vergangen? Nun, eigentlich liegt sie gar nicht so lange zurück. Allerdings: Seit damals ist viel geschehen.«

»Was willst du?« erwiderte Kira. Ihre Hände waren flach an den Boden gepreßt.

»Dir bleibt nur noch wenig Zeit – warum vergeudest du sie mit dummen Fragen?« Hõren schien die Faust noch etwas fester um den Griff des Messers zu schließen. »Habe ich in den Ansprachen nicht klar genug darauf hingewiesen, was ich mir wünsche, was sich mein *Volk* wünscht? Oder verharrst du in der Illusion, unendlich viel Zeit zu haben?« Der Mann neigte den Kopf ein wenig zur Seite und sah ins Gesicht des Opfers. »Zumindest hast du noch eine letzte Gnadenfrist, im Gegensatz zu jenen, die durch deine Schuld ums Leben kamen. Feuer brachte meinen Brüdern den Tod, und heißer Schmerz begleitete sie ins Jenseits. Wenigstens brauchten sie nicht lange zu leiden. Darüber hinaus starben sie mit dem Trost ihres Glaubens. Ich fürchte, darauf mußt *du* verzichten.«

Kira bewegte den Kopf und spürte, wie ihr die Messerspitze über den Hals kratzte. »Ich bin nicht daran gewöhnt, über Theologie zu diskutieren, während ich auf dem Rücken liege, bedroht von einer Klinge. Was hältst du davon, wenn wir unser Gespräch unter anderen Bedingungen fortsetzen?«

»Wir könnten tagelang reden, Kira. Aber es hätte kaum einen Sinn – an Vergangenheit und Gegenwart ändert sich dadurch nichts. Um noch einmal die Zeit zu erwähnen: Sie ist für uns beide begrenzt – obgleich die Konsequenzen unseres Handelns weit in die Zukunft reichen. Du hast unsere bajoranischen Mitbürger verraten, nicht nur die Brüder und Schwestern in jenem Tempel, sondern das ganze Volk. Es geschah während eines Augenblicks, während weniger Sekunden in deinem Leben. Eine Episode für dich; im Lauf der Jahre verlor sie sich in Bedeutungslosigkeit. *Für dich.* Vielleicht bist du überrascht, wenn ich dir sage: Der damalige Zwischenfall hat sich so fest ins Gedächtnis anderer Personen eingeprägt, daß sie an der Entschlossenheit festhielten, dich zur Rechenschaft zu ziehen.« Hõren beugte sich tiefer, und das Messer übte etwas mehr Druck aus, ritzte fast die Haut. »Jetzt ist es soweit, Kira. Hier schließt sich der Kreis.« Er kniff die Augen zusammen, und seine Pupillen schienen plötzlich aus glühendem Stahl zu bestehen. »Jetzt mußt du sühnen. So verlangt es die Gerechtigkeit.«

Kira begriff: Sie durfte nicht hoffen, daß er sie aufstehen ließ, während er ihr weiterhin das Messer an die Kehle hielt. Welches Stadium auch immer Hõrens

Wahnsinn erreicht hatte: Er blieb klug genug, sich keine Blöße zu geben, es nicht zu übertreiben. Als Egoist wollte er seinen Triumph auskosten und dem Klang der eigenen Stimme lauschen, aber er war kein Narr. Zumindest kein *kompletter* Narr.

Kira schloß die Augen und schnappte wie furchterfüllt nach Luft. »Ich… ich kann dich nicht hören«, flüsterte sie.

Das Gesicht des Mannes kam etwas näher, und seine Worte strichen ihr übers Ohr. »Das ist auch nicht nötig…«

Genau das brauchte sie: eine Möglichkeit, um ihn abzulenken. Hõren hatte sich noch etwas weiter vorgebeugt, und Kira zögerte nicht, die gute – und wahrscheinlich letzte – Gelegenheit zu nutzen. Mit einem Ruck zog sie die Beine an, und dadurch kippte der Mann zur Seite. Nur einen Sekundenbruchteil später rammte sie dem Gegner beide Fäuste an eine Stelle dicht unterhalb der Rippen, und gleichzeitig drehte sie den Kopf zur Seite – das Messer zuckte dicht an ihr vorbei.

Hõren Rygis stieß an die Wand, als sich Kira über die Schulter abrollte. Mit einem Satz kam sie auf die Beine und hechtete nach vorn, doch etwas – jemand – hielt sie am Fuß fest. Der Bajoranerin gelang es gerade noch, die Arme anzuwinkeln, um damit den Aufprall abzufangen.

Der Mann zerrte mit ganzer Kraft, und aus den Augenwinkeln sah Kira das Messer in seiner anderen Hand.

Sie leistete keinen Widerstand. Ganz im Gegenteil: Jäh streckte sie die Arme, verlieh sich dadurch zusätzliches Bewegungsmoment und *flog* Hõren entgegen. Ein Stiefel traf ihn an der Brust, und verblüfft riß er die Augen auf. Kiras Finger berührten das Deck; sie drehte sich zur anderen Seite, und mit dem nächsten Tritt hatte sie ebenfalls Erfolg. Ein Scherenschlag zwang

Hörens Kopf nach hinten, und das Messer rutschte aus der Hand, verschwand in der Dunkelheit hinter ihm.

Doch Kiras Widersacher erholte sich schnell. Sie keuchte und sah, wie er nach der Klinge tastete – die Finger schienen den Knauf von ganz allein zu finden. Er wandte den Blick kurz von ihr ab, lange genug für die Bajoranerin, um aufzustehen.

Sie wirbelte um die eigene Achse und stürmte los, stieß mit der Schulter gegen den Rand einer Luke, hinter der sich ein weiterer Korridor erstreckte. Es folgten ihr keine Schritte, sondern … Gelächter.

»Entspricht es Ihrem Wunsch, neuerlichen Schmerz zu verursachen?«

Die Stimme erklang hinter Bashir. Er drehte den Kopf, blickte über die Schulter und sah eine Gestalt. Vor ihm war der Zugang zur Triebwerkskammer des Shuttles geöffnet. Der Arzt saß am Rand, die Füße an der obersten Leitersprosse.

»Nein, es entspricht nicht meinem Wunsch, jemanden leiden zu lassen«, erwiderte er. »Aber ich wußte, daß Sie mich beobachten – Sie alle. Mir fiel keine andere Möglichkeit ein, mit Ihnen in Kontakt zu treten.«

Das Kira-Wesen sprach nun mit einer anderen, verärgert klingenden Stimme. »Habt ihr gehört?« Die Gestalt wandte den Sternenblick einem unsichtbaren Publikum zu. »Wie schnell er bereit ist, uns zu drohen! Einem solchen Geschöpf bedeutet unsere Existenz überhaupt nichts!«

»Dem muß ich widersprechen. Ich bin hier in Ihrem Kosmos, weil ich Sie für sehr wichtig halte. Eine solche Einstellung bringe ich allem Lebendigen entgegen.« Bashir reckte den Hals und versuchte, in die dunklen Augen der Entität zu sehen – als sei es möglich, dort die wahre Natur der Wurmloch-Bewohner zu erkennen. »Ich wollte Sie verstehen, das ist alles. Neugier gehört zur Natur meiner Spezies.«

»Weil Sie in der *Zeit* existieren.« Dieser Kommentar stammte von der sanften Stimme. »Sie sind wie Blinde, die zu *sehen* versuchen. Wenn Sie außerhalb der *Zeit* wären, könnten Sie verstehen.«

Bashir schüttelte den Kopf und spürte, wie sich die tiefe Kluft zwischen ihm und den Entitäten verbreiterte. Er hätte im wahrsten Sinne des Wortes eine Ewigkeit mit dem Versuch verbringen können, sich jenen Wesen verständlich zu machen. »Mag sein. Aber wir haben keine Wahl.«

»Das stimmt nicht. Es gibt ein Individuum Ihrer Spezies, das sowohl in als auch außerhalb der *Zeit* existiert.«

Diese Bemerkung überraschte Bashir. »Meinen Sie Sisko?«

»Nein. Er zeichnet sich im großen und ganzen durch die gleiche Seinsstruktur aus wie Sie. Wir meinen eine andere Person. Wissen Sie nichts von ihr?«

Es waren zu viele Rätsel auf einmal – dem Arzt schwindelte. »Ich höre jetzt zum erstenmal davon. Und eigentlich ist es mir auch gleich. Wenn Sie unbedingt über metaphysische Dinge reden wollen und von mir erwarten, an solchen Diskussionen teilzunehmen, so muß ich Sie enttäuschen. Ich bin vollauf damit beschäftigt, darüber nachzudenken, wie ich Kira helfen kann.«

Die Entität blickte an sich selbst herab und betrachtete die Gestalt, die sie angenommen hatte. »Dieses Individuum ...« Es hob die Hand zur Brust. »Es existiert in Ihrem Bewußtsein – in jenem Teil, den Sie mit den Ausdrücken *Erinnerung* und *Gedächtnis* beschreiben –, aber nicht hier.«

»Ja. Kira befindet sich nicht hier, sondern außerhalb des Wurmlochs.« Bashir deutete zur Wand des Shuttles, und seine Geste galt dem All jenseits davon. »Außerhalb Ihrer Existenzsphäre.«

»Das Schicksal des betreffenden Individuums erfüllt Sie mit Sorge. Sie fürchten, daß es aufhören könnte, in der *Zeit* zu existieren. Aber bliebe es nicht in der *Erinnerung?*«

Bashir atmete tief durch. »Ja. Kira bliebe tatsächlich Teil meiner Erinnerungen. Aber das läßt sich kaum mit einer... *wirklichen* Existenz vergleichen. Erinnerungen sind nicht lebendig. Zumindest nicht auf die Weise, wie ich es bin. Erinnerungen sind wie Sie: unveränderlich.«

»Vielleicht handelt es sich dabei um eine bessere Existenzform: unveränderlich und ewig.«

Der Arzt ließ die Schultern hängen. »Da kann ich Ihnen kaum widersprechen. Vielleicht hat Ihr Volk recht. Vielleicht beschreiten wir den falschen Evolutionspfad. Aber wenn das der Fall sein sollte, so gehorchen wir damit unserer Natur. Für uns bedeutet Leben Veränderung; das Konstante und Statische kommt dem Tod gleich.« Bashir dachte an die ironischen Aspekte seiner aktuellen Situation: An Bord von Deep Space Nine hätte er von solchen Gesprächen mit den Bewohnern des Wurmlochs kaum zu träumen gewagt. Einen Kontakt mit ihnen herzustellen, noch mehr als Sisko über sie herauszufinden...

Aber für solche Dinge gab es jetzt keine Zeit. Zumindest in einem Punkt hatten die Entitäten recht: Seine Spezies existierte auf eine andere Weise. In Bashirs Welt verblaßten die Illusionen der Ewigkeit allmählich und enthüllten das stählerne Getriebe des Universums.

Die Gestalt musterte ihn mit gerunzelter Stirn. »Ihre Natur bereitet uns Schmerzen. Sie existieren in Pein.«

»Ja, das trifft leider auf viele Menschen zu.« Bashir hätte fast gelacht, laut und humorlos. Es fiel ihm nicht schwer, seinen eigenen Zustand zu diagnostizieren: akute Erschöpfung. »Deshalb habe ich daran gedacht, das Impulstriebwerk selbst ohne den Absorber zu aktivieren – obgleich ich weiß, welche Wirkung das auf Sie hätte. Alles in mir drängt danach, dem Individuum namens Kira zu helfen.«

Die Entität schüttelte den Kopf. »Das können wir

nicht zulassen. Sie haben unserem Volk bereits Schmerz und Agonie gebracht. Einige von uns schlagen vor, Sie zu eliminieren, auf daß keine Gefahr mehr von Ihnen ausgeht.«

»Ich bin nicht in der Lage, das Schicksal eines Gefährten einfach zu vergessen. Kira stirbt vielleicht, wenn ich ihr nicht helfe.«

»Sie sehen die Person in der *Erinnerung*, doch das genügt Ihnen nicht. Vielleicht würde Ihr individuelles Leid enden, wenn Sie imstande wären, das andere Individuum an seinem gegenwärtigen Aufenthaltsort zu sehen – an einem Ort, der nicht zum Hier gehört.«

Bashir sah auf. »Wie meinen Sie das? Können Sie so etwas bewerkstelligen?«

Der Gesichtsausdruck des Kira-Wesens veränderte sich nicht. »Die Distanz zum Nicht-Ort ist gering. Was wir sehen, kann auch Ihnen dargeboten werden.«

Bashir zog die Beine aus dem Zugang zur Triebwerkskammer. »Zeigen Sie mir es. Jetzt sofort ...«

Die Kira-Entität näherte sich, trat dicht an ihn heran. Der Arzt rechnete fast damit, daß die Erscheinung beabsichtigte, ihm die Lippen zu einem Kuß anzubieten. Doch dann fiel ihm ein, daß der Körper vor ihm vermutlich nur aus stabilisierter Energie bestand, gar keine echte ›Substanz‹ besaß. Fasziniert starrte er in zwei Augen, die ihm das All und glitzernde Sterne präsentierten.

»Beobachten Sie nun, wenn Sie *sehen* möchten.«

Bashir bemerkte einen Lichtfleck und wußte: Es war die Substation vor dem anderen Ende des Wurmlochs. Sie schwoll an, erweckte dabei den Eindruck, die Sterne hinter ihr zu verschlucken. Der junge Doktor fiel ihr entgegen, und plötzlich verschwand das modifizierte Quarantänemodul.

Eine andere Art von Dunkelheit, die sich mit Wänden um ihn herum wölbte. Er hatte das Gefühl, ihre unmittelbare Nähe zu spüren – während er gleichzeitig wußte, daß er nach wie vor an Bord des Frachtshuttles war und in die leeren Augen der Entität starrte.

Und dann sah er sie, die *echte* Kira: Sie lief weiter vorn durch den Korridor. Bashir streckte unwillkürlich die Hand aus, als wollte er die Bajoranerin festhalten. Sie sah über die Schulter, doch ihr Blick reichte durch ihn hindurch. Er rief ihren Namen, aber sie hörte ihn nicht, lief weiter.

Dann fiel ihm die Silhouette eines Mannes auf: Sie ragte vor ihm in die Höhe, wuchs nach oben und in die Breite. Der Unbekannte ging einige Schritte, und dadurch gerieten muskulöse Arme in Bashirs Blickfeld. In der einen Faust glänzte etwas, und aus irgendeinem Grund dachte Julian zuerst an einen Stern. Der Mann setzte den Weg fort, und im Schatten des Korridors offenbarte sich das rätselhafte Objekt als Messer.

»Stimmt etwas nicht?« fragte die Kira-Entität.

Bashir taumelte zurück, fort von der Erscheinung. Er hob die Hand, schirmte die Augen vor den gerade gesehenen Bildern ab.

»Was ist mit jenem anderen Individuum?« Die Stimme des Wesens klang verwirrt. »Existiert es nicht dort draußen, in der *Zeit?*«

Der Arzt gab keine Antwort. Er ballte die zitternden Hände zu Fäusten, drehte sich um und sah auf die offene Zugangsluke hinab: Unten in der dunklen Kammer wartete das Impulstriebwerk darauf, wieder aktiviert zu werden.

KAPITEL 15

O'Brien holte die guten Sachen hervor, und zwar aus einem Raum, in dem fürs Schweißen bestimmte Instrumente lagerten. Der desaktivierte Zertrümmerer hockte in Ruhestellung und schien Wache zu halten, als der Chefingenieur nach einer ganz bestimmten Flasche griff.

»Direkt von der Erde.« Miles zog den Korken und füllte die beiden Gläser auf dem Tisch mit irischem Whisky. »Dieses erstklassige Zeug habe ich für eine besondere Gelegenheit aufbewahrt.« Müde schüttelte er den Kopf. »Obwohl es eigentlich nicht viel zum Feiern gibt. Prost.«

Sisko griff nach seinem Glas und trank einen Schluck. Die Flüssigkeit schmeckte wie regenfeuchtes Torfmoor und brannte wie flüssiges Feuer in der Kehle. »Danke.« Er konnte durchaus verstehen, warum der Chefingenieur irischen Whisky mochte. Doch eins stand fest: Sie lösten keine Probleme, indem sie sich betranken.

Nun, darum ging es auch gar nicht. Auf die Einladung kam es an, darauf, hier zu sitzen, in einem Wartungshangar. Der Geruch von Metall und verbranntem Treibstoff erinnerte Sisko an ein vorprogrammiertes Holo-Szenario, das einer Schmiede des neunzehnten Jahrhunderts nachempfunden war: Zur holographischen Ausstattung gehörten in den Augen brennender Rauch und rotglühendes Eisen im Schmelztiegel. An diesem Ort fühlte sich der Commander weitaus wohler als in der Bar von Quarks Spielkasino. Wenn er tatsächlich zur Inaktivität verurteilt war – in diesem Zusammenhang gingen ihm noch immer Kai Opakas Worte durch den Kopf –, so zog er dabei eine angenehme, wenn auch wenig komfortable Umgebung vor.

»Sie dürfen sich nicht alles so zu Herzen nehmen, Sir.« O'Brien leerte sein Glas, füllte es wieder und schenkte auch Sisko nach. »Ihren Möglichkeiten sind Grenzen gesetzt.«

Der Kommandant von Deep Space Nine lächelte schief. »Offenbar bin ich von Leuten umgeben, die mehr Weisheit gepachtet haben als ich.«

»Oh, ich weiß nicht. Um ganz ehrlich zu sein: Mir ist noch immer ein Rätsel, was in der OPS geschehen ist.« O'Brien verschränkte die Arme. »Als Sie mit Gul Tahgla sprachen ... Sie hätten ihn doch bitten können, eine nicht codierte Botschaft weiterzuleiten. Immerhin wußte er bereits, daß an Bord unserer Substation irgend etwas nicht mit rechten Dingen zuging.«

»Vielleicht.« Sisko trank erneut einen Schluck und genoß den Geschmack. »Aber vielleicht auch nicht. Unser Problem bestand darin, daß wir keineswegs *sicher* sein konnten. Möglicherweise ging es Tahgla um eine Bestätigung seiner Vermutungen – und mit einer nicht verschlüsselten Mitteilung hätten wir ihm eine solche Bestätigung gewissermaßen auf dem silbernen Tablett serviert. Solange der Gul zweifelt, wird er Vorsicht walten lassen. Wenn sich sein Schiff dem Retransferbereich nähert, so wartet er dort zunächst ab und hält nach einer Falle Ausschau, nach irgend etwas, das wir für ihn vorbereitet haben.«

Einmal mehr setzte der Kommandant das Glas an die Lippen und nippte daran. »Das ist Gul Tahglas Problem – und er teilt es mit den meisten anderen cardassianischen Offizieren. Sie sind so verschlagen, daß sie die gleiche Gerissenheit bei anderen Leuten vermuten. Ständig geben sie sich dem einen oder anderen Argwohn hin und suchen nach Hinweisen darauf, daß für ihr Mißtrauen eine konkrete Grundlage existiert. Selbst wenn alles darauf hindeutet, daß es keine Verschwörungen oder dergleichen gibt: Sie glauben nicht daran. Tief in ihrem Innern gehen sie auch weiterhin davon aus, daß man sie zu täuschen versucht.« Der Alkohol verbesserte Siskos Stimmung nicht, löste ihm jedoch die Zunge. Er hatte länger gesprochen, als es eigentlich seine Absicht gewesen war.

»Hm.« Der Chefingenieur trank bereits das dritte Glas. Es schien ihn sehr zu belasten, daß sich Major Kira und Doktor Bashir in einer schwierigen Situation befanden, ohne daß ihnen jemand helfen konnte. »Genügt dieser Grund, um auf eine solche Möglichkeit zu verzichten?« Er sprach jetzt fast in einem herausfordernden Tonfall. »*Sie* haben beschlossen, sich mit Gul Tahgla in Verbindung zu setzen. Sie meinten, wir müßten vor allem versuchen, unseren Freunden und Kollegen zu helfen. Bedenken in Hinsicht auf die Darcass... Cardassianer kämen erst an zweiter Stelle...«

»Ja, das stimmt – bis zu einem gewissen Maß.« Nachdenklich betrachtete Sisko sein Glas. »Und dieses Maß ist erreicht, wenn wir etwas unternehmen, das den Erfolg von Kiras Mission in Frage stellen könnte. Ich bin verpflichtet, ihr eine Chance zu lassen. Bevor sie aufbrach, habe ich deutlich zum Ausdruck gebracht, daß ich ihr in bezug auf den Einsatz voll und ganz vertraue. Ich möchte mir jetzt nicht selbst widersprechen. Nun, aufgrund unvorhergesehener Umstände ist Kira auf sich allein gestellt und ohne Kontakt mit uns.« Der Commander breitete die Arme aus. »In Ordnung. Damit müssen wir uns abfinden. Aber bis uns ein *Beweis* für ihren Tod fehlt, sollten wir davon ausgehen, daß sie die Mission fortsetzt. Ich hätte ihr gern eine Mitteilung geschickt, wenn das irgendwie möglich gewesen wäre. Doch mit einer solchen Nachricht den Mißerfolg des Einsatzes zu besiegeln... Damit zöge ich ihr den Boden unter den Füßen weg.« Sisko schüttelte den Kopf. »Nein, das kommt nicht in Frage.«

»Und wenn die Bajoranerin stirbt, weil Sie sich gegen eine Intervention entschieden haben?«

Der Commander antwortete nicht sofort. Einige Sekunden lang herrschte Stille – Zeit genug, um in Sisko eine seltsame Leere entstehen zu lassen. »Kira übernahm Verantwortung, als sie sich zu der Mission bereit erklärte. Ebenso wie ich, als ich den Auftrag erteilte.« Die Worte entsprachen der Wahrheit, aber sie klangen trotzdem hohl. »Gefahren gehören hier zu unserem Job. Dies ist kein erschlossenes stellares Territorium. Hier gibt es keine Sicherheit. Bei uns kann praktisch von einem Augenblick zum anderen alles schiefgehen. Und wenn so etwas passiert, müssen wir uns auf die veränderte Situation einstellen.«

O'Brien drehte sein Glas hin und her. »Ich schätze, deshalb bin ich froh, daß *Sie* der Kommandant von Deep Space Nine sind. Ich möchte nicht mit Ihnen tauschen.«

»Manchmal bin ich alles andere als glücklich darüber, dauernd alle wichtigen Entscheidungen treffen zu müssen.« Sisko stand auf. »Seien Sie vorsichtig mit dem Zeug. Sie sind im Dienst, bis die gegenwärtige Krise vorbei ist.«

Miles O'Brien griff nach der immer noch halbvollen Flasche, hob sie – und ließ sie fallen. Glas splitterte auf dem Boden, und braune Flüssigkeit spritzte dem Chefingenieur auf die Stiefel.

»Ich habe ohnehin keinen Durst mehr«, sagte er und trat eine Scherbe fort.

Kira hastete durch den offenen Zugang, streckte sofort die Hand nach der Kontrolleinheit daneben aus und hörte, wie sich das Schott hinter ihr schloß. Dankbar lehnte sie sich an das kühle Metall und schnappte nach Luft.

Ihre Augen brauchten einige Sekunden, um sich ans Halbdunkel zu gewöhnen. Von den Displays einer Instrumententafel ging bläuliches Glühen aus, und in diesem matten Licht sah die Bajoranerin mehrere Biobetten; über einigen von ihnen wölbten sich spezielle Vorrichtungen, die dazu dienten, einen Rekonvaleszenzbereich vollständig abzuschirmen. Die Apparaturen verwirrten Kira zunächst – bis sie sich an den ursprünglichen Zweck dieser Anlage erinnerte. In diesem Teil des Quarantänemoduls hatten exotische Besucher behandelt werden sollen.

Nun, jener Zweck spielte jetzt keine Rolle mehr. Kira stieß sich von der Tür ab und eilte an den Betten vorbei, riß die Schubladen eines medizinischen Ausrüstungsschranks auf. Nichts. Alles leer.

»Verdammt!« Sie hatte gehofft, etwas zu finden, das sich als Waffe verwenden ließ. Schon mit einem einfachen Skalpell wäre sie zufrieden gewesen. Für den leeren Schrank gab es nur eine Erklärung: Es war Bashir nicht genug Zeit geblieben, die Ausrüstung des QM zu vervollständigen, bevor das Modul zur Substation umfunktioniert wurde. Kira dachte an Kisten voller Dinge, die sie gebrauchen konnte: Wie hochentwickelt die Medo-Technik auch sein mochte – chirurgische Instrumente liefen letztendlich immer auf scharfe Klingen hinaus. Doch die entsprechenden Behälter befanden sich nicht hier, sondern in einem Lagerraum an Bord von Deep Space Nine.

Während ihrer Flucht durchs Labyrinth aus Gängen und Korridoren hatte Kira einige Kartons mit Verbandszeug und anderen weichen Materialien gefunden. *Großartig,* dachte sie grimmig. *Vielleicht sollte ich eine Art Knebel daraus formen und ihn Hõren in den Hals schieben, auf daß er daran erstickt. Vorausgesetzt natürlich, er hält still und sagt brav ›Ah‹.*

Sie kletterte auf ein Biobett und sah sich die Vorrichtung darüber aus der Nähe an. Die gewölbten Linsen eines Fokussierungsmoduls – es diente dazu, bei Operationen benötigtes Licht auf eine ganz bestimmte Stelle zu richten – glänzten über ihr. Kira zögerte nicht, holte aus und rammte die Faust ans Glas. Wenn es ihr gelang, einen Splitter aus der Linse zu lösen, ein Fragment, dessen Ende sie mit Verbandsmull umwickeln konnte, um auf diese Weise einen Dolch zu improvisieren... Sie biß die Zähne zusammen und schlug mehrmals zu, doch die grüne Linse blieb heil.

»Kira ...«

Die Stimme überraschte sie nicht – sie hatte damit gerechnet, daß Hõren erneut zu ihr sprach. Rasch ging sie auf dem Bett in die Hocke, sah sich um und spannte die Muskeln, dazu bereit, zur Tür zu springen und die Flucht fortzusetzen.

Stille.

Vorsichtig schob sie sich von der Matratze herunter. Nichts rührte sich in der Kammer. Die Stimme war aus einem kleinen Lautsprecher in der Decke erklungen – Hõren Rygis konnte sich an jedem beliebigen Ort in der Substation aufhalten.

»Wo bist du?« fragte die Bajoranerin.

»Ich bin überall, Kira.« Eine zu starke Verstärkung verzerrte das Flüstern, doch es stammte zweifellos von Hõren. »Deshalb kannst du mir nicht entkommen. Flucht ist sinnlos, denn ich bin auch in deinem Herzen.«

»Eine interessante Vorstellung.« Kira schätzte die Entfernung zur Tür. Die Versuchung, den Raum zu verlassen und durch den Korridor zu laufen, wurde immer größer. »Vielleicht hast du das Zeug zum Dichter.«

»Ja ...« Hõren sprach ruhig; in seinen Worten vibrierte kein Zorn. »Ich verkünde die Poesie der Gerechtigkeit. Nun, wir sollten miteinander sprechen, Kira. Ich gebe zu, daß mir ein Fehler unterlief. Ich habe deine Fähigkeit unterschätzt, dem eigenen Schuldbewußtsein Widerstand zu leisten. Wenn wir uns unterhalten...

Vielleicht gibt es einen Teil in dir, der nach wie vor das Gerechte erkennt und weiß, daß du Strafe verdienst.«

Kira hörte nicht nur das dämonische Flüstern, sondern auch noch etwas, das aus einer anderen Richtung kam und viel näher war.

»Ich nehme an, die Strafe besteht aus dem Tod, nicht wahr?« Kira hielt den Kopf völlig unbewegt und beobachtete ihre Umgebung aus den Augenwinkeln.

»Mit solchen Überlegungen solltest du dich nicht belasten. Für dich genügt es völlig, die Notwendigkeit der Sühne zu erkennen.«

»O ja, natürlich – um den Rest kümmerst du dich.« *Wie hat er festgestellt, wo ich mich befinde?* Bisher war sie sicher gewesen, daß Hören ihre Spur verloren hatte. Aber offenbar wußte er genau, wo sie sich aufhielt, denn seine Stimme drang nur hier aus dem Kom-Lautsprecher; sie ertönte nicht auch draußen im Korridor.

Kira verdrängte diese Gedanken, als sie erneut das andere Geräusch vernahm, als sie spürte, wie die Luft in Bewegung geriet. Die Ursache dafür ... Hinter ihr, irgendwo zwischen den Biobetten.

»Es handelt sich um eine bedauerliche Notwendigkeit, Kira«, flüsterte es. »Eine Bewegung wie die der Redemptoristen benötigt Leidenschaft für ihre Anhänger. Zorn auf einen Verräter ist gut geeignet, um alle erforderlichen Emotionen zu stimulieren. Ich diene den Gläubigen, indem ich derartigen Zorn in ihnen wecke.«

»Wie lobenswert.« Die Bajoranerin begriff plötzlich, was es mit dem anderen Geräusch auf sich hatte: Jemand atmete leise und näherte sich. »Ich frage mich, ob es etwas gibt, das Zorn *in dir* weckt.«

»Ach? Was könnte eine solche Wirkung auf mich entfalten?«

Kira tastete vorsichtig nach hinten, stützte ihre Hände an die Bettkante. »Zum Beispiel Schuld.« Stille folgte. »Nicht meine Schuld, sondern deine.«

Das leise Zischen des Atems verklang kurz. »Wie

meinst du das?« Die aus dem Lautsprecher dringende Stimme klang nun nicht mehr so gelassen wie vorher.

»Du hast überlebt, Hõren. Im Gegensatz zu deinen Brüdern und Schwestern.« Kira beugte andeutungsweise die Knie und hielt sich bereit. »Ich meine die Redemptoristen im Tempel. Sie starben. Sie opferten sich. Ich erinnere mich an sie: Zwischen ihnen stand ich, das Feuer im Rücken…« Mit etwas mehr Nachdruck fügte sie hinzu: »Es war kein angenehmer Anblick. Einige Männer und Frauen überlebten lange genug, um sich zu fragen… wo du gewesen bist, wieso du sie nicht in den Tod begleitet hast.«

Das Atmen wurde lauter, und Kira stellte sich ein Gesicht vor, das zu einer Grimasse metamorphierte. Der Ursprung des Zischens war jetzt nur noch einige Betten entfernt.

»Eigentlich eine ganz gewöhnliche Reaktion, Hõren.« Kira spürte, wie ihr der Schweiß ausbrach. »Schuldgefühle beim Überlebenden. Tief in *deinem* Herzen hältst du mich gar nicht für eine Verräterin. Du hast damals die Gläubigen verraten…«

Ein Schrei erklang hinter ihr und tönte gleichzeitig aus dem Lautsprecher. Kira warf sich zur Seite und gab dem Bett einen Stoß, so daß es auf dem Sockel herumschwang. Das eine Ende stieß gegen Hõrens Unterleib, und der Mann krümmte sich zusammen. Die Bajoranerin duckte sich unter dem Messer hinweg, und für einen Sekundenbruchteil sah sie das Kontaktmikrofon an Rygis' Kehle – jenes kleine Gerät hatte das Flüstern verstärkt und ins Kom-System übertragen. Sie schlug zu und traf ihn am Kopf, doch das Bewegungsmoment trug ihn ihr entgegen. Beide fielen, und Kira fand sich unter Hõren wieder.

Das Messer neigte sich ihr entgegen, und Feuer brannte über den einen Arm. Kira stemmte sich hoch, preßte die Hände an Taille und Schulter des Gegners. Er kippte zur Seite und prallte dort an harten Stahl, wo Wand und Boden im rechten Winkel aufeinandertrafen.

Blut floß über Kiras Ellenbogen, und sie konnte die linke Hand nicht mehr zur Faust ballen. Sie sah über die Schulter und stellte fest, daß Hõren auf den Knien hockte. Der eine Arm baumelte schlaff herab, schien gebrochen zu sein. Wut verzerrte seine Miene.

Die Bajoranerin schaffte es bis zur Tür, bevor der Mann erneut angreifen konnte. Rasch drückte sie die Taste der Kontrolleinheit, und der nächste Schritt brachte sie in den Korridor. Hinter ihr glitt das Schott wieder zu. Sie blickte sich in der schmalen Passage um, und kurzer Schwindel störte ihr Orientierungsvermögen. Hinter ihr erklang das Geräusch von Hõrens Schritten, gedämpft durch die geschlossene Tür.

Mit der rechten Hand griff sie nach der Metallkante des nächsten Leuchtkörpers in der Decke. Er gab nach, als sie die Knie beugte und ihn dadurch mit ihrem Gewicht belastete. Ein mehrere Meter langer Streifen löste sich, und Kira zog ihn nach unten, schob ihn in den Öffnungsmechanismus der Tür, als Hõren auf der anderen Seite die Kontrolleinheit berührte. Das Schott bewegte sich – und verharrte nach einigen wenigen Zentimetern, als der Metallstreifen Zahnräder blockierte. Deutlich hörte Kira Hõrens Flüche auf der anderen Seite.

Kira drehte sich um und lief los. Den verletzten Arm hielt sie fest an die Brust gepreßt; das Blut schuf große Flecken am Uniformpulli.

Bashir hörte die Bajoranerin, noch bevor sie ein Wort sagte. Die Kom-Verbindung zwischen Wurmloch und Gamma-Quadrant übertrug Kiras Keuchen, das auf profunde Erschöpfung hinwies.

»Ist alles in Ordnung mit Ihnen?« fragte der Arzt. Seine Finger verweilten in unmittelbarer Nähe der

Kom-Kontrollen. Über eine Stunde lang hatte er versucht, einen Kontakt herzustellen. »Wie ist die Lage?«

»Unter … unter Kontrolle.« Kira lachte humorlos und bitter. »Ich fasse es einfach nicht. Bisher dachte ich, diese Station sei dafür bestimmt gewesen, Patienten aufzunehmen, aber ich kann nicht einmal einen verdammten Erste-Hilfe-Kasten finden …«

Diese Bemerkung erfüllte den Arzt mit zusätzlicher Besorgnis. »Was ist passiert?«

»Nun, ich … ich bin Hõren begegnet. Die Wiedersehensfreude hielt sich in Grenzen.«

»Wie schlimm sind Sie verletzt?«

»Wie ich eben schon sagte: Ich habe die Situation unter Kontrolle.« Kira atmete jetzt wieder gleichmäßiger. »Eine Fleischwunde, verursacht von einem Messer. Relativ großer Blutverlust. Zum Glück blieben alle wichtigen Adern heil. Inzwischen gelang es mir, den Arm notdürftig zu verbinden, und ein Teil des Gefühls ist in die Hand zurückgekehrt. Wie dem auch sei: Derzeit gilt meine Aufmerksamkeit wichtigeren Dingen.«

»Hõren?«

»Ja.« Kiras Stimme vermittelte eine gewisse Anspannung. »Er durchstreift die Substation und sucht nach mir. *Ich* weiß nicht, wo er sich befindet, aber *er* schafft es immer wieder, mich zu lokalisieren. Er hat irgendeine Möglichkeit, meinen Aufenthaltsort festzustellen. Die Verletzung verdanke ich dem Umstand, daß er in einem ganz bestimmten Raum auf mich wartete.« Eine kurze Pause. »Sie spielen doch nicht mehr mit dem Gedanken, das Shuttle hierherzusteuern, oder? Ohne den Impulskraft-Absorber …«

»Selbst wenn ich wollte … Eine derartige Möglichkeit bietet sich mir nicht mehr.« Bashir drückte so fest auf die Sendetaste, daß die Kuppe des Zeigefingers weiß wurde. »Die Bewohner des Wurmlochs haben mir zu verstehen gegeben, daß sie nicht bereit sind, einen

Transit ohne Triebwerksabschirmung zu erlauben. Major, Sie sprachen davon, daß die Entitäten das Shuttle einfach zermalmen und die Trümmer dann in den Gamma-Quadranten spucken könnten. Ich fürchte, mit jener Bemerkung haben Sie nicht übertrieben.«

»Nun, dann brauchen Sie sich darüber wenigstens nicht mehr den Kopf zu zerbrechen.« Kira schnaufte leise. »Wenn ich nur wüßte, wie Hõren herausfindet, wo ich mich aufhalte! Dann wäre ich vielleicht imstande, ihm eine Falle zu stellen ...«

Plötzlich fiel dem Arzt die Antwort ein. »Die thermischen Sensoren! Damit verfolgt er Ihren Weg!«

»Wovon reden Sie da?«

»In den Kontrolleinheiten der Türen ...«, platzte es aus Bashir heraus. »Das ganze Quarantänemodul – die Substation – ist damit ausgestattet. Eigentlich sollten die Sensoren dazu dienen, Bewegungen von Patienten im QM zu überwachen. Zu den Kontrollmodulen, mit deren Hilfe sich die Türen öffnen lassen, gehören auch Mikroscanner. Hõren hat offenbar eine Möglichkeit gefunden, das entsprechende Datennetz anzuzapfen. Wenn er die Sondierungsempfindlichkeit der Scanner auf Ihre Körperwärme justiert ... Dann weiß er, wann Sie wo welchen Raum betreten. Nur auf diese Weise ist er in der Lage, Sie zu lokalisieren.«

»Wundervoll. Wie läßt sich das System lahmlegen?«

Bashir schüttelte den Kopf, obwohl sich die Kom-Verbindung auf eine Übertragung akustischer Signale beschränkte. »Vom Kontrollraum aus läßt sich das nicht bewerkstelligen. Die Datenleitungen erstrecken sich in den Strukturkomponenten, und das bedeutet: Sie müßten die Substation praktisch demontieren, um das Übertragungsnetz zu neutralisieren.« Die Gedanken des jungen Arztes rasten – nur mit einer guten Idee konnte er Kira helfen. »Aber Sie sollten imstande sein, das System zu überlisten. Hören Sie mir gut zu ... Rygis weiß, wo Sie jetzt sind; Ihnen bleibt also nur wenig

Zeit. Sie benötigen einige Dinge. In der nächsten Abteilung gibt es einen Lagerraum ...«

Zuerst glaubte Hören, sich um seinen Arm kümmern zu müssen. Beim Aufprall hatte er das Knacken des brechenden Knochens gehört, der unter dem eigenen Körpergewicht nachgab. Er baumelte nun an der Seite, mit abstehendem Handgelenk. Einige Drähte sollten eine behelfsmäßige Schlinge formen, doch der Mann entschied sich dagegen, warf die aus einem Biobett gelösten Kabelstränge fort. Der Schmerz diente einem viel besseren Zweck: Bei jedem Schritt rieben Knochensplitter aneinander, und die heiße Pein schärfte seinen Zorn. Die Klinge der Wut war bereits scharf genug gewesen, um zu töten, doch jetzt hatte Hören das Gefühl, damit die metallenen Wände der Substation zerschneiden zu können, um die Hand auszustrecken und Kira zu packen.

Mit der Schulter lehnte er sich neben einer Tür an die Wand und betätigte die Justierungstasten des kleinen Ortungsgeräts. Es hatte ihn Mühe gekostet, die Kontrolleinheit zu öffnen und das spezielle Instrument mit dem Datennetz zu verbinden. Mühe und Zeit – Kira war erneut entkommen. Hören bedauerte es nun, sie nicht sofort getötet zu haben. Er bereute sein anfängliches Vergnügen an ihrer Situation, an ihrer vermeintlichen Hilflosigkeit – für diese Schwäche mußte er nun büßen. Rache und Gerechtigkeit des redemptoristischen Glaubens sollten ein Schwert sein, das schnell und entschlossen zuschlug. Doch er hätte es fast fallen gelassen. So etwas durfte sich nicht wiederholen.

Auf dem Display des Orters erschien ein Diagramm der Substation. Hören drückte eine Taste, und daraufhin wechselten die Darstellungen der einzelnen Abteilungen, bis schließlich ein blinkender roter Punkt erschien. Irgendwo in der Nähe des Kontrollraums – das ergab durchaus einen Sinn. Rygis wußte, daß Kira den dort installierten Kommunikator benutzt hatte, um mit dem anderen Starfleet-Offizier zu sprechen, der an Bord des Shuttles im Wurmloch geblieben war. Nun, derartige Kontakte konnten ihr kaum helfen.

Hõren wollte gerade die Verbindung zum Datennetz unterbrechen und den Orter in der Tasche verstauen, direkt neben dem Messer, als plötzlich ein zweiter roter Punkt erschien. Ungläubig starrte er auf das Gerät hinab. Einige Meter von der ersten Stelle entfernt registrierten die Thermosensoren eine zweite Quelle von Körperwärme.

Das ist unmöglich. Er betätigte die Tasten, veränderte Justierungen, aber die beiden roten Punkte verschwanden nicht, blinkten auch weiterhin. Es konnte sich keine dritte Person in der Substation befinden. Das Rendezvousmanöver mit einem Raumschiff hätte in der Substation eine geringfügige Erschütterung verursacht, die Hõrens Aufmerksamkeit bestimmt nicht entgangen wäre. Es sei denn... Vielleicht hatte sich ein Besucher an Bord *gebeamt*. Nun, das Frachtshuttle verfügte nicht über einen Transporter, und es befanden sich keine anderen Schiffe in der Nähe...

Ein dritter Punkt blinkte auf dem Display. Dann ein vierter, und wenige Sekunden später ein fünfter.

Kurz darauf zeigte der kleine Bildschirm mindestens ein Dutzend rote Punkte, und Hõren stieß einen wortlosen Schrei aus. Wütend schleuderte er den Orter an die Wand. Das Gerät brach auseinander, und die Anzeige des Displays erlosch, als Mikrokomponenten aus dem Gehäuse fielen.

Der Mann schlug auf die Taste der Kontrolleinheit, und vor ihm öffnete sich das Schott. Er senkte den Kopf, zog das Messer und ging mit langen Schritten durch den Korridor.

Kira rückte die silbrige Decke zurecht und vergewisserte sich, daß sie auch ihr Haupt bedeckte. Bashir hatte ihr erklärt, es sei nicht so wichtig, Arme und Beine abzuschirmen – die wichtigsten Wärmequellen waren Oberkörper und Kopf; darauf reagierten die thermischen Sensoren. Kühle ging von der Decke aus und verursachte eine Gänsehaut an den Schultern. Normalerweise benutzte man solche Vorrichtungen, um Fieberpatienten zu behandeln: Besondere Schaltkreise sorgten für einen schnellen Thermo-Austausch und wirkten ebenso wie ein altmodisches Eisbad. Es gab allerdings einen wichtigen Unterschied: In diesem Fall ließ sich der Effekt wesentlich besser kontrollieren. Kira nutzte ihn nun, um sich zu tarnen.

Der Deckensaum strich über den Boden, als sie zur nächsten Tür eilte. Dort verharrte sie, griff in eine Tasche und holte einen Gegenstand hervor, der in gewisser Weise das genaue Gegenteil der Kühldecke darstellte: ein katalytisches Wärmemodul. Kira drückte den Rand des Objekts, wodurch die chemische Reaktion im Innern begann; schon nach wenigen Sekunden stieg die Temperatur auf den zuvor programmierten Wert: 37° Celsius. Nach dem Lösen der Siegel preßte die Bajoranerin das Modul neben der Kontrolleinheit an die Wand; dort haftete es fest. Andere Wärmepackungen klebten bereits neben anderen Zugängen.

Es dauerte nicht lange, bis Kira ihren Gegner hörte: Das Geräusch von Schritten hallte durch den Korridor. Ganz offensichtlich versuchte Hõren jetzt nicht mehr, sich unbemerkt anzuschleichen. Vielleicht erschöpfte sich sein Vorrat an Geduld; vielleicht neigte er jetzt immer mehr dazu, dem Zorn nachzugeben. Die Substation war wie eine Erweiterung seines Körpers gewesen, ein Ambiente, das ganz und gar seiner Kontrolle unterlag. Doch der letzte Kampf stellte einen Wendepunkt dar. Daß er dabei verletzt wurde, spielte nur eine untergeordnete Rolle. Viel wichtiger war die erlittene Niederlage – dadurch mußte er an seiner Überlegenheit zweifeln. Jetzt nützten ihm auch die Thermosensoren nichts mehr, die ihm bisher erlaubt hatten, die ganze Station zu überwachen. Von einem Augenblick zum anderen war er praktisch blind geworden, was seinem Selbstbewußtsein sicher einen schweren Schlag versetzte ... *Dadurch bekomme ich eine Chance,* dachte Kira und eilte los.

Sie duckte sich in den Schatten der nächsten Abzweigung und zog am rückwärtigen Teil der Decke, damit ihr Saum nicht bis in den Hauptkorridor reichte. Anschließend wartete sie und spähte in die breitere Passage.

Kurz darauf erschien Hõren, das Messer in der einen Hand. Der andere Arm hing noch immer schlaff an der Seite. Er keuchte, hielt den Kopf halb gesenkt, wie ein angreifender Stier. Seine Augen schienen regelrecht zu glühen, als er von Tür zu Tür starrte.

Kira hielt den Atem an, als Rygis neben einem Schott stehenblieb. Mit dem Messer tastete er nach dem Objekt dicht neben der Kontrolleinheit. Er schob die Klinge darunter, löste die Wärmepackung und beobachtete, wie sie zu Boden rutschte. Nach kurzem Zögern kniete er sich hin, hielt den Handrücken ans Modul und spürte die relativ hohe Temperatur. Plötzlich begriff er, verzog das Gesicht und rammte das Messer ins Modul – die chemische Reaktionsmasse quoll daraus hervor.

Bisher lief alles so, wie es Kira erwartet hatte. Hõren stapfte durch den Korridor und knirschte wütend mit den Zähnen, als er die anderen Wärmemodule bemerkte. Er griff nach einem davon, riß es los und warf die Packung fort, wandte sich dann der nächsten zu.

Während er sich näherte, streifte Kira lautlos die Decke ab und hielt sie bereit. Als Rygis die Abzweigung passierte, sprang sie nach vorn und breitete die Kühldecke dabei wie ein Netz aus. Der Aufprall riß Hõren von den Beinen. Sie fiel mit ihm, und zwischen ihnen knisterte silbriger Stoff.

Zwar konnte er nur einen Arm einsetzen, aber seine Kraft verblüffte Kira. Die Messerspitze durchdrang das Material der Decke und hätte sich fast in die Rippen der Bajoranerin gebohrt. Sie wurde zur Seite gestoßen, als sich Hõren aufrichtete. Er blieb in Bewegung, schob die Decke beiseite und drehte sich halb um.

Kira stand auf und nahm eine kampfbereite Haltung an.

Doch Hõren Rygis stürmte ihr nicht entgegen, hob statt dessen die Decke und warf sie. Der Frau ihm gegenüber blieb nichts anderes übrig, als sich zu ducken und dem silbern glänzenden Stoff auszuweichen. Dadurch verlor sie einige Sekunden, und Hõren nutzte diese Zeit, um in der Dunkelheit des Korridors zu verschwinden. Kira hörte, wie seine Schritte in der Ferne verklangen.

Sie atmete mehrmals tief durch, während ihr Puls noch immer raste. Eigentlich hatte sie sich mehr erhofft, aber immerhin ...

Von jetzt an waren die Vor- und Nachteile gerechter verteilt. Die Bedingungen erlaubten nun einen halbwegs fairen Kampf, was Kiras Situation erheblich verbesserte.

KAPITEL 16

Auch den nächsten Drink lehnte Odo nicht ab. Er brauchte keine negativen Folgen zu fürchten, denn er hatte seinen Metabolismus so verändert, daß der Alkohol ohne Wirkung auf ihn blieb. Ein mit Syntho-Bier gefülltes Glas wurde vor ihm abgesetzt, das leere fortgenommen.

Quark nahm auf der anderen Seite des Tisches Platz. »Zum Wohl, Constable.« Diesen Ausdruck hatte der Ferengi von Commander Sisko übernommen. »Sie sind mir in meinem bescheidenen Etablissement immer sehr willkommen.«

»Ach, tatsächlich?« Quarks Lächeln ging dem Sicherheitsoffizier noch mehr auf die Nerven als sonst. Die übertrieben zur Schau gestellt Fröhlichkeit des Ferengi bildete einen viel zu starken Kontrast zu Odos gedrückter Stimmung: Wie auch die anderen Offiziere von Deep Space Nine wartete er voller Sorge auf eine Nachricht aus dem Wurmloch oder dem Gamma-Quadranten. »Geben Sie sich deshalb keinen falschen Vorstellungen hin. Ich bin nur gekommen, weil man von hier die ganze Promenade überblicken kann.«

Quark ließ sich von diesem Hinweis nicht betrüben. »Ich versuche immer, meinen Gästen den Aufenthalt so angenehm wie möglich zu machen.« Er beugte sich vor, und das Lächeln wich einem Ausdruck tiefer Anteilnahme. »Es ist wirklich schade, nicht wahr? Ich meine das mit Major Kira und Doktor Bashir. Ich gehöre zu den vielen Personen auf der Station, die sehr um sie besorgt sind.«

»Was wissen Sie davon?«

»Mein lieber Odo ... Man hört das eine und andere. Sie haben es eben selbst gesagt: Dieser Ort eignet sich gut, um Dinge im Auge zu behalten.« Quark vollführte eine Geste, die den Tischen und Nischen galt; die Gäste in seiner Mischung aus Spielkasino, Kneipe und Bordell stammten aus vielen verschiedenen Völkern. »Eigentlich ist dies das *Herz* von DS Nine, finden Sie nicht?«

Odo gab keine Antwort. Einmal mehr war er – gegen seinen Willen – von Quarks Organisation aus Informanten, Beobachtern und Spitzeln beeindruckt. Dabei handelte es sich um ein Datennetz, das sich durchaus mit seinem eigenen messen konnte. Gleich zu Anfang hatte Sisko in Hinsicht auf die Mission im Gamma-Quadranten strengste Geheimhaltung angeordnet, doch Quark gab nun zu verstehen, daß er um Einzelheiten Bescheid wußte. *Ich sollte ihn in meinen Mitarbeiterstab aufnehmen,* dachte Odo. *Wenn ich ihm vertrauen könnte ...* Von jemandem wie Quark durfte man immer eine nützliche Auskunft erwarten.

Odo trank einen Schluck und stellte das Glas wieder auf den Tisch. »Kann ich mich auf Ihre Diskretion verlassen?«

»Oh, natürlich.« Quark deutete eine Verbeugung an. »Und mehr noch, Constable: Ich möchte *helfen.*«

»Sie helfen bereits, wenn Sie den Mund halten.« Odo sah sich unauffällig um; niemand schien ihnen mehr als nur beiläufige Aufmerksamkeit zu schenken.

Quark seufzte. »Sie begegnen mir immer mit so ausgeprägter Feindseligkeit – und der Grund dafür ist mir ein Rätsel. Nun ...« Er stand langsam auf. »Wenn Sie nicht an meiner Hilfe interessiert sind ...«

Odo griff nach dem Arm des Ferengi und hielt ihn fest. »Setzen Sie sich. Glauben Sie wirklich, Sie haben eine Neuigkeit für mich?«

»Ihr Problem besteht darin, daß Sie davon überzeugt

sind, alles zu wissen.« Quark zupfte an seinem Ärmel. »Nur weil Sie imstande sind, sich als Fliege zu tarnen, irgendwo an der Wand zu sitzen und Gespräche zu belauschen. Aber Sie können nicht überall zugleich sein, oder? Zum Beispiel waren Sie nicht in der Promenade, als ein gewisser Redemptorist namens Deyreth Elt einige recht *interessante* Dinge erwarb.«

»Die Speicherchips?« Voller Abscheu schüttelte Odo den Kopf. Offenbar ließ der Ferengi allmählich nach. »Die entsprechende Video-Aufzeichnung habe ich bereits von Ihnen erhalten.«

»Nein, es geht mir nicht um die Chips – solche Produkte kann jeder kaufen. Ich meine vielmehr eine Transaktion, die hier stattfand, zwischen Deyreth Elt und einigen Tech-Schmugglern.«

»Ich verstehe.« Odos Interesse erwachte. »Jene Schmuggler ... Waren es Freunde von Ihnen?«

»Nun, sie kamen nicht aus meinem Volk, bewiesen jedoch ein erstaunliches Maß an Geschäftstüchtigkeit, indem sie mir Informationen darüber anboten, was sie dem Redemptoristen verkauft hatten.« Selbstgefälligkeit zeigte sich nun in Quarks Gesicht. »Daraus ergeben sich viele Möglichkeiten.«

»Beschreiben Sie mir die Gegenstände.«

»Ich bitte Sie, Constable. Wir sind beide Männer von Welt, um nicht zu sagen: Männer des Universums.« Quark sah durch die Bar, richtete den Blick dann wieder auf Odo. »Wenn ich Ihre Neugier zufriedenstelle ... Was springt dabei für mich heraus?«

»Vorhin erwähnten Sie Besorgnis in Hinsicht auf Kira und Bashir.«

»Ich mache mir tatsächlich Sorgen um sie. Fast so sehr wie um mich selbst.«

»Na schön.« Der Constable hob und senkte die Schultern. »Sie können ... Nachsicht von mir erwarten, wenn es darum geht, die Lizenz für Ihr Kasino zu erneuern. Ich bin bereit, gewissen Dingen keine Beachtung zu schenken, zum Beispiel dem Panschen von Getränken und Manipulationen der *Dabo*-Tische.«

»Danke. Ich *mag* Sicherheitsoffiziere, mit denen man gut zusammenarbeiten kann.« Quark zog ein zusammengefaltetes Blatt Papier aus der Jackentasche. »Hier sind die vollständigen technischen Daten der Objekte, die Deyreth Elt gekauft hat. Ich möchte Ihnen nicht zu nahe treten, aber um diese Informationen zu verstehen, sind Fachkenntnisse erforderlich, die Ihnen vielleicht fehlen. Ich schlage vor, Sie wenden sich an Chefingenieur O'Brien.«

Odo sah kurz auf die Liste und nickte. »Sie haben recht. Und ich werde Ihren Rat beherzigen.« Er trank das Glas aus und erhob sich. »O'Brien kann mir sicher mitteilen, ob diese Angaben überhaupt das Papier wert sind, auf dem sie geschrieben stehen.«

Quark gab sich schockiert. »Es käme mir *nie* in den Sinn, Ihnen wertlose Daten anzubieten, Constable!«

»Es sei denn, Sie könnten auf irgendeine Weise davon profitieren«, erwiderte Odo. Er wandte sich um und ging mit langen Schritten fort.

»Haben Sie Ihre Meinung geändert?«

Die Gestalt musterte den Arzt, und in ihren dunklen Augen glitzerten Sterne. »Meinungen? So etwas gibt es bei uns nicht. Wir schätzen die Situation ein und ziehen Schlüsse aus ihr.«

»Was auch immer.« Bashir widerstand der Versuchung, eine weitere metaphysische Diskussion mit den Entitäten zu beginnen. Es wäre so leicht gewesen, die im anderen Universum drohenden Gefahren zu vergessen... Er schüttelte den Kopf und versuchte, seine Gedanken zu ordnen. »Vielleicht sollte ich fragen, ob Sie eine andere Entscheidung getroffen haben.«

»Das ist nicht der Fall. Sie sind besorgt in Hinsicht auf jenes andere Individuum, das nicht länger *hier* existiert, und Ihre Empfindungen... *faszinieren* uns. Ihre

Spezies versucht, der *Zeit* eine neue Form zu geben, sie zu verändern, damit sie sich von dem unterscheidet, was ist und was sein wird. Wie Sie schon sagten: Es liegt in Ihrer Natur.« Die Kira-Entität schloß die Augen und kommunizierte mit ihren Artgenossen. »Wie dem auch sei: Wir können nicht erlauben, daß Sie sich zu der anderen Person begeben. Für Ihre Bewegungen im *Raum* und nicht in der *Zeit* verwenden Sie eine Vorrichtung, die uns verletzt und schreckliche Schmerzen verursacht. Wir wußten nicht einmal, was es mit Pein auf sich hat – bis man sie uns brachte. Jetzt wissen wir sogar, was der Tod bedeutet. *So* schlimm wirkt sich Ihr Triebwerk auf uns aus. Die Dinge der *Zeit* kamen mit Benjamin Sisko zu uns, aber er versprach ein Ende unseres Leids. Wir wissen, daß es nicht in Ihrer Absicht liegt, uns Schaden zuzufügen. Allerdings können wir auch nicht zulassen, daß so etwas *unabsichtlich* geschieht.«

Bashir preßte verärgert und enttäuscht die Lippen zusammen. Er hatte keine Ahnung, was unterdessen im Gamma-Quadranten geschehen war, wie es Kira erging. Seit Stunden wartete er auf eine Nachricht von ihr. *Vielleicht ist sie längst tot,* fuhr es Julian durch den Sinn. *Vielleicht hat Hõren sie erwischt, als sie Wärmepackungen und Kühldecke aus dem Lager holte.* Ein Messer, das aus einer dunklen Ecke kam und sich in den Leib der Bajoranerin bohrte …

Er verdrängte dieses entsetzliche Vorstellungsbild. »Wenn doch nur …« Erneut schüttelte er den Kopf. Wie sollte er es den Entitäten erklären?

Er brauchte es gar nicht. Das Kira-Wesen beobachtete ihn mit einem Blick, der bis ins tiefste Innere des Menschen reichte. »Sie glauben uns nicht. In Ihrem *Geist* und in Ihrer *Seele* halten Sie es für möglich, daß wir nicht die Wahrheit sprechen.«

Bashir nickte nach einigen Sekunden. »Sie haben recht. Das glaube ich tatsächlich. Es *muß* eine Möglichkeit geben, das Impulstriebwerk zu aktivieren, ohne Sie zu verletzen. Vielleicht ... vielleicht wäre es gar nicht so schlimm für Sie, wie Sie jetzt annehmen. Vielleicht fürchten Sie sich nur davor, weil Schmerzen damit verbunden sind. Der Antrieb würde nur für kurze Zeit energetische Aktivität entfalten, und anschließend befände ich mich nicht mehr im Wurmloch ...«

»Habt ihr gehört?« Jetzt erklang wieder die schroffe, zornige Stimme, und das Kira-Wesen schnitt eine finstere Miene. Bashir wußte, daß die Worte nicht ihm galten, sondern den übrigen Bewohnern des Wurmlochs. »Auch das liegt in der Natur dieser Geschöpfe! Schmerz und Tod anderer spielen keine Rolle für sie. Deshalb fällt es ihnen leicht, fremdes Leben auszulöschen.«

»Nein, Sie irren sich. Ich ...«

»Worte sind ein eher ungeeignetes Kommunikationsmittel«, sagte die Kira-Entität in einem wesentlich sanfteren Tonfall. »Das gilt selbst für die Verständigung zwischen den Individuen Ihrer Spezies. Ähnlich verhielt es sich mit dem Mann namens Sisko. Gewisse Dinge wollte er nicht glauben – bis er sie selbst sah. Vielleicht ist es bei Ihnen genauso. Vielleicht sollten wir Ihnen zeigen, wovon wir sprechen.«

»Wie meinen Sie das?«

»Dies ist nicht die einzige existierende *Zeit*.« Das Kira-Wesen winkte in Richtung der metallenen Wände. »Was Sie hier sehen – sowohl in diesem Universum als auch in dem anderen –, betrifft eine *Zeit* von vielen.«

Bashir beugte sich vor. »Versuchen Sie, mir so etwas wie parallele Realitäten zu beschreiben?«

»Worte – Ihre Spezies benutzt sie so gern. Sie geben Dingen einen Namen und glauben, dadurch alles zu verstehen.« Die Gestalt lächelte. »Ja, man könnte die verschiedenen *Zeiten* als parallele Realitäten bezeichnen.«

»Na schön. Und was möchten Sie mir zeigen?« Bashir fühlte sich wie der Protagonist einer klassischen Gespenstergeschichte: Er sprach mit Geistern, die ihn besuchten.

Und es handelte sich um *leidende* Geister. Plötzlich neigte die Kira-Entität ruckartig den Kopf zurück, und am Hals traten deutlich die Sehnen hervor. Das Gesicht verwandelte sich in eine Fratze des Schmerzes. Ein oder zwei Sekunden später wurde die Gestalt durchsichtig, und Sterne funkelten an den Umrissen, leuchteten in Knochen aus Glas. Dann verschwand die Silhouette.

Bashir war allein im Frachtshuttle. Und zwar mehr als jemals zuvor. Er begriff nun: Die Entitäten hatten ihm die ganze Zeit über Gesellschaft geleistet, ihn ständig beobachtet. *Ihre Präsenz hat die Raumfähre wie mit Luft gefüllt*. Er atmete, doch das Gas in seinen Lungen schien kühler und dünner zu werden, hinterließ einen bitteren Geschmack auf der Zunge.

»Wo sind Sie?« rief der Arzt. Er stand auf, verharrte mitten in der Pilotenkanzel und blickte sich langsam um.

Etwas anderes fehlte – etwas, das fast ebenso Teil von ihm geworden war wie der eigene Herzschlag. Er sah zu dem Pult, dessen Displays Auskunft gaben über die Funktionsweise der Sensoren. Alle Anzeigen präsentierten Nullwerte. Bashir näherte sich der Konsole und berührte sie. Die Geräte arbeiteten nach wie vor, denn er spürte eine leichte Vibration. Noch immer nahmen die Speichermodule Daten auf, die aus dem jetzt toten Kosmos des Wurmlochs stammten.

Erschrocken wankte der Arzt fort von der Instrumententafel und kehrte in die Mitte des Pilotenraums zurück. »Wo sind Sie?« rief er erneut. Diesmal verriet seine Stimme nicht nur Ärger, sondern auch Furcht.

Wir sind nicht hier, wenigstens nicht jetzt, antwortete eine geräuschlose Stimme. *Dies ist der Ort unseres Nichtseins. Es stellt die Konsequenz des Handelns dar, das Sie in*

Erwägung ziehen. Wir können in diese andere Zeit sehen und uns Ihnen mitteilen, aber wir haben keine Möglichkeit, dort zu sein.

Bashir trat in den vorderen Bereich der Kanzel, beugte sich über die zentrale Konsole und sah aus dem Fenster. Die wogenden Streifenmuster, hervorgerufen von der elektromagnetischen Strahlung im Innern des Wurmlochs, existierten nicht mehr. Sternenlose Dunkelheit umhüllte das Shuttle.

»Das ...« Er streckte die Hand nach der Leere aus. »Das sind die Folgen der energetischen Emissionen des Impulstriebwerks?«

Des nicht von einem sogenannten Absorber abgeschirmten Triebwerks – ja. Es verletzt; es bringt Schmerz; es ... tötet. Sie würden uns damit umbringen. Und unser Tod läßt auch das Wurmloch sterben. Unser Fleisch ist sein Fleisch; wir sind eins. Nun, es geschähe nicht sofort, sondern langsam, nach und nach. Mit jeder einzelnen Aktivitätsphase brächten uns Ihre Triebwerke ein Stück Tod. Bis schließlich nichts Lebendiges mehr übrigbleibt.

Bashir glaubte zu fühlen, daß ihm die Entitäten etwas verschwiegen. Er erahnte es jenseits der Shuttlewände, jenseits auch der Grenzen des Dimensionstunnels.

»Was ist mit dem Rest da draußen?« Er deutete dorthin, wo Sterne geglänzt hatten. Jetzt glühte nur noch kaltes Licht dort, wo sich der kleine Kosmos dem viel größeren öffnete. »Was passiert im anderen Universum?«

Wir wissen es nicht. Die Stimme kam aus weiter Ferne. *Es betrifft uns nicht.*

Hinter Bashirs Stirn hatte sich bereits eine Idee geformt – er brauchte sie nur noch in Worte zu kleiden. Doch damit verband sich eine gewisse Beklommenheit.

»Lassen Sie mich hier.« Der junge Arzt sah über die Schulter und hoffte vergeblich, daß die Kira-Entität hinter ihm stand. »In dieser Zeit, an diesem Ort.«

Dies ist die Zeit des Todes.

»Ich weiß. Aber hier kann ich Ihnen nicht mehr schaden. Sie existieren in einer anderen Zeit, fern vom Jetzt. Hier bin ich in der Lage, das Impulstriebwerk zu aktivieren, ohne Ihnen Leid zu bescheren, ohne Ihnen mit Verletzungen und Tod zu drohen. In dieser Epoche ist die Agonie Vergangenheit. Ich könnte dem anderen Individuum meiner Art helfen, ohne für Sie zusätzliche Pein zu schaffen. Nur darauf kommt es mir jetzt an.«

Die Wesenheiten schwiegen zunächst, und es dauerte eine Weile, bis erneut die ätherische Stimme einer Entität erklang. *Sie begeben sich dadurch selbst in Gefahr. Wir wissen nicht, was sich jenseits dieses Zeit-Ortes erstreckt, jenseits unseres Fleisches. Wir sind nicht dort draußen, in jenem Bereich, den Sie aufsuchen möchten. Ihre Existenz hätte praktisch ein Ende für uns. Sie wären nicht imstande, einen neuerlichen Kontakt mit uns herzustellen.*

Bashir nickte langsam. »Ich habe keine Wahl.«

Eine Rückkehr bliebe Ihnen verwehrt.

»Ich bin bereit, ein Risiko einzugehen. Und wie alles andere dort draußen: Es betrifft Sie nicht.« Der Arzt zuckte mit den Schultern. »Vielleicht erinnern Sie sich nicht einmal an mich.«

Dafür ist es zu spät. Sie existieren jetzt auch in der Erinnerung.

»Nun gut.« Bashir wandte sich um und ging einige Schritte, blieb erneut in der Mitte des Raums stehen. »Bringen wir's hinter uns.«

Es ist geschehen. Die Stimme war jetzt nur noch ein leiser Hauch. *Leben Sie wohl …*

Und dann …

Einsamkeit. Die Anzeigefelder der Instrumententafeln starrten Bashir wie leere Augenhöhlen an. Er trat daran vorbei zur Luke, unter der die Triebwerkskammer auf ihn wartete.

Einige Minuten später – wenn man die Zeit in diesem Universum überhaupt messen konnte – kehrte er zurück und nahm im Pilotensessel Platz. Nach kurzem Zögern streckte er die Hand aus, um den Schubregler zu betätigen. Das nicht abgeschirmte Triebwerk erwachte und beschleunigte die Raumfähre.

Sie wurde schneller und flog dem Ende des Wurmlochs entgegen.

»Diesmal habe ich jemanden mitgebracht.« Odo zog einen weiteren Stuhl zum Tisch in der Zellenmitte. »Vermutlich kennen Sie Chefingenieur O'Brien.«

Die Redemptoristen auf der anderen Seite des Tisches nickten ihrem früheren Chef zu. Sie wirkten verwirrt und fragten sich ganz offensichtlich, warum O'Brien gekommen war.

»Der Chefingenieur und ich haben ein sehr interessantes Gespräch geführt.« Odo entfaltete das von Quark stammende Blatt Papier. »Ja, es war ebenso interessant wie unsere Unterredungen. Und es ging dabei um eine Sache, von der ich bis vor kurzer Zeit nichts wußte.«

Die Unruhe der Redemptoristen nahm zu; sie rutschten auf ihren Stühlen hin und her. Odo kannte dieses Reaktionsmuster aus anderen Verhören: So verhielten sich Verdächtige, wenn sie genug Zeit gehabt hatten, um über die psychologischen Tricks des Sicherheitsoffiziers nachzudenken. Die Bajoraner begegneten dem Constable nun mit ausgeprägtem Unbehagen; wenn er sie besuchte, so fragten sie sich zumindest unbewußt, welche neuen Überraschungen er ihnen bereiten wollte.

»Offenbar hat Ihr verstorbener Glaubensbruder Deyreth Elt gewisse Geräte gekauft.« Odo blickte auf das Blatt. »Ich meine spezielle Vorrichtungen, die der Chefingenieur als *parasitäre Echo-Relais* bezeichnet.« Er hob den Kopf. »Klingt das vertraut für Sie?«

Die Redemptoristen wechselten verstohlene Blicke, schwiegen jedoch.

»Die entsprechenden Apparate sind mit erstaunlichen Eigenschaften ausgestattet. Zum Beispiel kann man sie Schaltkreisen hinzufügen, die zur Weiterleitung eines verschlüsselten Signals dienen – ich denke da etwa ans Input-System für einige Sprengsätze, die sich nur mit Hilfe eines bestimmten Codes zünden lassen.« Odo sah O'Brien an, der neben ihm saß. Ganz deutlich spürte er das brodelnde Temperament in dem Menschen, der die bisherige Verhörtaktik für Zeitverschwendung hielt. Vielleicht spielte der Chefingenieur nun mit dem Gedanken, sich über den Tisch zu beugen, die Bajoraner zu packen und ihre Köpfe aneinanderzustoßen. Dadurch hätte er sich besser gefühlt, selbst wenn er ohne Antworten geblieben wäre. »Die Echo-Relais sind imstande, das Codesignal als solches zu erkennen sowie in den Schaltkreisen zu blockieren, und zwar für eine Zeitspanne, deren Dauer programmiert werden kann. Erst danach leiten sie es weiter. Fällt Ihnen dazu etwas ein?«

Die Redemptoristen zitterten jetzt, und Risse entstanden im Schild ihres Widerstandswillens. Odo sah, wie einer von ihnen den Mund öffnete und dadurch den Eindruck erweckte, etwas sagen zu wollen. Schweiß perlte auf den bajoranischen Stirnen. Die geduldige Zermürbungstaktik des Gestaltwandlers zahlte sich nun aus: Der letzte Schritt auf diesem Weg bestand darin, die Bajoraner mit Informationen zu konfrontieren, die sie bisher für ein streng gehütetes Geheimnis gehalten hatten.

»Heraus mit der Sprache!« knurrte O'Brien. »Leben ist in Gefahr ...«

Die Redemptoristen schienen den Chefingenieur nicht einmal zu hören. Sie starrten Odo an, wie von einer giftigen Schlange hypnotisierte Tiere.

»Tief in Ihrem Innern wünschen Sie sich, endlich auszusagen.« Odo benutzte einen besonders sanften Tonfall. »Denken Sie daran, wie gut es sich anfühlen wird, die schwere Last des Schweigens abzustreifen. Warum wollen Sie noch länger auf eine solche Erleichterung verzichten?«

»Die Echo-Relais dienen dazu, eine gleichzeitige Explosion der Sprengkörper zu verhindern«, entfuhr es dem in der Mitte sitzenden Redemptoristen. Er gab dem in ihm wachsenden Druck nach und sprach immer schneller. »Dadurch soll gewährleistet sein ...«

»... daß die Detonationen keine kumulative Wirkung entfalten«, fügte ein zweiter Bajoraner hinzu.

Eine Sekunde später redeten sie alle gleichzeitig, und ihre Stimmen bildeten ein lautes Durcheinander.

Odo sah O'Brien an. »Ich glaube, jetzt bekommen wir Auskunft.«

Jadzia Dax drehte den Sessel und wandte sich dem Kommandanten von Deep Space Nine zu. »Im früheren Transferbereich des Wurmlochs kommt es zu ungewöhnlichen Ereignissen, Benjamin.«

Sisko stand hinter dem wissenschaftlichen Offizier im Kontrollraum und blickte zum Bildschirm, der ein komplexes Diagramm zeigte. »Was passiert dort?«

Dax deutete auf die Zahlen. »Ich habe das Raumgebiet, in dem sich das inzwischen kollabierte Wurmloch öffnete, von den Scannern und Sensoren überwachen lassen. Sieh dir das hier an.« Die Trill duzte Sisko jetzt und lenkte seine Aufmerksamkeit auf einige Datenkolonnen, die nur aus Nullen bestand. »Die elektromagnetische Hintergrundstrahlung existiert praktisch nicht mehr. Unsere Ortungsgeräte registrieren überhaupt keine energetische Aktivität. So etwas erlebe ich jetzt zum erstenmal.«

Der Commander runzelte verwirrt die Stirn. »Was könnte es deiner Meinung nach bedeuten, alter Knabe?« Die letzten beiden Worte galten der früheren Identität des Trill-Symbionten, der nun im Körper einer jungen Frau steckte.

»Ich bin mir nicht sicher, Benjamin.« Dax betrachtete

die Anzeigen. »Eine Art Zeitreise scheint den betreffenden Raumsektor in die Zukunft gebracht zu haben, in die unmittelbare Nähe des theoretischen Endes unseres Universums. Das Nachlassen der elektromagnetischen Hintergrundstrahlung kündigt den Tod des Kosmos an: Wenn das Weltall stirbt, so nimmt die energetische Aktivität immer mehr ab, bis schließlich völlige Strahlungsstille herrscht. Doch in diesem Fall ist das Phänomen auf einen kleinen Raumbereich beschränkt.«

»Woraus folgt: Im Innern des Wurmlochs geht irgend etwas nicht mit rechten Dingen zu.«

Dax nickte. »Der von unseren Sensoren kontrollierte Sektor sowie das Wurmloch müssen noch immer miteinander verbunden sein. Vielleicht hinterließ die Anomalie einen Riß im hiesigen Raum-Zeit-Gefüge, als sie verschwand. Wenn das stimmt, beobachten wir nun einen Resonanzeffekt.«

»Bashir.« Sisko schlug mit einer Faust auf die Konsole. »Er steckt dahinter. Wahrscheinlich hat er irgendeine Möglichkeit gefunden, mit den Entitäten zu kommunizieren.«

»Vielleicht. Aber der hiesige Zugang zum Wurmloch ist nach wie vor verschwunden.«

»Commander …«, ertönte eine Stimme von der Tür des Kontrollraums. Sisko drehte den Kopf; Odo und O'Brien schritten ihm entgegen.

»Was ist geschehen, meine Herren?«

»Beim Verhör der Redemptoristen haben sich endlich wichtige Resultate ergeben.« Der Sicherheitsoffizier schien mit sich zufrieden zu sein. »Wir erhielten Informationen, denen beträchtliche Bedeutung zukommt.«

»Dadurch hat sich eine unserer Vermutungen bestätigt«, sagte O'Brien. »Die bajoranischen Mikrotechniker haben weitere Überraschungen in der Substation vorbereitet.«

Sisko führte Odo und den Chefingenieur ins Büro,

nahm dort seinen Platz am Schreibtisch ein und hörte sich O'Briens Bericht an.

Miles nannte zunächst die technischen Einzelheiten. »Das alles dient folgendem Zweck: Die parasitären Echo-Relais modifizieren die ursprüngliche Selbstzerstörungsvorrichtung. Um noch einmal darauf hinzuweisen... Die Sprengsätze sollten *alle gleichzeitig* explodieren, wenn sie den entsprechenden Code empfingen. Auf diese Weise wäre eine vollständige Vernichtung des Quarantänemoduls erfolgt; eventuelle Trümmerstücke hätten kaum größer sein können als Ihre Hand, Commander. Nun, die Echo-Relais sorgen für eine sequentielle Zündung. Die einzelnen Detonationen erfolgen nacheinander, mit Pausen von jeweils einigen Sekunden, und dadurch kommt es nicht mehr zu einem kumulativen Effekt. Die atmosphärischen Siegel der Substation werden die Explosionen kaum überstehen, aber die Struktur an sich und ein großer Teil der internen Abschirmung bleiben erhalten.«

»Ich nehme an, Deyreth Elt und Hõren Rygis entwickelten den Plan gemeinsam.« Odo wandte sich Sisko zu. »Sie nahmen an, wir würden die Selbstzerstörungssequenz auslösen, wenn wir erfahren, daß sich Hõren an Bord der Substation aufhält und Major Kira ermordet hat. Sicher glaubten die Redemptoristen, in einem solchen Fall ginge es uns darum, Hõren Rygis zu eliminieren, ohne ihn auf Bajor vor Gericht stellen zu lassen. Nun, gegen die Sprengsätze und die Schaltkreise des Zündungssystems konnten die Bajoraner nichts unternehmen, aber die Echo-Relais verzögern gewissermaßen die Aktivierungsimpulse, und dadurch ergibt sich für Hõren eine echte Überlebenschance. Nach den Detonationen wäre er imstande, ein mobiles Lebenserhaltungssystem zu verwenden und damit recht lange durchzuhalten. Lange genug für die provisorische Regierung auf Bajor, um die Vorfälle zur Kenntnis zu nehmen und Rygis' Auslieferung zu verlangen. Die Gerichtsverhandlung wäre eine Art Bühne für ihn, gäbe ihm die Möglichkeit, die Sache der Redemptoristen zu vertreten und weitere Anhänger zu gewinnen. Anschließend hätte er noch mehr Macht als vorher.«

»Ich verstehe.« Sisko lehnte sich zurück. »Was fangen wir mit diesen Informationen an, meine Herren?«

»Major Kira könnte sie als Waffe gegen Hõren verwenden – vorausgesetzt natürlich, es gelänge uns irgendwie, ihr die Daten zu übermitteln.« Odo sprach auch weiterhin ruhig und gelassen, in einem Tonfall, der keine innere Anteilnahme verriet. »Wir wissen, daß der Retransferbereich des Wurmlochs nach wie vor existiert, und vermutlich befindet sich das Frachtshuttle in der Nähe jenes Sektors. Nun, angesichts der inneren Wölbungen des Dimensionstunnels lassen sich normalerweise keine Kom-Kontakte mit Raumschiffen herstellen, die im Wurmloch mehr als eine gewisse Strecke zurückgelegt haben. Aber vielleicht ist die Entfernung zwischen Shuttle und Substation inzwischen gering genug, um eine Kommunikation zu ermöglichen. In einem solchen Fall wäre Dr. Bashir in der Lage, sich mit Major Kira in Verbindung zu setzen und ihr den Zündungscode zu übermitteln. Sobald sie sich mit einem mobilen Lebenserhaltungssystem geschützt hat, könnten sie die Sprengkörper zünden und Hõren Rygis im Vakuum sterben lassen. Er hat den Tod verdient, wenn Sie mich fragen.«

»Das Problem besteht darin, Kira zu informieren.« Sisko rieb sich das Kinn. »Ich schätze, wir müssen noch einmal mit Gul Tahgla reden …«

Bashir benutzte das modifizierte Personenmodul, um von der Raumfähre zur Substation zu gelangen. Das MPM ruhte im Hangar direkt neben der großen Frachtkammer des Shuttles und stellte praktisch ein separates kleines Raumschiff dar. An der breitesten Stelle maß es zwei Meter, und die Länge – vom Antriebsstutzen bis hin zu den Positionslampen und Sensoren am Bug – betrug etwa vier Meter. Sechs Greifarme wuchsen aus dem trapezförmigen Rumpf, und verschiedene Geräte gehörten zu ihrer Ausstattung, von Hochleistungszangen bis hin zu Laserbrennern. Bashir wußte nicht, was nötig war, um sich Zugang zur Substation zu verschaffen, aber er wollte auf alles vorbereitet sein.

Die Sicherheit des Frachtshuttles blieb hinter dem Arzt zurück, als er das MPM zum Kupplungsmodul der Substation steuerte. Wohin Bashir auch sah: Überall leuchteten Sterne, und er glaubte, die Kälte ihres Lichts auf der Haut zu spüren. Er dachte an die Augen der Kira-Entität, an ihren Blick, der ihm das All zeigte, die Unendlichkeit. In seiner Vorstellung sah er noch einmal den anderen Kosmos, das Wurmloch, verletzt von nicht abgeschirmten Impulskraft-Emissionen …

Am Kupplungsmodul bemerkte er einige geschwärzte Stellen: Sie erinnerten an die Treibsätze, die der Substation genug Bewegungsmoment verliehen hatten, um den Dimensionstunnel und das Ziel – den Gamma-Quadranten – zu erreichen. Bashir betätigte die Kontrollen, lenkte damit das Licht eines mobilen Scheinwerfers auf die C-förmigen Stahlarme des Moduls. Er drehte sich in der kleinen Kammer des MPM und tastete nach der handschuhartigen Vorrichtung, die es ihm erlaubte, einen kleineren Greifarm einzusetzen. Das modifizierte Personenmodul drehte sich langsam um die eigene Achse, als sich der Arm dem umgerüsteten QM entgegenstreckte, dort nach den Versiegelungsbolzen der externen Luke griff.

Der junge Arzt atmete erleichtert auf, als die Bolzen nachgaben und sich ohne Schwierigkeiten in die *Entriegelt*-Position drehen ließen. Die Explosion der Treibsätze schien ohne negative Folgen für die Substation geblieben zu sein. Bashir hatte schon befürchtet, die Außenhülle mit dem Laserbrenner aufschneiden zu müssen – dadurch wäre es in ihrem Innern zu einer jähen Dekompression gekommen.

Er wich mit dem MPM zurück und beobachtete, wie das sechseckige Schott aufschwang. Innerhalb weniger Sekunden steuerte er das Personenmodul hinein, streckte erneut den Greifarm und betätigte damit die große rote Taste an der einen Wand. Die Sensoren übermittelten ein erst lauter und dann wieder leiser werdendes Zischen, als sich die Schleusenkammer mit Luft füllte. Bashir wartete, bis die Anzeige für den Druckausgleich aufleuchtete, öffnete dann die ›Luke‹ des MPM: Eine vertikale Öffnung erschien zwischen zwei Fenstern und wurde breiter, als die entsprechenden Metallflächen in den Rumpf wichen. Der Doktor zögerte nicht, trat nach draußen und lief zur Tür, hinter der sich die internen Bereiche der Substation erstreckten.

Kurz darauf eilte er durch den zentralen Korridor und hörte, wie sich das Schott hinter ihm schloß. Nach einigen Metern flüsterte die Stimme der Vorsicht eine Warnung, und daraufhin blieb er stehen. Er wußte nicht, wo sich Hõren befand – der Aufmerksamkeit des Redemptoristen konnte es bestimmt nicht entgangen sein, daß jemand an Bord gekommen war. Bashir widerstand der Versuchung, Kiras Namen zu rufen; statt dessen trachtete er danach, möglichst wenige Geräusche zu verursachen, als er den Weg in Richtung Kontrollraum fortsetzte.

Nach einigen Minuten stellte er fest, daß es keinen Grund für ihn gab, sich Sorgen zu machen.

Die Tür der Zentrale öffnete sich, und dahinter lagen zwei Leichen auf dem Boden. Beziehungsweise die Reste von zwei Leichen. Im Lauf von Jahrhunderten hatten sie sich in Skelette verwandelt, und pergamentartige Hautfetzen klebten an den bleichen Knochen.

Das größere Gerippe ... Bashir vermutete, daß es von Hõren stammte. Das kleinere mußte einst Kira gewesen sein: Hier und dort zeigten sich einige Überbleibsel der Uniform, und darunter wölbten sich fleischlose Rippen. Leere Augenhöhlen starrten an die Decke.

Der Arzt ging in die Hocke und berührte den Kopf. Selbst geringer Druck genügte, um die dünnen Knochen zerbröckeln zu lassen und sie in Staub zu verwandeln.

Irgendwo in Bashirs Innern entstand eine Kälte, wie sie sonst nur im leeren Raum zwischen den Sternen herrschte. Er trat an die Instrumententafeln heran und betätigte mehrere Tasten. Wie zögernd glühten einige Kontrollampen. »DS Nine, hier ist die Substation. Ich rufe Deep Space Nine. Empfangen Sie meine Signale?« Anspannung vibrierte in der Stimme des Arztes, eine Furcht, die immer mehr zunahm. »Hört mich jemand, *irgend* jemand?«

Stille. Eine Stille, die vom Tod kündete, begriff Bashir. Dieses Schweigen kam dem Nichts gleich, das ganze Galaxien verschlingen konnte und gleichzeitig klein genug war, um zwischen bleichen Kieferknochen Platz zu finden. Er wich zurück und drehte sich zu den Skeletten um.

»Seit einer Ewigkeit sind sie hier und warten – auf Sie.«

Aus irgendeinem Grund überraschte es Bashir nicht, plötzlich eine Stimme zu hören. Er blickte über die Schulter und stellte fest, daß eine Frau hinter ihm stand. Sie trug den langen, weiten Umhang einer bajoranischen Priesterin.

»Sie trifft keine Schuld.« Sanftmut und Vergebungsbereitschaft prägten die Züge der Frau. »Ich habe Commander Benjamin Sisko darauf hingewiesen: Der menschlichen Leistungsfähigkeit sind Grenzen gesetzt. Man muß lernen, nichts Unerreichbares anzustreben.«

Der Arzt erkannte die Bajoranerin. Er war Kai Opaka nie persönlich begegnet – und um eine solche Begegnung schien es sich nun zu handeln; sie wirkte nicht wie ein Phantom, sondern wie ein Wesen aus Fleisch und Blut –, aber er hatte Fotos und holographische Bildsequenzen von ihr gesehen, damals, vor vielen Jahrtausenden an Bord von Deep Space Nine. Die ruhige, von Weisheit kündende Stimme bestätigte ihre Identität.

Wie in Zeitlupe wandte sich Bashir um. In letzter Zeit war soviel geschehen, daß ihn nichts mehr überraschen konnte. Doch die Fragen blieben, verlangten noch immer nach Antworten. »Wo sind wir hier?«

»Wo wir hier sind?« Kai Opaka deutete erst zu den Wänden des Shuttles und dann zu den Fenstern. Ihre Geste galt den Sternen. »Dieser Ort ist alles, Dr. Bashir. Dies ist der Kosmos, jenes Universum, in das Sie von den Entitäten transferiert wurden, auf Ihre eigene Bitte hin. Das andere Weltall, an das Sie sich erinnern – das lebendige All –, existiert nach wie vor, aber nicht im Hier und Jetzt. Es gehört zur Vergangenheit, befindet sich im Strom der Zeit weit hinter Ihnen.«

»Sind wir ...«

Kai Opaka las Bashirs Gedanken. »Ja, wir sind hier die einzigen lebenden Geschöpfe. Dies ist das Universum des Todes.« Einmal mehr winkte sie in Richtung der Fenster. »Sehen Sie selbst, Doktor.«

Er kam der Aufforderung nach und blickte nach draußen, beobachtete das Leuchten der fernen Sterne. Die Kälte kehrte in den Kern seines Selbst zurück, begleitet von sonderbarer Leere.

»Spüren Sie es?« erklang hinter ihm die Stimme der Kai. »Besser gesagt: Sie spüren es *nicht*. Damit meine ich jenes Etwas, das Ihnen ebenso vertraut ist wie der eigene Atem, das Sie bisher als Selbstverständlichkeit empfanden: das Gefühl, von einem lebendigen Organismus umgeben zu sein. Diese Präsenz fehlt nun in Ihrer Wahrnehmung.«

»Ja ...« Er nickte langsam. »Es ist ... fort, und zwar *alles*.« Bashir wandte sich vom Panoramafenster ab. »Es liegt an den... Verletzungen, nicht wahr? Die Entitäten haben mir davon erzählt. Von Schmerz und Leid, vom Tod...«

»In der Tat. Sie sind Arzt, und daher sollten Sie wissen: Ein Teil des Lebendigen ist mit allen anderen verbunden. Das Wurmloch mag von unserer Existenzsphäre separiert sein, aber es gehört trotzdem zu einer größeren, übergeordneten Substanz. Indem der Tod dieser wichtigen Komponente herbeigeführt wurde, starb auch der Rest – eine zwangsläufige Konsequenz.«

Bashir hatte die Antwort schon vorher erahnt, doch das sichere Wissen... Das Gewicht des toten Universums schien sich auf ihn herabzusenken, um ihm die Atemluft aus den Lungen zu pressen, um ihn langsam zu zermalmen.

»Ich weiß, auf welche Weise ich diesen Ort erreicht habe«, sagte er und hoffte, daß ihm die Kai noch etwas länger Gesellschaft leistete. »Aber was ist mit Ihnen?«

Die Bajoranerin lächelte. »Man könnte sagen, daß ich *ein wenig* hier bin. Zwar existiere ich im Universum der Lebenden, in dem gleichen Kosmos, aus dem Sie kommen. Aber mit Hilfe meiner Meditationen gelangte ich auch hierher. Auf Bajor besteht die größte Weisheit darin, sich des Todes ebenso bewußt zu sein wie des Lebens. Dies sind keine leeren Worte: Wenn Sie sich Ihren inneren Kräften ebensosehr gewidmet hätten wie ich, so wären auch Sie imstande, in beiden Universen gleichzeitig zu existieren. Dadurch sind Propheten in der Lage, die Zukunft genauso deutlich zu sehen wie die Gegenwart. Und Weise nutzen diesen Umstand, um Bescheid zu wissen, um das Ewige so gut zu kennen wie das Vergängliche.« Kai Opaka hob die Hand und schien den Arzt segnen zu wollen. »Sie sind hierhergekommen, weil Sie Anteil nehmen am Schicksal einer anderen Person, weil Sie helfen wollen. Sie sind noch jung, und daher fehlt es Ihnen an Weisheit, aber Ihre

Opferbereitschaft ist ein guter Ausgleich. Ich konnte Sie hier nicht allein leiden lassen.«

Vage Hoffnung regte sich in Bashir. »Können Sie … mich zurückbringen? Ins Universum der Lebenden?«

»Das übersteigt meine Fähigkeiten. Aber die Entitäten, die Sie hierherbrachten, sind mächtiger als ich. Zeitlosigkeit gebar sie, und ich zweifle kaum daran, daß sie imstande wären, Ihnen eine Rückkehr in den anderen Kosmos zu ermöglichen. Ich bin sicher, daß Sie mit einer Erfüllung dieses Wunsches rechnen dürfen. Sie haben entschieden, den Bewohnern des Wurmlochs kein Leid zuzufügen, und dafür sind sie Ihnen dankbar.«

Bashir schloß die Augen. Erschöpfung und Müdigkeit in ihm verflüchtigten sich allmählich. »Aber wann …«

Ich habe bereits mit den Entitäten gesprochen. Es ist so gut wie vollbracht.

Diese Worte der Kai hörte der Arzt nicht mit den Ohren, sondern in seinem Innern. Nach einer Weile hob er die Lider, wandte sich erneut den Fenstern zu …

Und sah die Sterne. Unmittelbar darauf wirkte sich eine seltsame Art von mentaler Resonanz aus: Er spürte nicht nur den eigenen Herzschlag, sondern auch myriadenfachen Puls auf zahllosen Welten im Orbit ferner Sonnen.

Er drehte den Kopf und hielt vergeblich nach Kai Opaka Ausschau. Aber er war nicht mehr allein.

Er trat zu Kira und bückte sich, griff nach ihren Armen und zog sie auf die Beine. Sie blinzelte verwirrt, und ihre Gedanken schienen sich nur widerstrebend aus dem Gespinst wirrer Träume zu lösen.

KAPITEL 17

»Und das ist alles, Commander?« Der Cardassianer blickte aus dem großen Projektionsfeld im Kontrollraum von Deep Space Nine. »Ich habe ... mehr von Ihnen erwartet.«

Sisko wurde dem Gebot der Höflichkeit gerecht, indem er kurz nickte. »Wie ich es bereits zu erklären versuchte, Gul Tahgla: Eigentlich handelt es sich um eine recht simple Angelegenheit. Ich gebe zu, daß mir die Kommunikationsprobleme mit der Substation eine gewisse Verlegenheit bereiten. Um so dankbarer bin ich dafür, daß Ihre Dienste zur Verfügung stehen.«

Hinter dem Kommandanten standen die Senior-Offiziere der Raumstation und hörten Siskos Gespräch mit dem cardassianischen Commander im Gamma-Quadranten zu. Zuvor hatte eine kurze Besprechung genügt, um eine gemeinsame Strategie zu beschließen. Jetzt ging es ›nur‹ noch darum, Tahgla zu überzeugen.

»Ich weiß nicht recht ...« Argwohn zeigte sich in den Zügen des Gul. Er senkte den Blick und starrte auf die schriftliche Mitteilung eines Assistenten. »Mal sehen, ob ich alles richtig verstanden habe. Sie möchten, daß ich Ihrer Substation eine Nachricht mit folgendem Klartext übermittle: ›Was simultan sein sollte, ist jetzt sequentiell.‹« Tahgla hob den Kopf. »Das ist die ganze Mitteilung?«

»Ja.« Sisko lächelte freundlich. »Ich habe versucht, mich möglichst kurz zu fassen – um Ihnen und Ihrer Crew nicht mehr Mühe zu machen als unbedingt notwendig.«

»Es klingt nach – wie heißt es bei Ihnen? – nach einem Rätsel.« Gul Tahgla neigte den Kopf, als sei es aus einer anderen Perspektive möglich, den Sinn der Nachricht zu erfassen. »Sind Sie sicher, daß die Personen an Bord der Substation – falls es dort Überlebende gibt – eine so knappe Mitteilung verstehen? Vielleicht sollten Sie zumindest *etwas* ausführlicher werden, um Mißverständnissen vorzubeugen.« Er sah auf und erweckte den Eindruck, einen Hinweis zu erwarten.

»Nein, das ist nicht nötig.« Sisko hoffte, daß er damit recht behielt. Die Formulierung der Botschaft ging auf ihn selbst zurück: Einerseits mußte die Nachricht klar genug sein, damit Kira und Bashir begreifen konnten, worum es ging; andererseits durfte sie den Cardassianern keinen Hinweis auf die Lage an Bord der Substation geben. »Ich bin sicher, meine Leute verstehen alles.«

»Commander Sisko...« Tahglas Züge verhärteten sich, und er kniff die Augen zusammen. »Die überaus kompakte Form der Mitteilung deutet meiner Ansicht nach nicht darauf hin, daß Sie uns Mühe bei der Übermittlung ersparen wollen. Ich vermute vielmehr, daß Sie etwas zu verbergen trachten. Sie beweisen damit ein hohes Maß an Mißtrauen, und uns bleibt gar nichts anderes übrig, als ebenfalls argwöhnisch zu sein. Meine Offiziere und ich werden die Botschaft genau untersuchen, um eine Bestätigung dafür zu erhalten, daß sie tatsächlich harmlos ist.«

»Jetzt enttäuschen Sie mich. Ein solches Verhalten Ihrerseits überrascht mich sehr, Gul Tahgla. Soll ich daraus den Schluß ziehen, daß ein cardassianischer *Gul* nicht imstande ist, bei so banalen Sachen eine eigene Entscheidung zu treffen? Denken Sie an den Schaden für Ihre Reputation, wenn bekannt wird, daß Sie sich vor einigen wenigen Worten fürchteten. In allen Teilen der bekannten Galaxis wird man sich fragen, ob sich die Krieger des cardassianischen Reiches von ihren eigenen Schatten erschrecken lassen.« Sisko sah ganz deutlich, daß er mit diesen Bemerkungen genau die beabsichtigte Wirkung erzielte: Die Falten fraßen sich immer tiefer in Tahglas Stirn. »Hinzu kommen die möglichen politischen Folgen. Wenn sich herausstellt, daß meine Nachricht für die Substation wirklich harmlos war und die cardassianischen Interessen in keiner Weise gefährdete... In dem Fall müssen Sie sich vorwerfen lassen, die traditionellen Verhaltensregeln für Parteien, die nicht offiziell im Krieg sind, verletzt zu haben. Auf vielen mit Ihnen verbündeten Planeten könnte man über den wirklichen Nutzen von Beziehungen mit den Cardassianern nachdenken. Der Verdacht von Unzuverlässigkeit würde Ihre bisherigen diplomatischen Erfolge in Frage stellen.« Sisko zuckte mit den Schultern. »Nun, vielleicht interessiert es Sie gar nicht, daß Sie Ihre Vorgesetzten im Rat in eine schwierige Situation bringen, und zwar nur wegen eines kleinen Rätsels...«

»Na schön.« Gul Tahgla verzog das Gesicht. »Wir leiten Ihre Nachricht an die sogenannte Substation weiter und wiederholen sie mehrmals – damit uns niemand vorwerfen kann, wir hätten nicht alles versucht, um Ihren Wünschen gerecht zu werden. Aber ich warne Sie, Sisko: Dadurch ändert sich nichts. Ich bin nach wie vor fest entschlossen, Ihre Basis im Retransferbereich zu vernichten.« Er nickte, und seine eigene Höflichkeit kam Spott gleich. »Vielleicht finde ich zwischen den Trümmern die Lösung für das Rätsel.«

Der Cardassianer schloß den Subraum-Kanal, und sein Abbild verschwand vom Bildschirm.

Über die Schulter hinweg sah Sisko zu den Offizieren von DS Nine. »Es hat geklappt.«

Feuer brannte in Hõrens Herzen, dehnte sich aus und erfaßte auch jene Bereiche, in denen einst kühle Rationalität zu Hause gewesen war, bevor der Zorn kam, die elementare Struktur seines Selbst erst zerriß und dann wieder festigte. Wut und Schmerz hatten ihn geläutert und stärker werden lassen. Vage erinnerte er sich an Schwäche in seinem physischen Leib, an Kraftlosigkeit in jener Hülle, die Geist und Seele trug. Doch das eigene vergiftete Blut war geflossen, und dadurch empfing er Reinheit und den heiligen Auftrag, zum Boten des Gerechten zu werden, das Schmutzige auszumerzen und Sündiges zu bestrafen.

Hõren stapfte durch die Korridore der Substation, und bei jedem Schritt raste ihm heißer Schmerz durch die Schulter. Der gebrochene Arm hing an der Seite, und das Handgelenk stand noch weiter ab als vorher. Um so besser: Die schreienden Nerven hielten die Müdigkeit von ihm fern und sorgten dafür, daß alle seine Sinne wachsam blieben. Immer wieder huschte der Blick blutunterlaufener Augen durch die Finsternis, auf der Suche ...

In der anderen Hand hielt er das Messer, fest genug, um es in eine Erweiterung seiner Gedanken und Entschlossenheit zu verwandeln. Hinter Rygis' Stirn wurde aus dem Glanz der Klinge ein strahlendes Gleißen. Er stellte sich vor, wie das scharfe Metall in weiches Fleisch sank, es ebenso mühelos durchschnitt wie leere Luft – so als sei das Opfer bereits tot und zu einem Phantom geworden. Und das verlangte die Gerechtigkeit: den Tod. Einige Sekunden lang lauschte Hõren einer heulenden Stimme in ihm, die Rache verlangte, die das Messer in der Faust als Instrument der Vergeltung pries.

Vor ihm hob sich das Gitter des Decks, und er stolperte. Auf Händen und Knien fand er sich wieder; rauhes Metall schabte ihm die Haut von den Fingerknöcheln. Dunkelheit wogte ihm entgegen, wirkte wie ein Tümpel aus schwarzem Wasser, das damit lockte, ihm die brennenden Wangen zu kühlen und seinen Durst zu löschen.

Der schwache und kranke Teil von ihm wollte sich auf die Seite drehen, um zu schlafen, vielleicht in der

Hoffnung, daß aus dem Tümpel ein Meer wurde, dessen Wogen ihn forttrugen. Tränen der Enttäuschung quollen ihm in die Augen, als er sich an eine bittere Erkenntnis erinnerte: Das Blut kehrte immer wieder zurück, und deshalb mußte er dauernd mehr davon fließen lassen, um sich zu reinigen.

»Es ist *ihre* Schuld«, hauchte er. Von Anfang an war es ihre Schuld gewesen. Das Feuer... Damals erblühte es im Tempel. Jene Gläubigen, die mehr Glück hatten als ihre Gefährten und in ihrer Heiligkeit Bestätigung fanden, lagen auf dem verbrannten Boden und blieben lange genug am Leben, um die herrliche Reinheit ihres Zustands zu genießen. Hõren bedauerte, damals nicht in der Lage gewesen zu sein, ihnen Gesellschaft zu leisten. *Sie* hatte ihn darum betrogen, um jenen Moment der Glorie. Einige Sekunden, die sich zur subjektiven Ewigkeit dehnten, die vollständige, umfassende Läuterung brachten... Dann hätten die anderen, die Toten, ihm vielleicht verziehen.

Er stemmte sich mühsam hoch, saß eine Zeitlang auf den Fersen. Allmählich kehrte die Kraft zurück, als er sich ganz darauf konzentrierte, tief durchzuatmen. Der vom gebrochenen Arm ausgehende Schmerz ließ ein wenig nach, verhielt sich nun wie ein Partner, der begriff, daß sie zusammenarbeiten mußten, um das angestrebte Ziel zu erreichen.

Hõren Rygis stand vorsichtig auf und lehnte sich mit der Schulter an die Wand. Ja, die Kraft wuchs jetzt in ihm, und die reinigenden Flammen in seinem Herzen loderten höher und heißer. Er hob den unverletzten Arm und betrachtete das Messer – die Klinge zeigte ihm sein Spiegelbild.

Bald, schwor er sich. Es wurde Zeit, alles zum Abschluß zu bringen.

Er wandte sich von der Wand ab und setzte den vorherbestimmten Weg fort, an dessen Ende *sie* auf ihn wartete.

Als Kira das Bewußtsein wiedererlangte und sich eingestehen mußte, daß Bashir nicht etwa eine von ihren Träumen übriggebliebene Vision war, sondern integraler Bestandteil der Realität... Daraufhin geriet sie völlig außer sich.

»Ich habe Ihnen *befohlen*, im Wurmloch zu bleiben!« entfuhr es ihr. Sie stieß seine Hand beiseite, als er mit einer Untersuchung begann; aufgrund der Blutflecken am Uniformpulli befürchtete er mittelschwere Verletzungen. »Es war Ihnen *ausdrücklich* verboten, das Impulstriebwerk ohne Absorber zu verwenden und dadurch die Entitäten in Gefahr zu bringen...«

»Eigentlich habe ich mit einem freundlicheren Empfang gerechnet. Es war alles andere als leicht, zur Substation zu gelangen.«

Bashir deutete erst zu den Fenstern und forderte Kira dann auf, sich die Instrumentenanzeigen anzusehen. Mit eigenen Augen sollte sie sich davon überzeugen, daß der Dimensionstunnel noch existierte. »Zumindest dieses Ende des Wurmlochs ist geöffnet«, sagte er und klopfte dabei mit dem Zeigefinger auf ein Display. »Wie es auf der anderen Seite aussieht, bei Deep Space Nine... Das erfahren wir nur, wenn wir an Bord des Frachtshuttles zurückkehren und eine Kom-Verbindung mit der Raumstation herstellen.«

Kira musterte ihn mit einer Mischung aus Verwirrung und Argwohn. »Wie *sind* Sie hierhergekommen?«

»Derart nebensächliche Details können Sie später in meinem Bericht nachlesen.« Bashir lächelte. »Ich fürchte, sie haben mehr mit meinem Fachgebiet zu tun als mit Ihrem.« Er zögerte und lauschte der Stille. »Was ist mit Hõren? Treibt er sich noch immer hier herum?«

Kira nickte. »Ja, er liegt irgendwo auf der Lauer.« Sie zeigte zur Tür des Kontrollraums. »Vielleicht steht er im Korridor und hört uns zu.«

»Hat er es nach wie vor auf Sie abgesehen?«

»Er kann ziemlich stur sein«, erwiderte Kira trocken.

»Wir sind uns einige Male begegnet. Wenn Sie mehr darüber wissen wollen… Lesen Sie *meinen* Bericht.«

»Am besten machen wir uns unverzüglich auf den Weg zum Shuttle. Dort stellt Hõren Rygis keine Gefahr für uns dar.« Bashir blickte zur Tür. »Ich schlage vor, wir benutzen das MPM. Es kann auch zwei Personen aufnehmen, wenn's unbedingt sein muß. Zwar wird es dadurch ziemlich eng, aber zum Glück brauchen wir nur eine relativ kurze Strecke zurückzulegen.«

»Nein.« Kira schüttelte den Kopf. »Fliegen Sie von mir aus zum Shuttle zurück. Ich bleibe hier, bis Hõren erledigt ist.«

»Soll das ein Witz sein?« Bashir starrte die Bajoranerin groß an. »Warum ein Risiko eingehen?« Er deutete auf den verbundenen Arm und die Blutflecken. »Sie haben die ›Begegnungen‹ mit dem Irren nur knapp überlebt. Im Shuttle könnten wir einfach warten, bis er seinem Wahnsinn erliegt. Zumindest hätten wir dort Gelegenheit, in aller Ruhe zu überlegen, wie sich das Problem lösen läßt.« Der Arzt legte eine kurze Pause ein und suchte in Kiras Zügen nach Hinweisen, die seinen Verdacht bestätigten. »Aber vielleicht möchten Sie in der Substation bleiben, weil Sie inzwischen genauso besessen sind wie er, weil Sie… den Reigen des Todes mit ihm tanzen wollen.«

»Besessenheit hat damit überhaupt nichts zu tun«, widersprach Kira ruhig. »Ich bin mit dem Auftrag zum Gamma-Quadranten geschickt worden, Souveränitätsanspruch auf den Retransferbereich zu erheben – bevor die Cardassianer dazu in der Lage sind. Die Substation bildet dabei eine rechtliche Basis für den Anspruch. Wenn Gul Tahgla hier eintrifft und feststellt, daß sich nur ein Verrückter an Bord befindet, der mit einem Messer in der Hand die Korridore durchstreift… Dann dürfte es ihm nicht sehr schwerfallen, dem cardassianischen Hoheitsanspruch Nachdruck zu verleihen.« Die Bajoranerin strich sich eine Strähne des zerzausten

Haars aus der Stirn. »So etwas darf nicht geschehen. Zuviel steht auf dem Spiel, sowohl für die Föderation als auch für Bajor.«

»Als Leiche an Bord der Substation können Sie Ihren Auftrag wohl kaum erfüllen«, gab Bashir zu bedenken.

»Ja, das stimmt. Deshalb bleibe ich hier und kümmere mich um Hõren.«

»Wollen Sie ihn töten?«

»Wenn es sein muß.«

Der Arzt sah zur Decke hoch. Kiras Halsstarrigkeit ärgerte ihn – um so mehr, weil er wußte, daß sie recht hatte.

»Sie haben das Kommando, Major«, sagte er und gab sich damit geschlagen. »Es sei denn …«

»Es sei denn *was?*«

»Ich werde Ihnen nicht gehorchen, wenn Sie mir befehlen, zum Shuttle zurückzukehren. Ich bleibe hier, bei Ihnen. Gemeinsam sollte es uns gelingen, mit Hõren fertig zu werden.«

Kiras Lippen deuteten ein Lächeln an, und gleichzeitig sah Bashir aus den Augenwinkeln, wie eine Kontrollampe auf der zentralen Konsole blinkte.

»Wir empfangen Kom-Signale.« Er las die über den Schirm wandernden Worte. »Und zwar von Gul Tahglas Schiff.«

Er betätigte eine Taste, schaltete damit auf akustischen Output um. Es knackte im Deckenlautsprecher, und eine monotone cardassianische Stimme ertönte.

»Diese Nachricht wird von Deep Space Nine weitergeleitet. Commander Benjamin Sisko läßt Ihnen folgendes mitteilen, Zitat Anfang: ›Was simultan sein sollte, ist jetzt sequentiell.‹ Zitat Ende. Bitte bestätigen Sie den Empfang dieser Sendung.«

Erneut klickte eine Taste unter Bashirs Zeigefinger. »Wir bestätigen hiermit.« Die Kontrollampe erlosch, als der Kom-Kanal geschlossen wurde. »Was könnte das bedeuten, Major?«

»Die Mitteilung kommt von Sisko – also muß sie wichtig sein.« Kira trat neben den Doktor. »Immerhin hat er sich die Mühe gemacht, Gul Tahgla dazu zu bringen, den Vermittler zu spielen.« Sie sah Bashir an. »Ich schätze, er meint irgendeine Funktionskomponente der Substation. Überlegen Sie mal. Gibt es etwas an Bord, das zunächst simultan funktionieren sollte?«

»Nun, zum Beispiel die normalen Lebenserhaltungssysteme – aber damit ist alles in Ordnung.« Der Arzt rieb sich das Kinn. »Der Formulierung entnehme ich, daß es sich um eine Vorrichtung handelt, die noch nicht in Betrieb gesetzt wurde, die erst aktiviert werden muß...« Plötzlich riß er die Augen auf. »Die Selbstzerstörungsanlage! Natürlich – die Sprengladungen sollen zur gleichen Zeit explodieren, damit eine vollständige Zerstörung des Quarantänemoduls gewährleistet ist.«

»Aber wenn sie nicht simultan detonieren, sondern sequentiell...«

»Vermutlich haben die bajoranischen Mikrotechniker die Schaltkreise des Zündungssystems manipuliert. O'Brien könnte uns sicher das Wie erklären.«

»Was ändert sich dadurch?«

Bashir dachte kurz nach. »Der angerichtete Schaden wäre trotzdem ziemlich groß. Verheerungen in den einzelnen Abteilungen; zerfetzte Wände; Ausfälle von atmosphärischen Siegeln. Die Struktur hingegen bliebe erhalten. Ein großer Teil der destruktiven Energie würde nach innen geleitet, ohne die äußeren Elemente in Mitleidenschaft zu ziehen.«

»Könnte man an Bord überleben?«

»Ja – mit der richtigen Ausrüstung. Andernfalls wäre schon die Dekompression fatal.«

»Alles klar.« Kira ballte die Hand zur Faust. »Das wollte uns Sisko zu verstehen geben. Es ist eine perfekte Methode, um Hõren zu neutralisieren.«

»Trotzdem sind erhebliche Gefahren damit verbunden. Er muß in einen Bereich der Substation gelockt werden, der keine mobilen Lebenserhaltungssysteme erhält. Dafür kommen nur die vorderen Lagerkammern in Frage.« Bashir holte tief Luft. »Sie befinden sich am Anfang der Explosionskette. Genau dort geht die erste Ladung hoch, wenn der Zündungsimpuls ausgelöst wird.«

»Keine Sorge.« Kira wischte sich die Hände an der Uniformhose ab. »Wir kriegen das schon hin ...«

Hõren sah sie. In gewisser Weise kam er ohne die Thermosensoren und das Ortungsgerät besser zurecht. Er brauchte nur zu schnuppern, um festzustellen, wo sich Kira befand, durch welchen Korridor sie eilte. Seine Sinne waren noch schärfer geworden, was er dem reinigenden, läuternden Zorn verdankte.

Ein Schatten in der Dunkelheit, ein Stiefel, der über den Metallboden kratzte – das genügte. Hõrens Opfer verließ den Kontrollraum und wich in die fernen Bereiche der Substation zurück. Er hatte gehofft, sie in der Zentrale zu stellen, doch sie floh, bevor er dort eintreffen konnte. Vielleicht gab sie nun der Panik nach und begann mit einer verzweifelten Suche nach einem Versteck. Es war Hõren gelungen, ihre Falle zu überleben; vielleicht zog sie daraus den Schluß, daß sie ihm und der Gerechtigkeit nicht auf Dauer entkommen konnte. Ganz gleich, wo sie sich verbarg – er fand sie. Er sah es ganz deutlich ... Früher oder später geriet sie in eine Sackgasse, in einen Korridor, der an einer massiven Wand endete. Dann fiel sein Schatten auf sie, eine Finsternis, in der nur die Klinge der Rache glänzte.

Er schritt durch Passagen, die ihm inzwischen ebenso vertraut waren wie der eigene Körper. Und während er einen Fuß vor den anderen setzte, spürte er ganz deutlich die Umarmung der Gewißheit: Eine Prophezeiung stand kurz bevor, sich zu erfüllen.

»Hören!«

Kiras Stimme drang durchs Halbdunkel und hallte von den Wänden der Lagerkammern wider.

Eine Silhouette erschien in der Tür, und durch den gesenkten Kopf wirkten die Schultern noch breiter. Ein Arm baumelte nutzlos an der Seite, und in der anderen Hand glänzte die Klinge eines Messers.

»Ich habe auf diesen Augenblick gewartet, Kira.« Rygis trat vor, und im matten Glühen eines Leuchtkörpers zeigte sich ein hohlwangiges Gesicht. »Jahrhundertelang …«

»Ja, ich weiß.« Kira wich langsam an der Wand entlang zurück. Hören mochte dem Wahnsinn zum Opfer gefallen sein, aber in ihm verharrte ein Rest des Oberhaupts der Redemptoristen. Seine aufgezeichnete Stimme fiel ihr ein, seine Ansprachen, in denen es um Blut und Feuer ging. »Es war vorherbestimmt, nicht wahr?«

»Dies ist wohl kaum der geeignete Zeitpunkt, um mich zu verspotten. Willst du deinen anderen Sünden auch noch Blasphemie hinzufügen? Statt dessen solltest zu bereuen und um Vergebung bitten.«

Aus den Augenwinkeln stellte die Bajoranerin fest, daß ihr nur noch wenig Platz blieb. »Würde das irgend etwas ändern?« Sie bemerkte eine Tür, von der sie nur wenige Meter trennten.

Hören kam näher, und die Entfernung zwischen ihm und Kira schrumpfte.

»Natürlich nicht.« In Rygis' Augen funkelte ein Glanz, der dem Glitzern der Messerklinge ähnelte. »Du hast dein Herz mit Sünden belastet, die nicht vergeben werden können. Sie müssen ausgemerzt werden, wie eine Krankheit in deinen Adern.« Er hob den Dolch. »Deshalb solltest du dankbar dafür sein, daß dein von Schmutz und Schande bestimmtes Leben nun zu Ende geht.«

Kira schwieg und preßte die Hände flach ans kühle

Metall der Wand. Inzwischen war Hõren so nahe, daß sie den an seiner Haut klebenden Schweiß roch.

Nahe genug, um den Geruch des eigenen Blutes wahrzunehmen, das an der Klinge haftete ...

Kira sprang, als der Mann ausholte, duckte sich unter dem Messer hinweg. Sie hechtete durch die offene Tür, landete auf der einen Seite, drehte sich und betätigte die Taste der Kontrolleinheit. Hõren stand im Zugang, als das Schott wie in Zeitlupe zuglitt. Kira zog die Beine an und trat mit ganzer Kraft zu, traf ihn am Unterleib. Der jähe Stoß ließ ihn zurücktaumeln, und vor ihm schloß sich die Tür.

»Bashir ...« Die Bajoranerin klopfte auf ihren Insignienkommunikator. »Initialisieren Sie die Selbstzerstörungssequenz!«

Die Stimme des Arztes klang aus einem Lautsprecher in der Decke. »Sind Sie sicher?«

»Verdammt! *Natürlich* bin ich sicher!« Kira stand auf und eilte zum Ende des Korridors.

Sie hörte, wie sich das Schott hinter ihr öffnete, und Hõrens Schritte folgten ihr. Als sie einen Blick über die Schulter warf, vernahm sie ein anderes Geräusch – ein leises Grollen. Eine Sekunde später erbebte der Korridor, und Kira verlor den Halt, fiel zu Boden. Ihre Hände ertasteten einen Türrahmen, und daran zog sie sich hoch. Hinter ihr hockte Hõren auf den Knien; in der einen Hand hielt er nach wie vor das Messer.

Eine zweite Explosion – und die Bajoranerin spürte, wie Luft an ihr vorbeistrich. Sie stieß sich von der Tür ab, als sich das Deck unter ihr hob und senkte.

Bashir hörte das dumpfe Donnern im Leib der Substation. Die automatischen Kontrollsysteme gaben sofort Alarm und wiesen auf Beschädigungen der hermetischen Siegel hin. Der junge Arzt betätigte einige Tasten, öffnete damit die elektronischen Ventile der Sauerstoffreserve und aktivierte auch die für den Notfall bestimmten Atmosphärengeneratoren. In seinen Ohren knackte es, als der Luftdruck rasch sank. Er verließ den Kontrollraum, eilte durch den zentralen Korridor und hörte, wie das Heulen der Alarmsirenen allmählich leiser wurde.

Ihm blieb gar keine Zeit, sich um Kira Sorgen zu machen. Bashir mußte sich ganz darauf konzentrieren, seinen Teil des Plans durchzuführen. Nach kurzer Zeit erreichte er die Schleuse und kletterte ins modifizierte Personenmodul. Die ›Luke‹ wurde rasch schmaler, schloß sich dann vollständig.

Bashir justierte die Manövrierdüsen auf leichten Schub und steuerte das MPM nach vorn. Die Tür zum Innern der Substation war viel zu klein, und deshalb blieb ihm keine andere Wahl, als den Laserbrenner einzusetzen – Energie leuchtete an der Spitze des entsprechenden Metallarms. Servomotoren bewegten eine mobile Zange, und damit zerrte Bashir an der Wand, während sich die energetische Flamme des Laserbrenners durch den Stahl fraß.

Er glaubte, die Hitze durchs bugwärtige Fenster zu spüren, und zur gleichen Zeit war er sich der verstreichenden Sekunden bewußt. Die Wände der Schleuse erbebten, als es zu einer neuerlichen Explosion kam, diesmal in der Nähe. Julian zog den einen Greifarm zurück, und die Zange bog massives Metall wie dünnes Blech beiseite.

Immer wieder krachten Explosionen, und die heftigen Erschütterungen warfen Kira mehrmals von den Beinen. Sie hatte sich alle Einzelheiten des Weges zur Schleuse fest ins Gedächtnis eingeprägt, doch in dem allgemeinen Chaos lief sie Gefahr, die Orientierung zu verlieren.

Sie verharrte und keuchte – in der dünnen Luft fiel das Atmen immer schwerer. Der an ihr vorbeizischende ›Wind‹ wurde stärker, als kostbarer Sauerstoff aus den

Lecks ins All entwich. Das Heulen der Alarmsirenen schien aus einer Entfernung von einigen Kilometern zu kommen.

Kira starrte zum Ende des Korridors – und sah eine Sackgasse. *Nein,* dachte sie. *Bei der letzten Abzweigung nach links, nicht nach rechts. Du hast es fast geschafft …*

Sie drehte sich um, blickte an der Abzweigung vorbei zum Schleusenzugang. Metall glühte und gab nach, als das MPM ins Innere der Substation vordrang. Hinter den Fenstern zeigte sich Bashirs Gesicht.

Weiter …

Die Bajoranerin taumelte der Schleuse entgegen. Unter ihr hob sich plötzlich das Deck und kippte, schleuderte sie an die nächste Wand. Kira schaffte es, das Gleichgewicht zu wahren, aber einige Sekunden lang befürchtete sie, durch den Aufprall blind geworden zu sein. Vergeblich hielt sie nach der Schleusentür Ausschau; Dunkelheit wogte heran und verschlang die Konturen der Umgebung.

Kurz darauf schnitt Licht durch die Finsternis, ein tödlicher Glanz, der von einer Klinge ausging. Die Frau begriff, daß *er* sie gefunden hatte.

»Kira …«

Hõrens Stimme war jetzt kaum mehr als ein heiseres Krächzen. Er keuchte ebenfalls und schlang ihr den Arm um die Schultern, hob das Messer zur Kehle der Bajoranerin.

»Ich habe gewartet …« Das Fauchen der entweichenden Luft riß seine Worte mit. »So lange …«

Irgendwo, in einer anderen Welt, ertönten Geräusche, die auf berstendes Metall hinwiesen. Kira blickte an Hõren vorbei und sah, wie das MPM den Korridor erreichte. Ein zahnartiges Stahlteil der zerfetzten Wand kratzte mit schrillem Quietschen über die Außenhülle. Die Manövrierdüsen feuerten, schoben das modifizierte Personenmodul weiter in den Gang.

Wieder detonierte ein Sprengsatz, und diesmal schien

die Explosion nur wenige Meter entfernt zu sein. Kira fiel, und etwas preßte ihr die Luft aus den Lungen. Die jähe Erschütterung hatte Hõren – und auch sein Messer – zur Seite gestoßen.

Vorn ragte ein Schemen auf. Der metallene Panzer des MPM öffnete sich, und Kira sah Bashir an den Kontrollen. Er beugte sich vor, packte sie am Kragen der Uniform und half ihr auf die Beine. Seine Lippen bewegten sich, aber die Bajoranerin verstand kein Wort, hörte nur das Zischen der immer dünner werdenden Luft.

Mit der anderen Hand bewegte der junge Arzt einen Hebel. Das MPM neigte sich weit genug, um Kira anzuheben und anschließend ins Innere fallen zu lassen. Sie sank an Bashirs Brust.

»Und jetzt verschwinden wir von hier ...« Er drückte Tasten, und die Luke begann sich zu schließen.

Erschöpfung packte Kira; unter anderen Umständen wäre sie sicher zusammengebrochen. Sie blieb nur deshalb auf den Beinen, weil ihr die winzige Kammer des modifizierten Personenmoduls gar keine Wahl ließ. Sie drehte den Kopf und beobachtete, wie die beiden Metallwände einander entgegenwuchsen.

Dunkelheit füllte den Spalt. Finsternis und ein Gesicht mit Augen, in denen Irrsinn flackerte.

Sein Gesicht.

Eine Hand streckte sich ins MPM, bekam einen Teil von Kiras Uniformpulli zu fassen und zog sie der Luke entgegen. Die Bajoranerin stemmte sich dem Zerren entgegen, preßte die Hände an den Stahl. Rechts und links berührten die Ränder der Öffnung Hõrens Unterarm und übten zunehmenden Druck aus.

Es blitzte am Ende des Korridors, als ein weiterer Sprengsatz explodierte – die ganze Substation schien sich zu schütteln. Rygis' Gesicht verzerrte sich zu einer Fratze, als der Sauerstoff entwich, als die Fetzen von Hemd und Hose fransigen Fahnen gleich flatterten.

Auf der Konsole des MPM blinkte eine Kontrolllampe und wies auf einen gefährlichen Druckabfall hin. Bashir erhöhte den Schub der bugwärtigen Manövrierdüsen und steuerte das Personenmodul zur Schleuse zurück.

Hõrens Faust blieb um den Stoff von Kiras Pulli geschlossen. Seine Finger sahen nun aus wie blutleere Klauen, und sie krümmten sich so sehr, daß die Fingernägel wie winzige Dolche in den Handballen schnitten. Blut quoll aus den kleinen Wunden und rann über deutlich hervortretende Sehnen.

Kiras Hände tasteten nach den beiden Griffen an den Innenwänden. Sie schnappte nach Luft, spannte die Muskeln und beschleunigte den Lukenmechanismus mit ihrer letzten Kraft.

Knochen knirschten und splitterten. Die beiden Metallkanten zermalmten den Unterarm, zerquetschten das Gewebe, vereinten sich und schlossen das molekulare Siegel.

Die Bajoranerin sah aus dem Fenster und warf einen letzten Blick auf Hõren. Dämonischer Zorn bestimmte seine Züge. Er hatte den gebrochenen Arm um den Stutzen einer Manövrierdüse geschlungen, klammerte sich an der Außenhülle des MPM fest und hämmerte mit dem blutigen Stumpf des anderen Arms ans Fenster.

Der letzte Sprengkörper zündete, und die Wucht der Explosion zerriß den Korridor. Das Personenmodul hatte inzwischen die vom Laserbrenner aufgeschnittene Innenwand der Schleuse erreicht, wurde nun von der Druckwelle erfaßt …

… und nach draußen gestoßen, ins All.

Von einem Augenblick zum anderen herrschte Stille.

Das MPM trieb antriebslos durchs All. Jenseits der Fenster drehte sich die Substation langsam um die eigene Achse und wurde allmählich kleiner.

Die Wände des Moduls wölbten sich um die beiden

Personen in der kleinen Kammer. Kira hätte sich selbst dann nicht enger an Bashir schmiegen können, wenn das ihr Wunsch gewesen wäre.

»Ich weiß, es ist nicht leicht, aber ...« Der Arzt mied ihren Blick und behielt die Kontrollen im Auge, als er erneut mit den Manövrierdüsen Schub gab und das MPM zum Shuttle steuerte. »Wenn Sie angesichts unserer Nähe nicht zu aufgeregt sind, reicht der Sauerstoffvorrat vielleicht bis zur Raumfähre.«

KAPITEL 18

Eine erhebliche Zunahme der Kommunikationsaktivität ließ sich feststellen.

Gul Tahglas Brüllen hätte eigentlich eine Erweiterung der normalen Frequenz-Bandbreite erfordert. Seine Stimme donnerte aus dem Deckenlautsprecher, und Bashir bedauerte, daß die Kom-Verbindung auf akustische Signale beschränkt blieb.

»Was hat das zu bedeuten?«

Kira atmete tief durch, und ihre Miene machte deutlich, daß sie sich auf diesen Augenblick gefreut hatte. »Ich wiederhole: Hier ist die Retransfer-Station im Gamma-Quadranten. Ich weise Sie noch einmal darauf hin, daß Sie sich nun in einem von der Föderation kontrollierten Raumsektor befinden. Bitte beachten Sie die entsprechenden Navigationsvorschriften. Sie dürften mit ihnen vertraut sein.«

»Ausgeschlossen!« Tahglas Stimme legte noch um eine Oktave zu. »Sie können keinen Souveränitätsanspruch erheben – Ihre Substation ist überhaupt nicht einsatzfähig.«

»Ich glaube, da irren Sie sich.« Kira lehnte sich im Sessel zurück. »Dieses Gespräch beweist, daß unsere Kommunikationsprobleme inzwischen gelöst sind. Ich versichere Ihnen: Wir haben alle Bedingungen erfüllt, um Anspruch auf dieses Raumgebiet zu erheben. Von jetzt an wird der Retransferbereich des stabilen Wurmlochs von der Föderation verwaltet, und zwar zum Nutzen aller Völker. Jeder Reisende ist uns willkommen – das gilt auch für Sie. Und um zu beweisen, daß wir nicht den geringsten Groll gegen Sie hegen …« Es gelang Kira, verbal zu lächeln. »Wir verzichten darauf, wegen der bewußt falschen Angaben bezüglich Ihrer Mission Ermittlungen einzuleiten. Immerhin: Wir können Ihnen wohl kaum den Versuch vorwerfen, uns ein Schnippchen zu schlagen, oder?« Bei den letzten Worten brachte die Stimme der Bajoranerin deutlichen Spott zum Ausdruck.

»Diese Sache muß vor einem interstellaren Gericht verhandelt werden!« ereiferte sich Gul Tahgla. Er klang wie jemand, der vor Zorn zu platzen drohte. »Das ist unerhört! Damit kommen Sie nicht durch! Sie …«

Kira betätigte eine Taste und schloß damit den Kom-Kanal.

»Welche Chance haben die Cardassianer?« fragte Bashir. Er stand auf der anderen Seite der Pilotenkanzel, am Pult, das von den externen Sensoren Daten empfing.

»In rechtlicher Hinsicht?« Kira zuckte mit den Achseln. »Es kommt ganz darauf an, wieviel sie herausfinden. Wenn sie erfahren, was sich an Bord der Substation zugetragen hat … Nun, dann gelingt es ihnen vielleicht, den Fall vor Gericht zu bringen. Aber was die politischen Aspekte betrifft …« Die Bajoranerin schüttelte den Kopf. »Selbst bei ihren Verbündeten sind die Cardassianer nicht sehr beliebt. Wenn es zu einer Abstimmung käme, müßten sie mit einer Niederlage rechnen: Die Föderation hat freien Zugang zum stabilen Wurmloch garantiert, und nur darauf kommt es den meisten Welten an.«

»Ich wünschte, wir könnten einen Blick auf Gul Tahglas Schiff werfen.« Bashir wußte natürlich: Eine Erfüllung dieses Wunsches war nur möglich, wenn sie ihre List als solche zu erkennen gaben. Sie hatten das Frachtshuttle hinters umgerüstete Quarantänemodul gesteuert, um von den Cardassianern nicht geortet zu werden. Aufgrund der Kom-Signale mußten Gul Tahgla und seine Offiziere schließen, daß sich Föderationsrepräsentanten in der – funktionierenden – Substation befanden. »Vermutlich zittert es. Weil Tahgla vor Wut an die Decke gegangen ist.«

Kira sah den jungen Arzt an und lächelte. »Vielleicht sollte ich den Kom-Kanal wieder öffnen. Damit wird seinen Schreien lauschen können.«

Der Flitzer verließ Deep Space Nine, und an Bord befand sich nur eine Person. Sisko saß an den Kontrollen und genoß es, allein zu sein. Auch damals war er allein gewesen, als *es* geschah, als er mit Geheimnissen und Mysterien konfrontiert wurde, die er noch immer nicht verstand.

Bevor er aufbrach, hatte er eine Kom-Verbindung mit Kira und Bashir an Bord des Frachtshuttles hergestellt. »Ich habe Neuigkeiten für Sie«, sagte der Commander. »Das Wurmloch hat sich bei uns wieder geöffnet, und die Ergebnisse einer ersten Sondierung deuten darauf hin, daß es genauso stabil ist wie vorher. Bald trifft ein Schiff bei Ihnen ein.«

»Das haben wir uns erhofft«, erwiderte Kira. »Damit meine ich das Wurmloch.«

»Ich möchte so bald wie möglich einen vollständigen Bericht. Sowohl von Ihnen als auch von Dr. Bashir.« Sisko fügte ein knappes Lob hinzu, bevor er den Kanal schloß. »Gute Arbeit, Major.« Er wußte, daß dieser kurze Kommentar genügte.

Im Innern des Wurmlochs reduzierte er den Schub des abgeschirmten Impulstriebwerks aufs Minimum und wartete.

Schon nach kurzer Zeit erklang eine Stimme hinter seiner Stirn.

Es ist das Individuum namens Benjamin Sisko. Wir erkennen Sie.

»Ich fühle mich geschmeichelt«, sagte er laut.

Jene andere Person, der wir uns zeigten … Existiert sie nun woanders?

»Ja. Sie meinen Dr. Bashir. Er befindet sich jetzt bei Major Kira, und beide sind in Sicherheit.«

Jenes Individuum weilte nicht auf die gleiche Weise in der Zeit wie Sie, Benjamin Sisko. Außerdem fehlte es ihm an Weisheit. Aber es versuchte, uns Leid zu ersparen. Deshalb haben wir dieses Universum – unseren Körper – wieder geöffnet.

Sisko nickte. »Das dachte ich mir. Übrigens: Ich erneuere mein Versprechen in Hinsicht auf die Abschirmung der Triebwerke. Man wird Ihnen nicht noch einmal Schmerzen zufügen.«

Dabei handelt es sich um eine Sache der Zeit, erwiderte die Stimme sanft. *Sie können nicht wissen, ob sich die Pein irgendwann einmal wiederholt, und wir wissen es ebensowenig.* Die Stimme wurde leiser. *Begeben Sie sich nun zu den Personen Ihrer Art – sie warten.*

Einige Sekunden lang blieb Sisko still und stumm sitzen. Dann streckte er die Hand nach den Kontrollen aus und erhöhte das energetische Potential des Impulstriebwerks.

Er hatte die Stimme wiedererkannt. Sie stand mit einer Erinnerung in Verbindung, die von den Entitäten bei der ersten Begegnung gewissermaßen als Maske benutzt worden war.

Die Stimme seiner verstorbenen Frau ...

Er schloß die Augen, neigte den Kopf nach hinten und bedauerte, daß sich ihm die Bewohner des Wurmlochs nicht mit Jennifers Gestalt präsentiert hatten.

Kira trug jetzt wieder eine saubere Uniform. Eine Dusche hatte den Schmutz von der Haut entfernt, jedoch nicht die Erschöpfung aus ihrem Leib vertrieben. Wenn sie in ihr Quartier zurückkehrte, mußte sie gründlich über einige Dinge nachdenken. Nun, dafür gab es bald Zeit genug. Zeit ... Um das Blut in ihren Adern langsamer fließen zu lassen, um zu schlafen und zu träumen. Ohne dabei von entsetzlichen Erinnerungen heimgesucht zu werden. Schrecken und Schuld gehörten nun endgültig der Vergangenheit an, waren aus ihrem Blut gewaschen. Die Toten schliefen, und das galt auch für Hõren. Sie selbst durfte sich jetzt ebenfalls Ruhe gönnen.

Kira beobachtete, wie Bashir den Verband ihres verletzten Arms wechselte.

»Wenn wir wieder in Deep Space Nine sind …«, begann sie.

Der Arzt sah auf. »Ja?«

»Vielleicht sollten wir uns doch gemeinsam einen Drink genehmigen.«

STAR TREK™

in der Reihe
HEYNE SCIENCE FICTION & FANTASY

Vonda N. McIntyre, Star Trek II: Der Zorn des Khan · 06/3971
Vonda N. McIntyre, Der Entropie-Effekt · 06/3988
Robert E. Vardeman, Das Klingonen-Gambit · 06/4035
Lee Correy, Hort des Lebens · 06/4083
Vonda N. McIntyre, Star Trek III: Auf der Suche nach Mr. Spock · 06/4181
S. M. Murdock, Das Netz der Romulaner · 06/4209
Sonni Cooper, Schwarzes Feuer · 06/4270
Robert E. Vardeman, Meuterei auf der Enterprise · 06/4285
Howard Weinstein, Die Macht der Krone · 06/4342
Sondra Marshak & Myrna Culbreath, Das Prometheus-Projekt · 06/4379
Sondra Marshak & Myrna Culbreath, Tödliches Dreieck · 06/4411
A. C. Crispin, Sohn der Vergangenheit · 06/4431
Diane Duane, Der verwundete Himmel · 06/4458
David Dvorkin, Die Trellisane-Konfrontation · 06/4474
Vonda N. McIntyre, Star Trek IV: Zurück in die Gegenwart · 06/4486
Greg Bear, Corona · 06/4499
John M. Ford, Der letzte Schachzug · 06/4528
Diane Duane, Der Feind — mein Verbündeter · 06/4535
Melinda Snodgrass, Die Tränen der Sänger · 06/4551
Jean Lorrah, Mord an der Vulkan Akademie · 06/4568
Janet Kagan, Uhuras Lied · 06/4605
Laurence Yep, Herr der Schatten · 06/4627
Barbara Hambly, Ishmael · 06/4662
J. M. Dillard, Star Trek V: Am Rande des Universums · 06/4682
Della van Hise, Zeit zu töten · 06/4698
Margaret Wander Bonanno, Geiseln für den Frieden · 06/4724
Majliss Larson, Das Faustpfand der Klingonen · 06/4741
J. M. Dillard, Bewußtseinsschatten · 06/4762
Brad Ferguson, Krise auf Centaurus · 06/4776
Diane Carey, Das Schlachtschiff · 06/4804
J. M. Dillard, Dämonen · 06/4819
Diane Duane, Spocks Welt · 06/4830
Diane Carey, Der Verräter · 06/4848
Gene DeWeese, Zwischen den Fronten · 06/4862
J. M. Dillard, Die verlorenen Jahre · 06/4869
Howard Weinstein, Akkalla · 06/4879
Carmen Carter, McCoys Träume · 06/4898
Diane Duane & Peter Norwood, Die Romulaner · 06/4907
John M. Ford, Was kostet dieser Planet? · 06/4922
J. M. Dillard, Blutdurst · 06/4929
Gene Roddenberry, Star Trek (I): Der Film · 06/4942
J. M. Dillard, Star Trek VI: Das unentdeckte Land · 06/4943
Barbara Paul, Das Drei-Minuten-Universum · 06/5005
Judith & Garfield Reeves-Stevens, Das Zentralgehirn · 06/5015
Gene DeWeese, Nexus · 06/5019
D. C. Fontana, Vulkans Ruhm · 06/5043

STAR TREK™

Judith & Garfield Reeves-Stevens, Die erste Direktive · 06/5051
Michael Jan Friedman, Das Doppelgänger-Komplott · 06/5067
Judy Klass, Der Boacozwischenfall · 06/5086
Julia Ecklar, Kobayashi Maru · 06/5103
Peter Morwood, Angriff auf Dekkanar · 06/5147 (in Vorb.)
Carolyn Clowes, Das Pandora-Prinzip · 06/5167 (in Vorb.)

STAR TREK: DIE NÄCHSTE GENERATION:

David Gerrold, Mission Farpoint · 06/4589
Gene DeWeese, Die Friedenswächter · 06/4646
Carmen Carter, Die Kinder von Hamlin · 06/4685
Jean Lorrah, Überlebende · 06/4705
Peter David, Planet der Waffen · 06/4733
Diane Carey, Gespensterschiff · 06/4757
Howard Weinstein, Macht Hunger · 06/4771
John Vornholt, Masken · 06/4787
David & Daniel Dvorkin, Die Ehre des Captain · 06/4793
Michael Jan Friedman, Ein Ruf in die Dunkelheit · 06/4814
Peter David, Eine Hölle namens Paradies · 06/4837
Jean Lorrah, Metamorphose · 06/4856
Keith Sharee, Gullivers Flüchtlinge · 06/4889
Carmen Carter u. a., Planet des Untergangs · 06/4899
A. C. Crispin, Die Augen der Betrachter · 06/4914
Howard Weinstein, Im Exil · 06/4937
Michael Jan Friedman, Das verschwundene Juwel · 06/4958
John Vornholt, Kontamination · 06/4986
Mel Gilden, Baldwins Entdeckungen · 06/5024
Peter David, Vendetta · 06/5057
Peter David, Eine Lektion in Liebe · 06/5077
Howard Weinstein, Die Macht der Former · 06/5096
Michael Jan Friedman, Wieder vereint · 06/5142 (in Vorb.)
T. L. Mancour, Spartacus · 06/5158 (in Vorb.)

STAR TREK: DIE ANFÄNGE:

Vonda N. McIntyre, Die erste Mission · 06/4619
Margaret Wander Bonanno, Fremde vom Himmel · 06/4669
Diane Carey, Die letzte Grenze · 06/4714

STAR TREK: DEEP SPACE NINE:

J. M. Dillard, Botschafter · 06/5115
Peter David, Die Belagerung · 06/5129
K. W. Jeter, Die Station der Cardassianer · 06/5130
Sandy Schofield, Das große Spiel · 06/5187 (in Vorb.)

DAS STAR TREK-HANDBUCH:

überarbeitete und aktualisierte Neuausgabe!
von *Ralph Sander* · 06/4900 und 06/5150 (in Vorb.)

Diese Liste ist eine Bibliographie erschienener Titel
KEIN VERZEICHNIS LIEFERBARER BÜCHER!